THÉRÈSE RAQUIN

Du même auteur
dans la même collection

GERMINAL
NANA
L'ASSOMMOIR
POT-BOUILLE
LA FORTUNE DES ROUGON
LA CURÉE
AU BONHEUR DES DAMES
CONTES À NINON
LE VENTRE DE PARIS
LE ROMAN EXPÉRIMENTAL
LA FAUTE DE L'ABBÉ MOURET
LA CONQUÊTE DE PLASSANS
LA BÊTE HUMAINE
UNE PAGE D'AMOUR
SON EXCELLENCE EUGÈNE ROUGON
LA TERRE
L'ARGENT
LA JOIE DE VIVRE
L'ŒUVRE
LE RÊVE
LE DOCTEUR PASCAL
LA DÉBÂCLE

ÉMILE ZOLA

THÉRÈSE RAQUIN

Chronologie et introduction
par
Henri Mitterand

GF-Flammarion

ISBN 2-08-070229-7

CHRONOLOGIE

1840 : 2 avril. Emile Zola naît à Paris, 10, rue Saint-Joseph, de François Zola, ingénieur civil d'origine vénitienne, et d'Emilie Aubert, fille d'artisans d'origine beauceronne.

1843 : Les Zola s'installent à Aix-en-Provence, où François Zola va construire un barrage et un canal.

1847 : 27 mars. Mort de François Zola. Les Zola vivront désormais dans la gêne, spoliés par les nouveaux gérants de la Société du Canal Zola.

1852 : Octobre. Après avoir été élève de la pension Notre-Dame, où il a connu Marius Roux et Philippe Solari, Zola entre en huitième au collège Bourbon.

1852-1857 : Au collège, il remporte des succès scolaires, lit les poètes romantiques, écrit des vers, un roman sur les croisades, une comédie en vers (tous ces textes ont disparu). Il est l'ami de Paul Cézanne, le futur peintre, et de Jean-Baptistin Baille, avec qui il fait des parties de nage et de chasse dans la campagne provençale (voir *Nouveaux Contes à Ninon* et *L'Œuvre*).

1858 : Février. Emile Zola rejoint sa mère, qui est à Paris depuis novembre 1857. Le 1er mars, il entre en seconde au lycée Saint-Louis. Il se sent déraciné.

1859-1861 : Zola échoue au baccalauréat en juillet 1859. Après des vacances d'été à Aix, il abandonne ses études. Il mène pendant deux ans une vie oisive, de plus en plus pauvre. D'avril à juin 1860, il a travaillé à l'administration des Docks. Il lit les romantiques, Michelet, G. Sand, Shakespeare, Molière, Montaigne. Il compose des poèmes *(Paolo)*, un proverbe en vers *(Perrette)*, une nouvelle *(Un coup de vent)*, et écrit à ses amis restés à Aix.

1862 : Février. Il entre chez Hachette, au bureau des expéditions, puis au bureau de la publicité, dont il devient rapidement le responsable. Il écrit quelques-uns des *Contes à Ninon*.

Changeant souvent de logement, il ne quitte pas les quartiers pauvres qui se trouvent entre le Luxembourg et la barrière d'Enfer.

1863 : Débuts dans le journalisme (au *Journal populaire de Lille*).

1864 : Lecture de Stendhal et de Flaubert. Sympathies pour le « réalisme ». Collaboration, sous signature d'emprunt, à la *Revue de l'Instruction publique*. En décembre : *Contes à Ninon*.

1865 : Zola rencontre Gabrielle-Alexandrine Meley, qui devient sa maîtresse. Il collabore au *Salut public* de Lyon, où il salue avec chaleur (le 24 février) la publication de *Germinie Lacerteux*, et au *Petit Journal* (chroniques). Il écrit un drame en trois actes, en prose : *Madeleine* (non publié de son vivant). Novembre : *La Confession de Claude*.

1866 : Le 31 janvier, Zola quitte la librairie Hachette, pour rédiger le courrier bibliographique de *L'Evénement (Livres d'aujourd'hui et de demain)*. Il y publie également le compte rendu du Salon de peinture, faisant grand éloge de Manet. Juin : *Mes haines ; Mon Salon*. Comptes rendus des *Victimes d'amour*, d'Hector Malot, et de *L'Affaire Clemenceau* de Dumas fils. Novembre : *Le Vœu d'une morte*. Décembre : *Deux définitions du roman*. Séjours à Bennecourt, non loin de Vernon et de Mantes, avec ses amis Cézanne, Solari, Valabrègue, etc. Collaboration au *Salut Public*, au *Grand Journal*, au *Figaro*. Le 24 décembre, il publie dans *Le Figaro* « Un mariage d'amour », nouvelle d'où sortira *Thérèse Raquin*.

1867 : Le 1er janvier, étude sur *Edouard Manet*, dans *La Revue du XIXe siècle*. Collaboration irrégulière au *Figaro*. Un article dans *La Situation*, une nouvelle dans *La Rue*. Juin : *Les Mystères de Marseille*, t. I ; octobre : *Les Mystères de Marseille*, t. II (ce roman a d'abord paru en feuilleton dans *Le Messager de Provence*).

Thérèse Raquin paraît, sous le titre *Un mariage d'amour*, en trois livraisons (août-septembre-octobre 1867) dans *L'Artiste*, revue d'Arsène Houssaye. Publication en volume, à la Librairie Internationale (Lacroix et Verboekhoven), annoncée dans la Bibliographie de la France du 7 décembre 1867.

1868 : Polémique avec Ferragus (Louis Ulbach), dans *Le Figaro* (23 et 31 janvier), à propos de *Thérèse Raquin*. En avril, deuxième édition du roman, auquel Zola a ajouté une préface. Collaboration au *Globe*, à *L'Evénement illustré*, à *La Tribune*. Juillet : *Les Mystères de Marseille*, t. III. Décembre : *Madeleine Férat*. Zola noue une amitié avec les Goncourt, et prépare le cycle des *Rougon-Macquart*.

1869-1871 : Collaboration à la presse de l'opposition républicaine *(La Tribune, Le Rappel, La Cloche)* et au *Gaulois*. Zola écrit *La Fortune des Rougon* et prépare *La Curée*. Le 31 mai 1870, il épouse Gabrielle-Alexandrine Meley. De septembre 1870 à mars 1871, il séjourne avec sa femme et sa mère à Marseille, puis à Bordeaux. Après mars 1871, chronique parlementaire dans *La Cloche*. Octobre 1871 : *La Fortune des Rougon.*

1872 : Zola collabore à *La Cloche*, puis au *Corsaire*. Janvier : *La Curée.*

1873 : Mai. *Le Ventre de Paris.* Zola expose ses idées sur le théâtre dans une série d'articles publiés par *L'Avenir national*. Il fait jouer au théâtre de la Renaissance, le 11 juillet, une adaptation dramatique de *Thérèse Raquin*, en quatre actes : échec, bien que la tentative suscite l'intérêt de la presse.

1874 : *La Conquête de Plassans.*

Nouveaux Contes à Ninon.

Les Héritiers Rabourdin, comédie en trois actes (au Théâtre de Cluny, le 3 novembre).

1875 : En mars, début d'une collaboration mensuelle (études critiques, nouvelles) au *Messager de l'Europe*, revue paraissant à Saint-Pétersbourg.

La Faute de l'Abbé Mouret.

Premières vacances d'été des Zola : à Saint-Aubin-sur-Mer.

1876 : *Son Excellence Eugène Rougon.* Début d'une collaboration hebdomadaire au *Bien public* (articles de critique dramatique et littéraire).

1877 : *L'Assommoir.* Grand succès de librairie.

1878 : *Une Page d'amour.*

Le Voltaire succède au *Bien public :* Zola conserve sa « Revue dramatique et littéraire ».

Acquisition de la propriété de Médan, où Zola recevra souvent ses amis, Huysmans, Alexis, Céard, Maupassant, Hennique, etc.

1879 : Articles sur « Le Roman expérimental ». *L'Assommoir*, drame de Busnach et Gastineau, représenté à l'Ambigu avec un grand succès.

1880 : *Nana.*

Zola cesse sa collaboration au *Messager de l'Europe* et au *Voltaire*, mais entame une campagne d'un an au *Figaro*, à partir de septembre. Premier recueil des études esthétiques et critiques qu'il a publiées au cours des cinq dernières années : *Le Roman expérimental.* Zola impose le naturalisme.

Les Soirées de Médan.

1881 : Suite des recueils critiques. *Le Naturalisme au théâtre, Nos auteurs dramatiques, Les Romanciers naturalistes, Documents littéraires.*

Représentation de *Nana*, pièce en 5 actes de W. Busnach, à l'Ambigu.

1882 : *Pot-Bouille.*

Une campagne (recueil des articles du *Figaro*).

Le Capitaine Burle (recueil de contes et nouvelles).

1883 : *Au bonheur des dames.*
Représentation de *Pot-Bouille*, à l'Ambigu.
1884 : *Naïs Micoulin* (recueil de contes et nouvelles).
La Joie de vivre.
1885 : *Germinal.*
Campagne de Zola contre la censure dramatique, en octobre-novembre.
1886 : *L'Œuvre.*
1887 : *Renée*, pièce en 5 actes, tirée de *La Curée.*
La Terre.
1888 : Zola rencontre Jeanne Rozerot, qui devient sa maîtresse.
Le Rêve.
Au Châtelet, *Germinal*, drame en 5 actes, de W. Busnach.
1889 : *Madeleine* est joué par Antoine au Théâtre-Libre.
Naissance de Denise, fille de Zola et de Jeanne Rozerot.
Les Zola s'installent dans un hôtel particulier, 21 *bis*, rue de Bruxelles.
1890 : *La Bête humaine.*
Zola candidat à l'Académie française : il ne sera jamais élu.
1891 : *L'Argent.*
Naissance de Jacques, fils de Zola et de Jeanne Rozerot.
Zola est élu président de la Société des Gens de Lettres.
1892 : *La Débâcle.*
Voyage des Zola à Lourdes, sur la Côte d'Azur et à Gênes.
1893 : *Le Docteur Pascal* (dernier volume des *Rougon-Macquart*).
Zola est fait officier de la Légion d'honneur. Voyage à Londres.
L'Attaque du moulin, drame lyrique tiré d'une nouvelle de Zola, sur une musique d'Alfred Bruneau.
1894 : *Lourdes* (premier volume des *Trois Villes*).
Voyage des Zola en Italie.
1895 : Nouvelle campagne dans *Le Figaro.*
1896 : *Rome.*
1897 : A l'Opéra, *Messidor*, drame lyrique, livret de Zola, musique d'Alfred Bruneau.
Nouvelle Campagne (recueil des articles du *Figaro*).
Novembre-décembre : articles de Zola dans *Le Figaro*, en faveur du capitaine Alfred Dreyfus (voir *La Vérité en marche*, présenté par Colette Becker, collection Garnier-Flammarion).
1898 : Le 13 janvier, *J'accuse*, dans *L'Aurore*
Le 23 février, condamnation de Zola à un an de prison et 3 000 F d'amende. Jugement confirmé le 18 juillet.

Zola s'exile en Angleterre.

Paris, dernier volume des *Trois Villes*.

1899 : La campagne de Zola en faveur de Dreyfus porte ses fruits. Révision du procès qui a condamné le capitaine. Nouveau Conseil de guerre à Rennes : nouvelle condamnation, puis grâce du condamné. Dans *L'Aurore*, série d'articles de Zola qui est rentré en France le 5 juin.

Fécondité (premier volume des *Quatre Evangiles*).

1901 : *La Vérité en marche* (recueil des articles sur l'affaire Dreyfus).

L'Ouragan, drame lyrique de Zola et Bruneau, à l'Opéra-Comique.

Travail.

1902 : Le 29 septembre, mort accidentelle d'Emile Zola, à son domicile parisien.

Lors de ses obsèques, le 5 octobre, Anatole France proclame : « Il fut un moment de la conscience humaine. »

1903 : *Vérité* (troisième des *Quatre Evangiles*. Le quatrième, *Justice*, est resté à l'état de notes préparatoires).

1906 : Réhabilitation d'Alfred Dreyfus.

1908 : Transfert des cendres de Zola au Panthéon (4 juin).

INTRODUCTION

La carrière de romancier d'Emile Zola n'a véritablement commencé qu'avec *Thérèse Raquin*. Les textes qu'il a publiés auparavant sont des essais d'apprenti, hésitant entre plusieurs genres, entre plusieurs tons. *Thérèse Raquin*, roman cohérent, et fortement construit, tourne le dos aux œuvres de première manière — parmi lesquelles il faut évidemment inclure *La Confession de Claude*, si « réaliste » que ce roman ait pu paraître aux yeux des contemporains. Cela ne signifie pas pour autant qu'on doive y voir une mutation brusque, une apparition inattendue. Le roman s'est annoncé de plus loin qu'on ne le croit généralement. Pour en comprendre la genèse lointaine, il faut regarder successivement du côté de la biographie de Zola, de ses œuvres antérieures et de ses lectures.

AU-DELA DE LA « CONFESSION »

Zola s'est toujours servi, dans son œuvre, de son expérience de la vie. Cela est vrai pour la série des *Rougon-Macquart*, mais plus encore pour les romans qui l'ont précédée. Or, pendant les premières années de son séjour à Paris, surtout pendant l'année 1861, il a connu la misère, matérielle, physiologique, morale. Il a habité les rues les plus pauvres de la montagne Sainte-Geneviève et du quartier Maubert. Il a fréquenté les humbles, le menu peuple des petits commerçants de quartier, des employés, des étudiants sans fortune, des rapins sans talent. Il a fait l'expérience des amours de galetas. Il admet d'autant plus volontiers une des tendances affirmées de l'école « réaliste » : le populisme. Dans certains de ses *Contes* déjà, et dans *La Confession de Claude*, il a choisi par prédilection des personnages appartenant aux classes pauvres, des intérieurs sordides ou médiocres, et, pour ses décors naturels, ses « extérieurs », les rues de Paris et les villages de la banlieue Sud. C'est ce qu'il connaît le mieux. Il en sera de même dans *Thérèse Raquin*, à ceci près qu'entre-temps il aura découvert et exploré les paysages des bords de Seine, de Saint-Ouen à Bennecourt.

Mais si l'expérience est connaissance du monde extérieur, elle est aussi connaissance de soi. Et à cet égard on constate, entre *Thérèse Raquin* et les romans antérieurs, une différence notable. Dans *La Confession de Claude* et *Le Vœu d'une morte*, les personnages sont, pour nombre de traits, un décalque de l'auteur. C'est le propre du débutant, on l'a souvent remarqué, de se choisir lui-même, comme personnage d'un premier roman. Pour plus de simplicité, *La Confession de Claude* est tout entière rédigée à la première personne. Cela, à vrai dire, pourrait n'être qu'un artifice. La première personne n'est pas à soi seule l'indice probant de l'autobiographie. Mais quantité de détails montrent que le récit de Claude transpose des épisodes de la vie de l'auteur. Le nom, Claude : c'est celui-là même dont s'est servi Zola pour signer ses *Salons* de l'*Evénement*. Les lieux : la rue Soufflot, le quartier Latin, Fontenay-aux-Roses; ce sont ceux que hantaient Zola et ses amis Cézanne, Chaillan, Pajot, etc., pendant les années 1860-1862. Les détails d'intrigue : Claude est poète, comme Zola avait cru l'être; il habite une chambre sous les toits, comme Zola rue Saint-Etienne-du-Mont ou rue Saint-Victor. L'histoire contée : les amours du poète et de la prostituée... On sait, par une lettre de Georges Pajot à Zola, du 19 novembre 1865, et par ce qui transparaît des lettres écrites par Zola à Baille et à Cézanne, au début de 1861, que l'auteur avait vécu une aventure toute semblable.

Thérèse Raquin représente un tout autre effort. Les personnages y sont extérieurs à l'auteur. Aucun des deux principaux personnages masculins, pour l'essentiel, ne lui ressemble. Quant à l'intrigue, elle est étrangère à ce qu'on sait de la biographie de Zola. C'est à quoi l'on reconnaît que Zola commence à savoir son métier. C'est son premier roman dont les personnages vivent de leur vie propre, et dont l'intrigue fonctionne dans son mécanisme indépendant — distincts de la personne et de la vie de l'auteur. Cela n'a pas été sans conséquences pour l'évolution de son style romanesque. Tout le lyrisme enfiévré de *La Confession de Claude*, toute cette rhétorique emphatique, nourrie d'apostrophes, d'exclamations et de répétitions, a du coup été gommée, et ne réapparaîtra pas de sitôt.

Dans la mesure où *Thérèse Raquin* plonge ses racines dans l'expérience passée de son auteur, ce n'est donc que par le choix du décor et des conditions des personnages. Tout au moins, pour l'étude des caractères et de l'intrigue, faudrait-il explorer plus avant la psychologie profonde de Zola.

Le personnage principal du roman est Thérèse. Le drame y naît de la passion — passion des sens plus que passion du cœur — qui la lie à Laurent. Zola avait déjà écrit des œuvres dans lesquelles une femme était le premier personnage, ou du moins un personnage dont l'attitude avait une influence déterminante sur le comportement des autres. Jusqu'à *Madeleine Férat*, les romans et les drames de Zola seront des romans et des drames de la femme, du couple et de l'amour sensuel. C'est là tout à la fois un héritage du romantisme, et une préoccupation, sinon une observation, toute personnelle à l'auteur. Il s'agit d'une catégorie bien particulière de femmes, non de types choisis au hasard : Madeleine dans la pièce de 1865 qui porte ce titre [1], Laurence, dans *La Confession de Claude*, sont des femmes déchues, des *lorettes*. Dans les deux cas, l'auteur développe le thème du rachat impossible. Ces femmes sont condamnées à demeurer dans leur misère et leur infamie, soit par une espèce d'inertie qui empêche tout retour en arrière, soit par le poids du passé, qui interdit toute tentative d'évasion vers une nouvelle existence. Le personnage de la fille perdue était alors à la mode, traité de manières fort différentes selon les auteurs et selon les genres. D'emblée, Zola réagit devant le pharisaïsme de la littérature d'apitoiement et d'idéalisme, type *Dame aux Camélias*, et choisit de donner une représentation fort pessimiste — et en l'occurrence exacte — de la déchéance féminine. Thérèse est à certains égards la sœur de Laurence et de Madeleine. Si elle ne se suicidait pas à la fin du roman, elle finirait comme les autres, dans le ruisseau.

Mais cette sœur cadette est mieux traitée que ses aînées. Zola l'observe de plus près, la dessine avec plus de précision. Madeleine, dans le drame en trois actes, n'est qu'une silhouette vague et conventionnelle, dont l'auteur ne cherche à aucun moment à raconter ni à expliquer le passé. On la retrouvera dans *Madeleine Férat*, beaucoup transformée. Il en est de même pour Laurence, dans *La Confession de Claude*. On ne sait rien, ou presque rien, du physique de ces femmes, non plus que de leur caractère.

Avec *Thérèse Raquin*, Zola est désormais moins préoccupé d'exprimer ses propres amours, ses souffrances, ses découragements ou ses déceptions, que de connaître, de comprendre et d'expliquer les lois et les contraintes qui font se mouvoir les êtres. C'est qu'il a provisoirement trouvé le calme des sens, et qu'il n'est plus partie prenante, dans les crises psychologiques qui secouent les personnages de ses romans. Mais c'est aussi, et surtout, qu'il a délaissé la littérature d'épanchement, et de confession, pour s'engager sur un autre versant : le roman d'analyse, derrière Flaubert, et surtout, présentement, derrière les Goncourt.

1. On en trouve le texte dans les *Œuvres complètes*, t. XV, *Théâtre*, Paris, Cercle du Livre précieux, 1969.

SOURCES POUR L'INTRIGUE

Suivons d'abord quelques pistes secondaires.

Zola a livré la « source » immédiate de *Thérèse Raquin :* un roman-feuilleton d'Adolphe Belot et Ernest Daudet, *La Vénus de Gordes*, publié d'abord dans *Le Figaro*, puis chez l'éditeur Achille Faure, en 1866.

Au village de Gordes, entre Avignon et Apt, la fille d'un riche fermier, Marguerite Rivarot, dite Margaï, surnommée la Vénus de Gordes, a épousé Pascoul, contre le consentement de son père, qui la sait corrompue. Pascoul, avec l'aide d'une vieille mendiante, la Valbray, et d'un cocher, Furbice, a enlevé Margaï. Le soir du mariage, le vieux Rivarot meurt d'apoplexie. Deux ans plus tard, tandis que Pascoul, épuisé, doit abandonner la chambre conjugale sur le conseil de son médecin, réapparaît Furbice, devenu marchand de chevaux. L'homme est marié à une paysanne, dont il a deux enfants, mais il est joueur, buveur, débauché. Margaï devient sa maîtresse. Elle reçoit Furbice dans sa propre chambre, avec la complicité d'un vieux valet de ferme, Moulinet, éperdument attaché à la jeune femme.

Furbice passe ses journées à la ferme de Pascoul et vit aux dépens de sa maîtresse. Le cousin de celle-ci, Frédéric Borel, répand le bruit de l'adultère dans Gordes. A Furbice, qui voudrait épouser Margaï, la Valbray conseille d'empoisonner le mari gênant. Margaï servira à Pascoul, dans ses tisanes, successivement de l'eau phosphorée, du sublimé corrosif, de l'opium, sans parvenir à le tuer. Furbice l'abattra finalement d'un coup de fusil. La même nuit, la Valbray, ivre, se noie dans la fontaine de Vaucluse. Au cours de l'enquête, Furbice oriente les soupçons du côté du valet Moulinet. Mais ses alibis sont reconnus faux. Les deux amants sont arrêtés et condamnés à l'emprisonnement à vie.

A partir de là, le roman se transforme en reportage sur les Assises, le bagne de Toulon, la déportation à Cayenne. Moulinet suit Margaï à Cayenne. A Toulon, Furbice s'évade, puis, deux ans plus tard, est repris à Gordes, et est expédié à son tour à Cayenne, où Margaï assiste à son arrivée. Elle accepte d'épouser le vieux Moulinet, puis meurt de la fièvre jaune. Moulinet se jette à la mer, enchaîné au cercueil de Margaï.

Je résume assez longuement ce roman insipide et diffus, pour qu'on discerne mieux comment Zola en a utilisé et transformé les données. Il en tira d'abord une nouvelle, qui parut dans *Le Figaro* le 24 décembre 1866, sous le titre : *Un mariage d'amour* [1]. L'histoire, présentée comme un

1. *Œuvres complètes*, tome IX, pp. 272-276, Paris, Cercle du Livre précieux, 1968. Voir le texte, ci-dessous, pp. 35-39.

fait divers, tenait en deux pages : trois personnages (le mari, Michel, la femme, Suzanne, l'amant, Jacques), trois thèmes (l'adultère, le meurtre, le remords), et six tableaux : la présentation des personnages, le crime, le malaise des criminels, les noces, le remords, le suicide. Zola a supprimé les personnages et les décors adventices et tout concentré sur la logique d'un épisode central. Il a modifié la forme du crime : Belot et Daudet font empoisonner, puis tuer à coups de fusil, le mari encombrant. Zola le noie. Il a surtout imaginé la donnée qui domine la fin de la nouvelle, comme elle dominera la dernière partie de *Thérèse Raquin :* le meurtre échappe à la justice de la société, mais il aura pour châtiment le supplice que s'infligent les deux amants. Enfin il a introduit des motifs à peu près complètement ignorés dans *La Vénus de Gordes :* la brutalité des amours adultères, l'asservissement des personnages à leur tempérament, la hantise des visions macabres dans la mémoire des deux amants, la substitution de la haine au désir. Un strict découpage en six mouvements d'égale longueur révèle le souci d'une construction narrative robuste et fortement charpentée.

On a rapproché également *Thèrèse Raquin* de deux autres romans populaires, plus anciens que *La Vénus de Gordes : L'Assassinat du Pont-Rouge*, de Charles Barbara, et *Atar-Gull*, d'Eugène Sue.

Le premier, publié en 1859 dans la « Bibliothèque des chemins de fer » de l'éditeur Hachette, raconte un crime crapuleux : l'agent de change Thillard-Ducornet, en fuite avec l'argent de sa charge, est empoisonné par un de ses employés, et jeté à la Seine du haut du Pont-Rouge. Tandis que le meurtrier, Clément, profite de l'aisance acquise par son crime, sa femme, Rosalie, est envahie d'obsessions. Leur fils, arriéré mental, né quinze mois après la mort de Thillard, dont Rosalie a été la maîtresse, ressemble pourtant trait pour trait à la victime. Rosalie meurt après avoir cherché en vain à se confesser. Clément, après avoir avoué son crime à un ami, s'enfuit au Canada, où il continue à s'enrichir, sans même le vouloir et tout en bravant la mort partout où il peut la rencontrer. Il mourra dix ans plus tard, au cours de son voyage de retour.

On peut trouver, certes, des éléments communs à *L'Assassinat du Pont-Rouge* et à *Thérèse Raquin*. Une fatalité poursuit le meurtrier, que ne défendent ni son cynisme, ni son immoralisme, ni son incroyance. Le souvenir obsessionnel du meurtre se manifeste sous des formes fantastiques : le fils du meurtrier est la réincarnation de la victime. « Quand toute trace de mon crime avait disparu », racontera Clément, « quand je n'avais plus rien à craindre absolument des hommes, quand l'opinion sur moi était devenue unanimement favorable, au lieu d'une assurance fondée en raison, je sentais croître mes inquiétudes, mes angoisses, mes terreurs. Je m'inquiétais moi-même avec les fables les plus absurdes; dans le geste, la voix, le regard du premier venu, je voyais une allusion à mon crime. » (*L'Assassinat du Pont-Rouge*, p. 155.) L'angoisse du couple est accrue par certaines rencontres. C'est ainsi que l'épouse de Thillard-Ducornet, tombée dans la gêne, devient la maîtresse de piano de Rosalie; le juge d'instruction qui a enquêté sur la mort de Thillard fréquente chez les meurtriers et raconte comment les criminels impunis finissent toujours par être démasqués : on songe aux récits du vieux commissaire Michaud, dans *Thérèse Raquin*.

On ne peut aller plus loin. *L'Assassinat du Pont-Rouge*, dont l'action se distend dans la durée, accorde un rôle prédominant aux rencontres de hasard. Charles Barbara ne donne aucune explication physiologique ou sociale au meurtre, aucune nécessité logique aux épisodes, aucune profondeur aux personnages; il ne se soucie pas de dépeindre un milieu. L'élément fantastique introduit par l'enfant est faiblement rendu. L'œuvre est plate, mal bâtie et pauvrement écrite.

Atar-Gull, d'Eugène Sue, publié à Paris en 1831, a peut-être inspiré à Zola le personnage de Mme Raquin, la paralytique, qui n'apparaît d'ailleurs pas dans la nouvelle du *Figaro*, mais seulement dans le roman. « Comme Macbeth de Shakespeare, écrit Eugène Sue dans sa préface, ma férocité n'a pas eu de bornes, parce qu'un crime était la conséquence, la déduction logique d'un autre crime. » Son roman débute par une longue histoire de négriers. Après diverses péripéties que je m'abstiens de résumer, car elles n'ont aucun rapport discernable avec *Thérèse Raquin*, on voit un jeune nègre, déporté d'Afrique à la Jamaïque, Atar-Gull, poursuivre d'une vengeance secrète et implacable le colon à qui il a été vendu, Will. Jenny, la fille de ce dernier, est tuée par la morsure d'un serpent venimeux qu'Atar-Gull a placé dans sa chambre. La mère de Jenny en meurt de chagrin, son père en devient muet. Tandis que bestiaux et esclaves disparaissent, empoisonnés à leur tour, Atar-Gull continue le jeu du dévouement. Arrivé en France avec son maître, dont il a éloigné toute autre compagnie, il laisse celui-ci écrire une relation des bons services de son esclave, puis, lorsque l'ancien colon est devenu incapable de toute parole et de tout geste, il lui raconte par le détail la longue série de ses vengeances et de ses meurtres. Will cherche en vain, dans son agonie, à dénoncer Atar-Gull au médecin qui l'assiste. Admiré de tous, Atar-Gull est baptisé et obtient le prix Montyon de vertu.

En dépit — ou à cause — de toutes ses horreurs, *Atar-Gull* est un roman démystificateur. Eugène Sue décrit avec une apparence de détachement cruel l'aliénation et les souffrances des esclaves nègres, et la dureté des maîtres, qui les traitent pis que des bêtes, tout en observant les lois de la vie familiale et les règles de la piété. Atar-Gull, le faux « bon nègre », retourne contre le maître, à froid, les armes qui ont servi contre l'esclave; qui plus est, il ridiculise la bonne société, dont fait partie le maître. La fantaisie du récit dissimule une satire tout entière tournée contre la société « blanche ». Tout cela n'a cependant rien à voir avec le roman que Zola écrira trente-cinq ans plus tard. Seul demeure le personnage du paralytique impuissant à dénoncer son tortionnaire.

Si l'on voulait jouer plus longtemps au jeu des sources, comme le firent certains critiques en 1873, lorsque Zola porta à la scène l'adaptation dramatique de son roman, on pourrait encore évoquer, pêle-mêle, *Les Mystères de Paris*, d'Eugène Sue, pour le lieu et le décor de l'action, *L'Ane mort*, de Jules Janin, *Les Deux Cadavres*, de Frédéric Soulié, les contes macabres de Léo Lespès *(Le Trou aux morts, Les Yeux verts de la Morgue)*, les *Contes fantastiques* d'Edgar Poe, les romans de Paul de Kock et d'Henry Monnier, pour les personnages prudhommesques de Michaud et de Grivet, et même *Le Comte de Monte-Cristo*, d'Alexandre Dumas, pour le personnage de Noirtier, autre modèle possible de Mme Raquin.

Retenons donc pour l'intrigue *La Vénus de Gordes*, dont Zola a tiré parti de son propre aveu, et, pour la matérialisation fantastique du remords, *L'Assassinat du Pont-Rouge*. Il est toujours possible de chercher et de trouver dans la masse des romans publiés pendant la première moitié du siècle des bribes d'intrigue ressemblant de près ou de loin aux situations de *Thérèse Raquin*. La récolte serait fructueuse — et peu utile.

Car Zola a voulu tout autre chose que ses devanciers. Adolphe Belot et Ernest Daudet avaient noté incidemment à propos de Margaï, que « la bête est dans l'homme » (*La Vénus de Gordes*, p. 29). A coup sûr, cette remarque, ne passa pas inaperçue, et c'est sans doute par ce biais qu'on peut faire se rejoindre les sources « anecdotiques » et les sources « idéologiques » de *Thérèse Raquin*.

ANATOMISTES ET PHYSIOLOGISTES

Il faut ici invoquer à la fois l'influence que, depuis plusieurs années, les sciences médicales exercent sur le roman français, et l'intérêt que Zola a porté, depuis deux ans, aux œuvres ainsi marquées par cette nouvelle inspiration. Ce serait une histoire assez longue à écrire. Voyons-en seulement les grands traits.

On connaît l'exclamation de Sainte-Beuve à la lecture de *Madame Bovary* : « Anatomistes et physiologistes, je vous retrouve partout. » L'image est significative. La Société de biologie s'est fondée en 1848, la Société médico-psychologique en 1855, la Société de thérapeutique en 1866. Sainte-Beuve a fait des études de médecine. Claude Bernard est en même temps un grand médecin et un théoricien du rationalisme scientifique. C'est en 1865 que paraît l'*Introduction à l'étude de la médecine expérimentale*. La pathologie du système nerveux devient une des disciplines de pointe de la médecine. Le mot *neurologie* se répand à partir de 1845. Plusieurs dictionnaires médicaux, relayés par les dictionnaires généraux de Landais, de Bescherelle, et bientôt de Pierre Larousse, vulgarisent entre 1840 et 1870 la description des « névroses ». Ils donnent une nouvelle jeunesse à la doctrine des tempéraments, pourtant admise depuis Hippocrate. La liaison s'est très vite établie, dans ce domaine, entre les savants, les vulgarisateurs, les essayistes, les critiques et les romanciers. Point n'est besoin d'invoquer les parentés médicales de Flaubert, ni les premières études de Sainte-Beuve, ni les diplômes de médecine de Littré. Une convergence de curiosités unit tous ces hommes entre eux, et encore à Comte, à Renan, à Taine, aux Goncourt, à Baudelaire. *Anatomie*, *scalpel*, *physiologie*, *analyse*, *hystérie*, *névrose*, *dissection*, *éréthisme*, sont les maîtres-mots de 1860.

Déjà Balzac, dans *L'Envers de l'Histoire contemporaine*, a évoqué « les recherches faites dans ces derniers temps sur les maladies nerveuses ». Baudelaire, à propos de *Madame Bovary*, a écrit dans *L'Artiste*, le 18 octobre 1857 : « L'hystérie ! Pourquoi ce mystère physiologique ne ferait-il pas le fond et le tuf d'une œuvre littéraire, ce mystère que l'Académie de médecine n'a pas encore résolu, et qui, s'exprimant dans les femmes par la sensation d'une boule ascendante et asphyxiante (je ne parle que du symptôme principal), se traduit chez les hommes nerveux par toutes les impuissances et aussi par l'aptitude à tous les excès ? » Et encore : « Je n'ai pas besoin, s'est dit le poète, que mon *héroïne* soit une héroïne. Pourvu qu'elle soit suffisamment jolie, qu'elle ait des nerfs, de l'ambition, une aspiration irréfrénable vers un monde supérieur, elle sera intéressante. »

Edmond de Goncourt rappellera un peu plus tard toute l'horreur des « cas » que son frère et lui-même avaient lus « ensemble dans les traités de médecine » pour leurs livres. Flaubert professait dans sa *Correspondance*, en 1857, et en 1859, qu'il était temps de donner à l'art, « par une méthode impitoyable, la précision des sciences physiques ». « Il faut pourtant que les sciences morales prennent une autre route et qu'elles procèdent comme les sciences physiques, par l'impartialité. Le poète est tenu maintenant d'avoir de la sympathie pour tout et pour tous, afin de les comprendre et de les décrire. » Il prévoyait qu'on allait se mettre « à étudier les idées comme des faits, et à disséquer les croyances comme des organismes » : « Il y a toute une école qui travaille dans l'ombre et qui fera quelque chose, j'en suis sûr. » Et il révélait que la préparation de *Salammbô* le ramenait « à ces études psycho-médicales » qui l'avaient déjà « tant charmé » dix ans plus tôt, au moment de son premier *Saint-Antoine :* « A propos de ma Salammbô, je me suis occupé d'hystérie et d'aliénation mentale. Il y a des trésors à découvrir dans tout cela. » Dans le même temps, Michelet publiait *L'Amour*, puis *La Femme*, définis par la critique comme « un chapitre de l'histoire naturelle de l'homme », et comme « une étude médicale de l'amour ».

Sainte-Beuve a eu conscience de ce mouvement : « En bien des endroits et sous des formes diverses, je crois reconnaître des signes littéraires nouveaux : science, esprit d'observation, maturité, force, un peu de dureté. Ce sont les caractères qui semblent affecter les chefs de file des générations nouvelles. Fils et frère de médecins distingués, M. Gustave Flaubert tient la plume comme d'autres tiennent le scalpel. » Taine en a proposé la théorie, dans son grand article sur Balzac.

Zola ne cite pas le nom de Taine, dans sa Préface à la seconde édition du roman, mais c'est évidemment à lui qu'il pense lorsqu'il écrit : « *Il me semble que j'entends, dès maintenant, la sentence de la grande critique, de la critique méthodique et naturaliste qui a renouvelé les sciences, l'histoire et la littérature.* » Dans les *Essais de critique et d'histoire*, publiés chez Hachette, en 1858, il a pu lire cette phrase : « Le critique est le naturaliste de l'âme. » Il a lu dès leur publication l'*Histoire de la littérature anglaise* et les *Nouveaux Essais de critique et d'histoire*, dans lesquels Taine développe longuement la même métaphore, appliquée cette fois au romancier : « De pureté, de grâce, le naturaliste ne s'inquiète guère; à ses yeux, un crapaud vaut un papillon; la chauve-souris l'intéresse plus que le rossignol (...) L'idéal manque au naturaliste; il manque encore plus au naturaliste Balzac (...) C'est un artiste puissant et pesant, ayant pour serviteurs et maîtres des goûts et des facultés de naturaliste (...) Les types de petits-bourgeois et de provinciaux sont l'objet propre du naturaliste. Ils sont les espèces de la société, pareilles aux espèces de la nature (...) Les Cibot, les Rémonencq, les Fraisier (...) sont, en effet, les héros du naturaliste et du rude artiste que rien ne dégoûte. » Zola a trouvé son maître de philosophie, de méthode, et même de langage. « *La nouvelle science*, écrit-il dans *Mes haines* (1866), *faite de physiologie et de psychologie, d'histoire et de philosophie, a eu son épanouissement en lui. Il est, dans notre époque, la manifestation la plus haute de nos curiosités, de nos besoins d'analyse, de nos désirs de réduire toutes choses au pur mécanisme des sciences mathématiques.* »

S'il correspond avec Taine, en 1866, il a eu dès 1864 des relations presque amicales avec Emile Deschanel, disciple zélé de l'auteur des *Essais de critique et d'histoire*. Il a écouté et résumé pour la *Revue de l'Instruction publique* les conférences que Deschanel donnait rue de la Paix. La *Physiologie des écrivains*, publiée en 1864, ne l'a pas laissé indifférent. Ce livre, qui prétend lier l'analyse littéraire à l'étude physiologique, élargit les propositions de Taine sur le rôle de la race, du milieu et du moment dans la production de l'œuvre d'art, et étudie successivement l'influence du siècle, du climat, du sol, du sexe, de l'âge, du tempérament, du caractère, de la profession, de l'hérédité, de la santé, du régime et des habitudes. Deschanel reprend à son compte la théorie des quatre tempéraments, dont il décrit les traits caractéristiques : tempérament nerveux, tempérament sanguin, tempérament bilieux, tempérament lymphatique. Il emprunte d'autre part aux docteurs Lucas, Morel, Trébat, Moreau de Tours, leurs thèses sur la transmission héréditaire des goûts, des passions, des facultés physiques et intellectuelles. Il se peut que Zola ait trouvé dans cet ouvrage, au demeurant superficiel, la première mention du docteur Lucas, dont le *Traité sur l'Hérédité naturelle* (1850) servira de point de départ, on le sait, à l' « histoire naturelle » des *Rougon-Macquart*.

Taine, Deschanel, Sainte-Beuve, ne cherchaient qu'à élaborer une méthode critique. Mais il leur arrivait souvent de prendre pour exemples et pour garants des romanciers : Stendhal, Balzac, Flaubert. Si la méthode « naturelle » ou « naturaliste » devait servir à expliquer le caractère des écrivains et de leurs œuvres, ne pouvait-elle par la même démarche expliquer la conduite de l'individu banal ? De là à l'utiliser comme technique de construction romanesque; il n'y avait qu'un pas aisé à franchir. Elle fournissait aux romanciers le moyen d'inventer des personnages et des situations « vrais », en même temps qu'efficaces. Les Goncourt pouvaient écrire : « Le roman, depuis Balzac, n'a plus rien de commun avec ce que nos pères entendaient par roman. Le roman actuel se fait avec des *documents* racontés ou relevés d'après nature, comme l'histoire se fait avec des documents écrits. » (*Journal*, 9 avril 1866.)

C'est ce que les deux frères avaient tenté avec *Germinie Lacerteux*, en 1865. Les jugements que Zola a portés sur ce roman, dans *Le Salut public de Lyon*, en février 1865, nous font saisir ce que le personnage de Thérèse doit à la domestique « hystérique » des Goncourt. Il définit *Germinie* comme une « *créature faite de passion et de tendresse, dans un milieu grossier qui étouffera son âme, sous les ardeurs du corps et des sens* ». Les auteurs ont mis « *un certain tempérament au contact de certains faits, de certains êtres* ». De là « *la vérité du récit, la parfaite déduction des sentiments* ». Le roman devient de ce fait une expérience — quinze ans avant la théorie proclamée du roman expérimental. « *Fouiller en pleine nature humaine, ne rien voiler du cadavre humain* », peindre « *la vie du corps* » dans tous ses frissons, toutes ses irritations, répond d'ailleurs parfaitement aux besoins d'une société « *qu'un éréthisme nerveux secoue sans cesse* » : « *J'aime les ragouts littéraires fortement épicés, les œuvres de décadence où une sorte de sensibilité maladive remplace la santé plantureuse des époques classiques. Je suis de mon âge.* » Il loue « *les pages admirables de couleur et d'exactitude* » par lesquelles les Goncourt ont évoqué les fortifications, le bal populaire, l'hôtel garni, la fosse commune. Il s'en souviendra lorsqu'il décrira lui-même la boutique Raquin, les bords de Seine à Saint-Ouen, la Morgue.

On connaît encore *Germinie Lacerteux* — au moins par son titre. On a oublié deux romans de second plan, que Zola a lus et commentés en 1866, et qui s'inscrivaient aussi dans la ligne du roman « physiologique » : *L'Affaire Clémenceau*, de Dumas fils, et *Les Victimes d'amour*, d'Hector Malot. Le premier raconte l'histoire d'un enfant naturel, qui devient un grand artiste, mais qui tuera sa femme, ayant découvert qu'elle se conduit en courtisane. Dans un compte rendu publié par *Le Salut public* le 7 juillet 1866 [1], Zola salue en Dumas fils un « *anatomiste* », qui a su décrire la sensualité, créer « *la courtisane, froide dans ses passions, indifférente dans ses vices, allant où la pousse la chair, insouciante d'ailleurs, vivant à l'aise et tout naturellement dans son infamie* » — on pense à Nana... —; et un « *moraliste* » qui a posé « *une demi-douzaine de problèmes : celui de la transmission des vices, celui des enfants naturels, celui du suicide et les autres* ». « *J'admire pleinement l'anatomiste,* conclut-il. *Je pense que toute dissection, pure et simple, faite sans réflexions, porte en elle un enseignement. C'est pour cela que je demande seulement à l'artiste beaucoup de vérité et beaucoup d'énergie.* »

Le même langage lui sert quelques mois plus tard, pour le compte rendu des *Victimes d'amour*, dans *Le Figaro* du 18 décembre 1866 [2]. C'est à propos de ce roman qu'on trouve pour la première fois sous sa plume l'image de « *la bête humaine* » : « *M. Hector Malot, un fils indépendant de Balzac, passe le tablier blanc de l'anatomiste et dissèque fibre par fibre la bête humaine étendue toute nue sur la dalle de l'amphithéâtre.* » Mais ici encore, il fait de la confrontation des personnages une *expérience* destinée à éclairer le fonctionnement des passions : « *On a dès lors une méthode d'observation basée sur l'expérience même* (...) *Notre âge est secoué par un frisson nerveux qui a exalté et détraqué les facultés aimantes. La passion, chez nous, est une crise bête et folle* (...) *Mettez dans un homme cette passion, faites-lui subir la crise nerveuse dont je viens de parler, changez-le en*

1. Recueilli dans *Livres d'aujourd'hui et de demain*, *Œuvres complètes*, t. X, pp. 539-543, Paris, Cercle du Livre précieux, 1968.
2. *Ibid.*, pp. 700-704. Voir aussi *Le Salut public*, 17 décembre 1866, *ibid.*, pp. 697-700.

une exquise machine à sensations, donnez-lui un cœur faible, avide de joie, lâche devant la souffrance, et vous aurez la bête humaine que M. Hector Malot a choisie. Ce n'est pas tout. Donnez, au début de sa vie, une maîtresse blasée à cet homme, et étudiez-le comme amant. Puis, au sortir des bras de cette femme, encore tout chaud d'un amour malsain, jetez-le dans les bras d'une jeune fille simple et douce, et alors étudiez-le comme époux. Enfin, lorsque, n'ayant plus de sang ni de cœur, il aura pesé sur les êtres qui l'entourent du poids de son égoïsme et de sa lâcheté, regardez-le avili et infâme en face de ses enfants, et terminez l'analyse navrante en l'étudiant comme père. Vous aurez dans son entier le sombre drame qu'a écrit l'auteur des Victimes d'amour. »

A propos de Dumas fils, Zola a cité les Goncourt. A propos d'Hector Malot, il cite Balzac et Taine. La boucle est fermée. De Taine, expliquant Balzac, à Zola, qui admire tout à la fois l'un et l'autre et se réjouit de trouver dans les Goncourt, Dumas fils et Malot, cette « anatomie morale » par laquelle Taine, à propos de *La Comédie humaine,* a défini — par une métaphore encore perceptible sous sa plume — le romancier « naturaliste », il n'y a pas de solution de continuité, mais une série de dérivations, au terme de laquelle le roman retrouve le roman, après un détour par la critique esthétique et morale.

Rien, donc, de plus concerté, de plus voulu, que *Thérèse Raquin.* Et l'expérience qu'il a voulu tenter, Zola l'a parfaitement définie dans sa Préface à la seconde édition, avec les mots mêmes dont il s'est déjà servi à propos de *Germinie Lacerteux* et des *Victimes d'amour.* Substituer à l'étude classique des « *caractères* » l'étude moderne des « *tempéraments* »; montrer que les êtres, ou du moins certains êtres, sont « *souverainement dominés par leurs nerfs et leur sang* » et par conséquent « *dépourvus de libre arbitre, entraînés à chaque acte de leur vie par les fatalités de leur chair* »; décrire la passion comme la satisfaction d'un besoin de la chair, le crime comme la conséquence d'un adultère contrarié, le remords comme un « *simple désordre* » du système nerveux; instituer entre les deux principaux personnages un programme de relations qui n'aient d'autres causes que les modifications de leur organisme et la pression des milieux et des circonstances; bref, écrire un roman qui soit doublement « expérimental » : expérience d'une étude nouvelle des comportements humains, et expérience d'une logique romanesque inédite dans sa matière et dans ses formes. Voilà le but, « *scientifique avant tout* ».

D'une certaine manière, *Thérèse Raquin* répond à cet objectif. Dès le chapitre II, qui raconte brièvement l'enfance et l'adolescence de Thérèse, Zola décrit par préférence les manifestations d'une nervosité naturelle qui porte la jeune fille à des tête-à-tête fougueux avec la nature, aussi bien qu'à de sourds antagonismes avec son entourage. Ces « *fougues* », ces « *emportements* », ces « *tressaillements* » ébranlent l'être d'autant plus profondément que le milieu les réprime, les refoule, les contraint au silence et à la ruse, jusqu'à ce que leur libération, en de brefs instants, les transforme en poussées sauvages et démentes.

Si Thérèse est dominée par son tempérament « *nerveux* », Laurent l'est par son tempérament « *sanguin* ». Au chapitre v, le personnage apparaît tout entier comme une métaphore de la puissance animale; il se loge, dans la chaîne des êtres, tout à côté du taureau et de l'étalon; la bête, là encore, est toute proche. « *Elle contemplait avec une sorte d'admiration son front bas, planté d'une rude chevelure noire, ses joues pleines, ses lèvres rouges, sa face régulière, sa beauté sanguine. Elle arrêta un instant ses regards sur son cou; ce cou était large et court, gras et puissant* (...) *On sentait sous ses vêtements des muscles ronds et développés, tout un corps d'une chair épaisse et ferme. Et Thérèse l'examinait avec curiosité, allant de ses poings à sa face, éprouvant de petits frissons lorsque ses yeux rencontraient son cou de taureau.* »

« *La pression des milieux et des circonstances* » renforce ou équilibre celle du « *tempérament* ». C'est le quartier miséreux du Port-aux-Vins qui a fait de Laurent ce qu'il est, et qui explique sa déchéance, comme le décor de la pension Vauquer, dans *Le Père Goriot*, explique celle de ses pensionnaires. Laurent a longtemps tourné en rond, dans le quartier, de son « *galetas* » à la « *crémerie* », et de celle-ci aux « *bancs* » des « *quais* », « *dans une oisiveté de toutes les heures* », dans une errance paresseuse et avachie. En revanche, lorsqu'il a pris l'habitude de venir boire « *en gourmand l'excellent thé de Mme Raquin* », il reste là « *assoupi* » et « *digérant* ». L'oisiveté famélique s'est transformée, « *sous l'effet des circonstances* », en oisiveté repue. L'être est ici réduit à son estomac, à ses fonctions digestives, à ses besoins et à ses satisfactions les plus triviaux. Il y a quelque chose d'inhumain dans le spectacle de cette chair digérante. On y éprouve pourtant une impression d'authenticité, par l'accent qu'il fait porter sur la puissance des fonctions naturelles, dont la peinture sans fard est évidemment un des aspects du naturalisme.

L'ENCHAINEMENT ROMANESQUE

A la recherche d'une intrigue qui fût comme une logique et une clinique des passions, déduites des axiomes de la physiologie, a répondu le souci d'une composition logique, méthodique, rigoureuse. Zola en donne une des clés à l'intérieur même de l'œuvre : « *La haine devait forcément venir. Ils s'étaient aimés comme des brutes, avec une passion chaude, toute de sang; puis, au milieu des énervements du crime, leur amour était devenu de la peur, et ils avaient éprouvé une sorte d'effroi physique de leurs baisers; aujourd'hui, sous la souffrance que le mariage, que la vie en commun leur imposait, ils se révoltaient et s'emportaient.* » (Chap. XXVIII, ci-dessous, p. 219.) D'un amour de « *brutes* » au crime, du crime à l'effroi, de l'effroi à la souffrance, puis à la haine, puis au suicide, ce sont, comme dans la nouvelle antérieure au roman, les six temps d'un drame dont les personnages sont poussés avec une parfaite régularité vers la déchéance et vers la mort, dans un mouvement déclenché quasi mécaniquement par le heurt des tempéraments entre eux, et des tempéraments avec les milieux. Autant dire une tragédie, dans laquelle le déterminisme d'instincts irrépressibles, l'enchaînement des manifestations successives d'une « névrose » tiennent lieu de fatalité.

De cette épure est issue une solide ossature d'épisodes et de tableaux. L'action se répartit sur trois grandes parties, comportant à peu près le même nombre de chapitres, également chargées d'intérêt dramatique et psychologique, et se terminant chacune par un épisode remarquable : le meurtre de Camille Raquin, le mariage de Thérèse et de Laurent, et au dénouement, leur suicide.

Il y avait quelque danger de monotonie à organiser une progression aussi régulière. Zola a cherché à y échapper en resserrant la durée du drame, en le réduisant à une crise. *Thérèse Raquin* se distingue à cet égard de *Madame Bovary* et de *Germinie Lacerteux*. Dans le roman de Flaubert le ton général estompe l'élément dramatique. *Madame Bovary*, ainsi qu'Albert Thibaudet l'a montré, est construit sur un schème de vie, un schème biographique, qui étale dans la durée les altérations et les dégradations d'un caractère. Dans *Germinie Lacerteux*, l'intrigue repose sur la fatalité d'une corruption physiologique et morale qui s'empare progressivement d'un seul être, et l'accompagne sa vie durant. Au contraire, dans *Thérèse Raquin*, le drame est suspendu tout entier à un événement accidentel, la rencontre de Thérèse et de Laurent en un milieu et en un moment propices à une liaison. Examinons le détail.

Au début de la première partie, qui s'achève au chapitre XIII, un prologue de quatre chapitres présente le cadre, les protagonistes, les premières péripéties annonciatrices de ruptures prévisibles et d'une action plus corsée. L'éclairage principal tombe sur Thérèse. Zola étudie ses personnages du dehors et se borne à rapporter des faits. Il procède selon un ordre à la fois logique, passant du milieu aux êtres, et chronologique, éclairant l'actuel par l'antérieur. Le prélude est à la fois systématique et biographique, un prélude de milieu et un prélude d'histoire, et en tout cas un point d'appui pour le récit; c'est la manière de Balzac. Le dernier chapitre introduit les préliminaires immédiats, avec un tableau des soirées du jeudi : c'est ici que se présentent les personnages secondaires. Des comparses, mais dont le rôle dramatique est tout de suite défini : insupportables de bêtise et de médiocrité, ils aideront involontairement le couple criminel, par leur bêtise même, à toutes les étapes du roman.

Après ces quatre chapitres de soutènement, s'introduit une première phase dramatique, qui s'étend sur neuf chapitres. Deux péripéties enclenchent l'intrigue. D'abord, au chapitre V, l'entrée en scène de Laurent. Tout l'éclairage se concentre ici sur lui, comme il se concentrait auparavant sur Thérèse. Pour lui donner plus de relief, et pour maintenir la continuité du récit, Zola le fait arriver chez les Raquin un jeudi, conduit par Camille, sa future victime. Rencontre décisive : Laurent révèle à Thérèse l'homme, la virilité. Sans longue transition, une seconde péripétie suit la première : la liaison entre Thérèse et Laurent, en trois temps, l'enracinement de Laurent chez les Raquin, ses calculs, la chute de Thérèse. Le chapitre VI est un des pôles du roman, avec celui du crime, celui de la nuit de noces, et celui du suicide. Une première porte vient de se fermer derrière les personnages, leur coupant toute retraite.

Deux chapitres-paliers s'accrochent au chapitre de la chute. Plus longs que le précédent, leur construction est moins aisément visible. Ils donnent au roman un tissu de descriptions et d'analyses : les rencontres de Thérèse et de Laurent, les confidences et les audaces de Thérèse, les soirées chez les Raquin. Au couple apparent et légal que forment Thérèse et Camille s'oppose le couple réel, au regard de la nature, que forment Laurent et Thérèse. Mais la fragilité de cette situation est montrée par des traits dramatiques, les ruses auxquelles Thérèse se trouve contrainte, et par un trait symbolique, les apparitions du chat. Le chapitre VIII fait pendant au chapitre IV, dont il est le symétrique par rapport au chapitre de la chute.

La première partie du roman s'engage ensuite sur un autre versant, celui qui conduira au crime. Zola ménage de nouveau une préparation, sur deux chapitres. Car le chapitre IX introduit une péripétie : Laurent ne peut plus approcher Thérèse chez les Raquin. Thérèse lui rend visite dans sa soupente. Ce déplacement de lieu anime l'intrigue; il permet à l'auteur de changer le décor et l'atmosphère, et d'exaspérer soudain le désir des deux amants. L'idée du meurtre naît devant l'obstacle : « *Thérèse regarda longtemps cette face blafarde qui reposait bêtement sur l'oreiller, la bouche ouverte. Elle s'écartait de lui, elle avait des envies d'enfoncer son poing fermé dans cette bouche.* » Les hasards d'une conversation engagée par Michaud laisseront apercevoir, au chapitre X, des chances très sûres d'impunité : un pas de plus vers le meurtre. Les chapitres IX et X sont symétriques des chapitres IV et V par rapport aux chapitres VI (la chute) et XI (le meurtre).

Le lecteur parvient ainsi au deuxième chapitre-pôle de la première partie. C'est un des plus longs de tout le roman, et probablement le mieux soigné et le plus réussi. Il se développe à la fois en description (la partie de campagne dans les îles de Saint-Ouen) et en narration. Les péripéties les plus dramatiques sont reportées à la fin du mouvement. Le chapitre est construit en deux temps : le premier pour la flânerie au bord de l'eau, et le second pour le crime, maquillé en accident. Le meurtre se trouve donc doublement préparé : par les chapitres précédents, et par le début de ce chapitre. Zola ménage soigneusement les effets de suspens et les effets de contraste.

De même qu'au chapitre VI s'accrochent les chapitres VII et VIII, de même, du chapitre XI, dépendent les deux chapitres suivants, XII et XIII, qui décrivent les faits et gestes de Laurent après le crime. La stupidité des comparses et l'hébétude de Thérèse servent son propre sang-froid. Le tableau de la Morgue, que Zola prolonge avec quelque complaisance macabre, et qui entre en correspondance avec les autres tableaux (les soirées chez les Raquin, les promenades du dimanche, la noce), n'est qu'en apparence un chapitre hors-jeu. Car la vision du noyé contribuera désormais à paralyser le désir de Laurent, de concert avec la cuisson de la morsure, non moins ineffaçable, et avec la présence du portrait de Camille, où se reflétera l'image ignoble du cadavre.

La deuxième partie, qui va des lendemains du crime aux noces de Thérèse et de Laurent, couvre les chapitres XIV à XXIII. Elle débute par deux chapitres de liaison, qui font pendant aux chapitres XII et XIII, et permettent au roman de reprendre haleine. On pourrait discerner une structure en dédoublement, comme s'il y avait dans *Thérèse Raquin* deux romans : le premier, roman du crime, le second, roman du remords. Ceci est l'invention propre de Zola : après une étude clinique de la passion adultère, une étude clinique du remords, ou de ce qu'il dénomme abusivement par ce terme.

Le chapitre XIV fait retour à la boutique Raquin et montre Thérèse prostrée. Un thème nouveau s'annonce, qui sera désormais un des thèmes majeurs : celui de la paralytique douloureuse. Peu à peu se mettent en place, pour s'entrelacer jusqu'à la fin du roman, des éléments corrélatifs où se matérialisera le « remords », c'est-à-dire la malédiction qui pèse sur les deux amants depuis leur crime : le regard de la paralytique, le portrait, le chat, la morsure.

Le très bref chapitre XV, finale du premier roman — le crime — est aussi l'ouverture du second — le châtiment. Après le meurtre, les réunions du jeudi reprennent. La sécurité des criminels semble totale; mais elle est illusoire. Les huit chapitres suivants s'appuient sur trois éléments dramatiques : le détraquement des deux amants, leur mariage, leur échec. Trois chapitres (XVI, XVII, XVIII) décrivent l'altération de Thérèse et de Laurent. Les anciennes habitudes ont repris, l'entente règne en apparence chez les Raquin. Mais Thérèse est en proie au doute, aux premières atteintes de la peur. Laurent s'avachit, obsédé par l'image de Camille. La cicatrice, indélébile, lui interdit l'oubli et le soulagement. Entre eux, le désir a disparu. Leur anxiété ne trouvera de recours et d'exorcisme que dans l'impatience d'un mariage que retardent les convenances. Alors que les chapitres XIII, XIV et XV tiennent sur quelques jours, le récit repart dans la durée à partir du chapitre XVI. Du même coup les deux chapitres XVI et XVII s'allongent. Le roman franchit un long palier d'analyse, avant une nouvelle crise. Cependant, tandis que le chapitre XVI est censé couvrir plusieurs semaines, le suivant n'occupe qu'une nuit — ce qui ne l'empêche pas d'être long, comme cette nuit de cauchemar qui est pour Laurent celle où commence vraiment l'expiation.

Le chapitre XVIII réunit le couple dans les mêmes affres. Après trois chapitres d'analyse, viennent deux chapitres narratifs (XIX et XX). Les comparses réapparaissent, dans des scènes d'intérieur à plusieurs personnages, qui correspondent à celles du chapitre VIII et du chapitre IV. Une nouvelle intervention de Michaud marque une nouvelle étape dans le destin de Thérèse : c'est lui qui propose son diagnostic et son remède à la tristesse de la jeune femme; c'est lui qui persuadera Laurent d'épouser Thérèse. Le chapitre XX, qui raconte le mariage, est écrit sur le mode du grotesque, un grotesque grinçant, qui ménage un contraste perpétuel entre l'ahurissement angoissé des deux époux et la satisfaction benête de leur entourage. Le burlesque se mêle au tragique; il en ira souvent ainsi dans les romans ultérieurs.

Le troisième volet de cette seconde partie s'étend sur les chapitres XXI, XXII, XXIII, avec un chapitre-clé, la nuit de noces, qui est ici ce que le chapitre du meurtre était pour la première partie, et ce que le suicide sera pour la troisième, au chapitre XXXII. Le parallélisme des mouvements est frappant. Le double imaginaire de Camille, qui avait disparu pour un temps, redevient obsédant; il domine Thérèse et Laurent, tuant en eux tout instinct sensuel. A partir de là, le roman conduit ses personnages, inexorablement, vers la folie. Le chapitre XXIII est le complément nécessaire du chapitre XXI. L'échec de la nuit de noces aurait pu être un accident. Mais le chapitre XXIII enferme pour toujours chacun des deux personnages dans sa frigidité et sa solitude. Laurent tente en vain de faire renaître les anciens désirs, qui exorciseraient la peur. La contrainte psychique l'emporte sur les lois du sexe. L'enlacement ne débouche que sur la répulsion et l'impuissance.

Entre ces deux chapitres paroxystiques, le chapitre XXII disserte sur les rapports mutuels des tempéraments. C'est l'aspect le moins supportable de *Thérèse Raquin.* Il assure néanmoins la progression du roman dans la durée, entre deux chapitres qui ne s'étendent chacun que sur les quelques heures d'une nuit.

Ainsi, une série de crans se bloquent les uns après les autres. Dès l'adultère, tout était joué, par le fait d'un déterminisme aussi irréductible que celui des phénomènes biologiques. Toute tentative des deux amants pour échapper à l'étau ne fait qu'accroître leur désarroi. Dans le climat de violence qui s'est créé et qui s'épaissit, l'épilogue est facile à prévoir.

Une première situation instable — le ménage à trois — avait reçu un dénouement provisoire dans le crime. Une seconde situation instable — le veuvage de Thérèse aux côtés de Laurent — avait trouvé sa solution dans le mariage. Au début de la troisième partie se crée une nouvelle situation anormale — la double inhibition — incompatible avec le bonheur. On ne devine que trop bien ce qui va se produire.

Si cette partie doit être, par souci d'équilibre, aussi longue que les deux premières, il faut donc rehausser l'intérêt dramatique, animer le récit et le dialogue. C'est alors que le personnage de Mme Raquin sort de l'ombre quiète où il se tenait jusque-là, au cours d'une péripétie horrible : elle apprend la vraie cause de la mort de son fils, et l'identité de ses meurtriers, au moment où elle est devenue incapable de toute vengeance. De ce fait, la haine va marquer de son signe toute la troisième partie. Le désir sexuel et son assouvissement, dominantes du début, notes sauvages, mais aussi notes qui manifestent la poussée de la vie, ont disparu des deux parties suivantes; mais la dominante de la seconde partie, l'impuissance hallucinée, négative et destructrice, va subsister dans la troisième, où elle sert de complémentaire à une dominante qui en est la conséquence et qui la dépasse en force destructrice : la haine.

On distingue là, comme dans les deux autres parties, des chapitres-pôles, et notamment le chapitre XXVI, celui de la révélation, autour duquel se groupent les chapitres XXIV, XXV et XXVII. Le silence forcé de Mme Raquin laisse les deux époux en tête à tête. A partir du chapitre XXVIII, le processus final se met en mouvement. Jusqu'alors, ils s'étaient trouvés en proie à l'obsession du noyé, qui les dégoûtait l'un de l'autre. Leur répulsion prend maintenant des formes violentes : accusations mutuelles, disputes, coups, torture réciproque, et, de nouveau, le besoin du meurtre. On ne décèle plus de chronologie marquée dans la narration. Cela a pu durer des semaines; peu importe, puisque de toute manière l'issue ne peut être que la mort. Le chapitre XXX préfigure l'épilogue : Thérèse tue l'enfant qu'elle porte, Laurent tue le chat dont la présence l'exaspère. Après un chapitre qui sert à montrer la rapide déchéance de Thérèse et de Laurent, tout ira très vite. Une fois de plus le grotesque accompagne le tragique. Les deux personnages, dont chacun a songé à tuer l'autre, se suicident après une de ces navrantes soirées du jeudi qui a réuni, autour de l'impotente, tous les comparses. Le roman s'éteint brutalement.

A scruter d'un peu près la composition de ce roman, on mesure son enrichissement progressif en thèmes noirs, brutaux, désespérés, morbides. Les défauts et les maladresses ne lui manquent pas. Mais sa robustesse de structure, la rigueur quasi géométrique de l'architecture, qui se manifeste dans le découpage détaillé de chaque chapitre, le caractère irréversible de l'enchaînement des faits, la multiplicité des corrélations qui traversent le texte, définissent une facture romanesque absolument originale pour l'époque, et autrement plus efficace que celle des Goncourt, de Malot ou de Dumas fils, que nous avons cités parmi les modèles possibles de Zola. Celui-ci, à vingt-sept ans, connaît les lois du genre, d'instinct et d'expérience — l'expérience que lui a donnée l'exercice de la critique. Il a compensé la relative minceur du drame par la narration au ralenti de plusieurs épisodes, par l'emploi des retours en arrière, qui donnent aux personnages un passé et à l'intrigue une perspective, par l'entremêlement des chapitres de crise, des pages d'analyse et des descriptions pittoresques. Les pages descriptives des chapitres-tableaux (le passage du Pont-Neuf, le train-train de la vie quotidienne chez les Raquin, la partie de campagne à Saint-Ouen) donnent à l'action son extension, contrôlée, dans l'espace. Les chapitres d'analyse psychologique, fort importants, et les chapitres d'action alternent régulièrement ; de même les chapitres de pure narration et les chapitres dialogués. Au début du roman, les protagonistes sont longuement présentés, et longuement dépeinte l'atmosphère, chargée de contrastes, d'oppositions, de désaccords latents, d'où va naître le drame : pour mettre en place les chapitres d'assise, sur lesquels le récit va s'appuyer, le romancier prend son temps, sans rien presser ni brusquer. Enfin, chacun des épisodes tragiques — la noyade, la nuit de noces, le suicide — est préparé de loin par une série de traits, de péripéties, de suspens, qui, alliés aux détails symboliques courant d'un bout à l'autre du roman (le chat, le portrait du noyé, la morsure, la paralysie de Mme Raquin) rendent naturelle la montée de l'anxiété, puis de l'épouvante, et confèrent à l'œuvre sa tension, sa logique et son unité.

LES RÉSEAUX DU SENS

La description du mouvement narratif, si riche qu'en soit la matière, ne suffit pas à faire comprendre que ce roman ait survécu, quand la plupart des romans contemporains sont allés au néant. Il faudrait ici entreprendre une analyse méthodique de tous les éléments du contenu, et de leurs corrélations : distribution de l'espace romanesque, jeux de la chronologie et de la durée, système des personnages, typologie des situations, valeurs symboliques des quatre éléments, techniques et effets descriptifs.

La disposition de l'espace, par exemple, privilégie les lieux intérieurs : la salle à manger des Raquin, la chambre de Thérèse. Vingt-quatre chapitres sur trente-deux se passent pour l'essentiel dans l'appartement des Raquin, ce qui s'explique peut-être par une influence de la mise en scène dramatique, mais surtout par le caractère confiné, enfermé, de cette société de petits boutiquiers et d'employés, et aussi par la clandestinité d'une intrigue passionnelle refermée sur elle-même. C'est dans la chambre close que Laurent possède Thérèse; c'est dans cette même chambre que le couple vivra plus tard ses terreurs. Les échappées sur l'extérieur, sur les paysages largement ouverts de l'île Saint-Ouen, sur le flux libre et infini de la rivière, en prennent d'autant plus de valeur. L'arrangement des décors semble aussi calculé que celui de la composition narrative. Si le galetas de Laurent est une variante de la chambre des Raquin, les rivages de la Seine à Saint-Ouen nous renvoient à ceux de la Seine à Vernon. Amoureuse de l'eau et de l'herbe, Thérèse étouffe dans le décor lugubre du passage du Pont-Neuf. Camille, qui respire à l'aise sous la lampe de la salle à manger, est suffoqué par les souffles qui passent sur la Seine. Les paysages s'opposent comme les personnages. Quitter les bords de Seine pour venir à Paris est un emprisonnement, le voyage inverse une délivrance. La topographie est ici fonctionnelle, et presque articulée comme un langage, enserrant l'œuvre dans un réseau spatial dont chaque unité ne trouve son sens que par rapport à l'ensemble des lieux et par rapport à l'ensemble des types.

De même, tout se passe comme si le portrait des personnages était élaboré non pas à partir de l'observation d'êtres réels, mais à partir d'un système acquis de caractérisants devenus des indices où s'associent la notation physique et la connotation psycho-sociologique. La structure lexicale des portraits répond à un modèle systématique, que l'on figurera de la façon suivante, en ne conservant que les trois personnages principaux :

Les caractérisants se groupent en une sorte de code, dont les signes renvoient à une anthropologie sous-jacente,

	Thérèse [*Tempérament nerveux*] (+)	**Laurent** [*Tempérament sanguin*] (+)	**Camille** [*Tempérament lymphatique*] (—)
Yeux	noirs ardents rouges	noirs ardents fauves	bleus arrondis
Cheveux	sombres épais	noirs rudes	blonds fades collés
Lèvres	minces roses chaudes humides battements	rouges	ouvertes
Menton	nerveux		grêle
Cou	souple gras	large court gras puissant	ridé
Visage	pâle ardent rigidité passion	plein sanguin frais	pâle blafard verdâtre

puisque leur fonctionnement, allié à celui d'autres signes du même genre (les actes, par exemple), permet à l'auteur de distinguer deux espèces d'êtres, du point de vue de leur comportement physiologique, psychologique, sexuel, professionnel, social. Mais c'est aussi un code mythique, puisque ses éléments, outre leur signification brute, sont exploités pour opposer symboliquement le Sang et la Lymphe, l'Activité et la Passivité, l'Objet de Désir et l'Objet de Répulsion, la Vie et la Mort. Enfin, l'organisation de ce système en deux classes de valeurs (Thérèse-Laurent ≠ Camille) est un principe de dramatisation. Car il existe une relation génétique entre le système des personnages et le programme narratif que nous avons résumé plus haut. L'union de Thérèse (+) et de Camille (—) a créé un déséquilibre. La rencontre de Laurent (+) rétablit momentanément l'équilibre sur le plan sexuel, mais elle accentue l'instabilité de la situation. A celle-ci, le meurtre de Camille semble devoir rendre une assise. Mais il n'en est rien, car Camille (—) a des substituts multiples : la cicatrice, le portrait, Mme Raquin, le chat... Les réincarnations successives ou simultanées du personnage que tout condamnait à mort, et qui effectivement est tué sous les yeux du lecteur, font dériver le roman du côté du *fantastique :* avatar du « naturalisme » qui n'est pas pour étonner les lecteurs avertis de Zola.

Sous les thèmes et les agencements que manifeste la lecture linéaire, une relecture pratiquée en tous sens ferait ainsi émerger des structures profondes et une thématique seconde, qui forment, à l'écart des significations affirmées dans la Préface, un contenu implicite, un deuxième texte, dont le langage, déchiffré par les lecteurs modernes, est sans doute demeuré inconnu de l'auteur même, et de ses contemporains.

UN ÉMULE DE MANET ?

La Préface de Zola passe également sous silence un autre aspect de l'expérience ici tentée. Si Zola revendique hautement l'influence de Taine, il ne dit mot de celle des peintres. Pourtant, la préparation et la rédaction de *Thérèse Raquin* sont contemporaines des visites que l'écrivain fait dans l'atelier de Manet. Il pourrait, certes, n'y avoir aucun lien, du roman à la peinture. Mais ce n'est pas le cas. Et dès les premières pages, le rapprochement s'impose, vite confirmé par une comparaison entre le vocabulaire du roman et celui des pages que Zola consacre à Edouard Manet dans ses *Salons*. Regardez l' « *œil noir largement ouvert* » de Thérèse, ses lèvres, « *deux minces traits d'un rose pâle* ». Ce sont les couleurs de *Lola de Valence*, peinte par Manet en 1862 et célébrée par Baudelaire :

> Mais on voit scintiller dans Lola de Valence
> Le charme inattendu d'un bijou rose et noir

Ce sont aussi celles d'*Olympia*, que Zola décrit en ces termes dans son étude sur *Edouard Manet* (*Revue du XIX*e *siècle*, 1er janvier 1867) : « *Les lèvres sont deux minces lignes roses, les yeux se réduisent à quelques traits noirs.* » La figure de Thérèse se détache, au premier chapitre, sur un fond de « *papier bleu* », de « *gros pelotons de laine verte* », de « *boutons noirs* », de « *cartes blanches* », et cela évoque le bouquet d'Olympia : « *des plaques roses, des plaques bleues, des plaques vertes* ». La technique descriptive du premier chapitre de *Thérèse Raquin* est celle-là même que Zola attribue au peintre d'*Olympia* : « *Alors il arrive une étrange histoire : chaque objet se met à son plan, la tête d'Olympia se détache du fond avec un relief saisissant, le bouquet devient une merveille d'éclat et de fraîcheur* (...) *Il vous fallait des taches claires et lumineuses, et vous avez mis un bouquet ; il vous fallait des taches noires, et vous avez placé dans un coin une négresse et un chat* (...) *Vous avez admirablement réussi à faire une œuvre de peintre, de grand peintre, je veux dire à traduire énergiquement et dans un langage particulier les vérités de la lumière et de l'ombre, les réalités des créatures.* »

Ce qu'ajoute l'écrivain à la forme et à la couleur, et qui n'est pas chez le peintre, c'est la valeur symbolique, en liaison étroite avec le thème romanesque. L'œil noir de Thérèse, sa chevelure sombre, son corps perdu dans l'ombre, la blancheur blafarde des étoffes, les lueurs fauves qui éclairent le profil de Thérèse, l'immobilité absolue de celle-ci, sont autant de *signes*, qui introduisent le lecteur dans un univers de ténèbres, dans un caveau, dans le néant d'une vie recluse — mais où le feu couve. Le regard donne ici du sens aux choses, dans le moment même où il les repère. La couleur n'est pas pure. L'impressionnisme se résout en expressionnisme.

Il en va de même pour la « partie de campagne » à Saint-Ouen, au chapitre XI, thème familier à Manet, Pissarro, Monet, Sisley, Renoir, aussi bien qu'à Flaubert, Goncourt, et Maupassant. Le tableau est construit à la manière des peintres : Thérèse, au premier plan, sur la balustrade; et, sous ses yeux, en perspective, le quai, avec ses guinguettes, ses tonnelles, les baraques, la foule, les Parisiens du dimanche qui folâtrent. Mais Thérèse écoute et respire, autant qu'elle regarde. La vie confuse du décor et de la foule engage tous ses sens, et les assaille d'impressions multiples, toutes crues, violentes, troublantes. Cette foule n'est pas la compagnie insouciante des canotiers de Renoir. Les odeurs de graillon et de friture, les bruits de vaisselle, le tapage des gargotes, la trivialité des gestes et des propos, la cacophonie criarde des silhouettes, des couleurs et des bruits, imposent la sensation d'une vitalité frénétique, vulgaire, primitive, sordide. Visiblement, Zola, d'abord étourdi, abasourdi, est vite mal à l'aise au milieu de ces « *paletots* » et de ces jupes. Il éprouvera toujours, devant la foule débridée, ce même mouvement contradictoire d'attirance et de dégoût. Ce n'est pas l'ironie de Flaubert devant le rassemblement des paysans normands, ni la curiosité distante des Goncourt pour la population hétéroclite des fortifications. C'est quelque chose qui engage plus viscéralement l'artiste, selon une double modernité : modernité de la technique, et modernité de la fascination.

Lorsque ce roman, qui se prête à diverses sortes d'investigations critiques, parut en décembre 1867, il bénéficia d'un lancement polémique. Il subit le même sort que *Germinie Lacerteux*, dont, trois ans plus tôt, les critiques parisiens avaient vilipendé l' « odieuse immoralité », « les brutales inconvenances ». Sous le titre « La Littérature putride », Ferragus-Louis Ulbach publia dans *Le Figaro* un éreintement, où, rapprochant *Thérèse Raquin* de *Germinie Lacerteux* et de *La Comtesse de Chalis* (d'Ernest Feydeau), il reprochait aux romanciers « trivialistes » de ne donner que « des cauchemars de la réalité » et de sacrifier la recherche difficile de la vérité aux commodités de l'horreur. Zola répondit le 31 janvier en défendant *Germinie Lacerteux* plutôt que *Thérèse Raquin*, et en revendiquant le droit d'étudier tous les aspects du « mécanisme de la vie » sans être pour autant accusé d'immoralité. Son échange de lettres avec Taine et avec Sainte-Beuve, qu'on trouvera également dans les *Documents* qui suivent, resta privé. Sainte-Beuve, qui s'y connaissait, jugeait invraisemblable l'inhibition qui frappe les deux amants après le meurtre; mais, avec une rare lucidité, il soulignait que l'œuvre pouvait « faire époque dans l'histoire du roman contemporain ». A l'objection du critique, Zola répondit que la mésentente — sexuelle — entre Laurent et Thérèse était profonde et ancienne : le crime n'en est pas la cause, mais presque, à la limite, la conséquence. Dix ans plus tard, il reviendra sur cette interprétation, et donnera raison à Sainte-Beuve, au nom de la logique. Sa première explication nous paraît aller plus loin dans l'exploration des personnages et de la structure du roman.

Henri MITTERAND.

DOCUMENTS

Un mariage d'amour [1]

Michel avait vingt-cinq ans lorsqu'il épousa Suzanne, une jeune femme de son âge, d'une maigreur nerveuse, ni laide, ni belle, mais ayant dans son visage effilé deux grands beaux yeux qui allaient largement d'une tempe à l'autre. Ils vécurent trois années sans querelles, ne recevant guère que Jacques, un ami du mari, dont la femme devint peu à peu passionnément amoureuse. Jacques se laissa aller à la douceur cuisante de cette passion. D'ailleurs, la paix du ménage ne fut pas troublée; les amants étaient lâches, et reculaient devant la certitude d'un scandale. Sans en avoir conscience, ils en arrivèrent lentement au projet de se débarrasser de Michel. Un meurtre devait tout arranger, en leur permettant de s'aimer en liberté et selon la loi.

Un jour, ils décidèrent le mari à faire une partie de campagne. On alla à Corbeil, et là, lorsque le dîner eut été commandé, Jacques proposa et fit accepter une promenade en canot sur la Seine. Il prit les rames et descendit la rivière, tandis que ses compagnons chantaient et riaient comme des enfants.

Quand la barque fut en pleine Seine, cachée derrière les hautes futaies d'une île, Jacques saisit brusquement Michel et essaya de le jeter à l'eau. Suzanne cessa de chanter; elle détourna la tête, pâle, les lèvres serrées, silencieuse et frissonnante. Les deux hommes luttèrent un instant sur le bord de la barque qui s'enfonçait en craquant. Michel, surpris, ne pouvant comprendre, se défendit, muet, avec l'instinct d'une bête qu'on attaque; il mordit Jacques à la joue, enleva presque le morceau, et tomba

1. Nouvelle publiée par Zola dans *Le Figaro* du 24 décembre 1866. — Voir *Œuvres complètes*, t. IX, pp. 272-276, Paris, Cercle du Livre précieux, 1968.

dans la rivière en appelant sa femme avec rage et terreur. Il ne savait pas nager.

Alors Jacques, prenant Suzanne dans ses bras, se jeta à l'eau de façon à faire chavirer la barque. Puis il se mit à crier, à appeler au secours. Il soutenait la jeune femme, et, comme il était excellent nageur, il atteignit aisément la rive, où plusieurs personnes se trouvaient déjà rassemblées.

La terrible comédie était jouée. Suzanne, évanouie et froide, gisait sur le sable; Jacques pleurait, se désespérait, implorait de prompts secours pour son ami. Le lendemain, les journaux racontèrent l'accident, et les amants ayant toujours été aussi prudents que lâches, la pensée qu'un crime avait pu être commis ne vint à personne. Jacques en fut quitte pour expliquer la large morsure de Michel, en disant qu'un clou de la barque lui avait déchiré la joue.

Il fallait attendre au moins treize mois. Les amants s'étaient concertés à l'avance et avaient décidé qu'ils agiraient avec la plus grande prudence. Ils évitèrent de se voir; ils ne se rencontrèrent que devant témoins.

Le moindre empressement aurait peut-être éveillé les soupçons.

Jacques, pendant les huit premiers jours, alla régulièrement à la morgue chaque matin. Quand il eut retrouvé et reconnu sur une des dalles blanches le cadavre de Michel, il le réclama au nom de la veuve et le fit enterrer. Il avait commis froidement le crime, et il éprouva un frisson d'épouvante en face de sa victime horriblement défigurée, toute marbrée de taches bleues et vertes. Dès lors, il eut toujours devant les yeux le visage gonflé et grimaçant du noyé.

Dix-huit mois s'écoulèrent. Les amants se virent rarement; à chaque rencontre, ils éprouvèrent un étrange malaise. Ils attribuèrent cette sensation pénible à la peur, à l'âpre désir qu'ils avaient d'en finir avec cette funèbre histoire, en se mariant et en goûtant enfin les douceurs de leur amour. Jacques souffrait surtout de sa solitude; les dents de Michel avaient laissé sur sa joue des traces blanches, et il semblait parfois au meurtrier que ces cicatrices brûlaient sa chair et dévoraient son visage. Il espérait que Suzanne, sous ses baisers, apaiserait la cuisson des terribles brûlures.

Quand ils crurent avoir assez attendu, ils se marièrent, et toutes leurs connaissances applaudirent. Ils goûtèrent, pendant les préparatifs de la noce, une joie nerveuse qui les trompa eux-mêmes. La vérité était que, depuis le crime, ils frissonnaient tous deux la nuit, secoués par d'effrayants cauchemars, et qu'ils avaient hâte de s'unir contre leur épouvante pour la vaincre.

Lorsqu'ils se trouvèrent seuls dans la chambre nuptiale, ils s'assirent, embarrassés et inquiets, devant un feu clair qui éclairait la pièce de larges clartés jaunes.

Jacques voulut parler d'amour, mais sa bouche était sèche, et il ne put trouver un mot; Suzanne, glacée et comme morte, cherchait en elle avec désespoir sa passion qui s'en était allée de sa chair et de son cœur.

Alors, ils essayèrent d'être banals et de causer comme des gens qui se seraient vus pour la première fois. Mais les paroles leur manquèrent. Tous deux, ils pensaient invinciblement au pauvre noyé, et, tandis qu'ils échangeaient des mots vides, ils se devinaient l'un l'autre. Leur causerie cessa; dans le silence, il leur sembla qu'ils continuaient à s'entretenir de Michel. Ce terrible silence, plein de phrases épouvantées et cruelles, devenait accablant, insoutenable. Suzanne, toute blanche dans sa toilette de nuit, se leva, et tournant la tête :

« Vous l'avez vu à la morgue ? demanda-t-elle d'une voix étouffée.

— Oui, répondit Jacques en frissonnant.

— Paraissait-il avoir beaucoup souffert ? »

Jacques ne put répondre. Il fit un geste, comme pour écarter une vision ignoble et odieuse, et il s'avança vers Suzanne, les bras ouverts :

« Embrasse-moi, dit-il, en tendant la joue où se montraient des marques blanches.

— Oh! non, jamais... pas là! » s'écria Suzanne qui recula en frémissant.

Ils s'assirent de nouveau devant le feu, effrayés et irrités. Leurs longs silences étaient coupés par des paroles amères, par des reproches et des plaintes.

Telle fut leur nuit de noces.

Dès lors, un drame navrant se passa entre les deux misérables. Je ne puis en raconter tous les actes, et je me contente d'indiquer brièvement les principales péripéties.

Le cadavre de Michel se mit entre Jacques et Suzanne. Au lit, ils s'écartaient l'un de l'autre et semblaient lui faire place. Dans leurs baisers, leurs lèvres devenaient froides, comme si la mort se fût placée entre leurs bouches. Et c'étaient des terreurs continuelles, des effrois brusques qui les séparaient, des hallucinations qui leur montraient leur victime partout et à chaque heure.

Cet homme et cette femme ne pouvaient plus s'aimer. Ils étaient tout à leur épouvante. Ils ne vivaient ensemble que pour se protéger contre le noyé. Parfois encore ils se serraient avec force l'un contre l'autre, s'unissaient avec désespoir, mais c'était afin d'échapper à leurs sinistres visions.

Puis la haine vint. Ils s'irritèrent contre leur crime, ils se désespérèrent d'avoir troublé leur vie à jamais. Alors ils s'accusèrent mutuellement. Jacques reprocha amèrement à Suzanne de l'avoir poussé au meurtre, et Suzanne lui cria qu'il mentait et qu'il était le seul coupable. La colère accroissait leurs angoisses, et chaque jour, pour le moindre souvenir, la querelle recommençait, plus âpre et plus cruelle. Les deux assassins tournèrent comme des bêtes fauves dans la vie de souffrance qu'ils s'étaient faite, se déchirant eux-mêmes, haletants, obligés de se taire.

Suzanne regretta Michel, le pleura tout haut, vanta au meurtrier les vertus de sa victime, et Jacques dut vivre en entendant toujours parler de cet homme qu'il avait jeté à l'eau et dont le cadavre était si horrible sur une dalle de la morgue. Il avait souvent des heures de délire, et il accablait sa complice d'injures, la battait, lui répétait avec des cris l'histoire du meurtre, et lui prouvait que c'était elle qui avait tout fait, en lui donnant la folie de la passion.

S'il n'avait eu peur de trop souffrir, il se serait coupé la joue, pour enlever les traces des dents de Michel. Suzanne pleurait en regardant ces cicatrices, et le visage de Jacques était devenu pour elle un objet d'horreur dont la vue la secouait d'un éternel frisson.

Enfin se joua le dernier acte de ce drame poignant. Après la haine, vinrent la crainte et la lâcheté; les deux assassins eurent peur l'un de l'autre.

Ils comprirent qu'ils ne pouvaient vivre plus longtemps dans la fièvre du remords; ils voyaient avec terreur leur abattement mutuel, et ils tremblaient en pensant que l'un d'eux parlerait à coup sûr un jour ou l'autre.

Alors ils se surveillèrent; leurs souffrances étaient intolérables, mais ils ne voulaient pas la délivrance par le châtiment. Ils se suivirent partout, ils s'étudièrent dans leurs moindres actes; à chaque nouvelle querelle, ils se menaçaient de tout dire, puis ils se suppliaient à mains jointes de garder le silence, et ils restaient soupçonneux et farouches. Vie terrible, qui les traînait dans toutes les angoisses du remords et de l'effroi.

Ils en vinrent chacun à l'idée de se débarrasser d'un complice redoutable. Suzanne espérait vivre plus calme, lorsqu'elle ne verrait plus la joue couturée de Jacques, et Jacques pensait pouvoir tuer son premier crime en tuant Suzanne.

Un jour, ils se surprirent, versant mutuellement du poison dans leurs verres. Ils éclatèrent en sanglots, leur fièvre tomba, et ils se jetèrent dans les bras l'un de l'autre. Ils pleurèrent longtemps, demandant pardon, comprenant leur infamie, se disant que l'heure était venue de mourir. Ce fut une dernière crise qui les soulagea.

Ils burent chacun le poison qu'ils avaient versé, et expirèrent à la même heure, liés dans la mort comme ils avaient été liés dans le crime. On trouva sur une table leur confession, et c'est après avoir lu ce testament sinistre, que j'ai pu écrire l'histoire de ce mariage d'amour.

Emile ZOLA.

La littérature putride [1]

Il s'est établi depuis quelques années une école monstrueuse de romanciers, qui prétend substituer l'éloquence du charnier à l'éloquence de la chair, qui fait appel aux curiosités les plus chirurgicales, qui groupe les pestiférés pour nous en faire admirer les marbrures, qui s'inspire directement du choléra, son maître, et qui fait jaillir le pus de la conscience.

Les dalles de la morgue ont remplacé le sofa de Crébillon; Manon Lescaut est devenue une cuisinière sordide, quittant le graillon pour la boue des trottoirs. Faublas a besoin d'assassiner et de voir pourrir ses victimes pour rêver d'amour; ou bien, cravachant les dames du meilleur monde, lui qui n'a rien lu, il met les livres du marquis de Sade en action.

Germinie Lacerteux, *Thérèse Raquin*, *La Comtesse de Chalis*, bien d'autres romans qui ne valent pas l'honneur d'être nommés (car je ne me dissimule pas que je fais une réclame à ceux-ci) vont prouver ce que j'avance.

Je ne mets pas en cause les intentions; elles sont bonnes; mais je tiens à démontrer que dans une époque à ce point blasée, pervertie, assoupie, malade, les volontés les meilleures se fourvoient et veulent corriger par des moyens qui corrompent. On cherche le succès pour avoir des auditeurs, et on met à sa porte des linges hideux en guise de drapeaux pour attirer les passants.

J'estime les écrivains dont je vais piétiner les œuvres; ils croient à la régénération sociale; mais en faisant leur petit tas de boue, ils s'y mirent, avant de le balayer; ils veulent qu'on le flaire et que chacun s'y mire à son tour; ils ont la coquetterie de leur besogne et ils oublient l'égout, en retenant l'ordure au-dehors.

Je dois, en bonne conscience, faire une exception pour M. Feydeau. Ce n'est que faute d'un peu d'esprit qu'il dépasse la mesure; mais je louerais beaucoup plus son dernier roman, qui a des parties excellentes si l'auteur n'avait l'habitude de ne laisser rien à dire à ses lecteurs,

1. Article de Ferragus (Louis Ulbach) dans *Le Figaro* du 23 janvier 1868.

en fait de compliments, et si je ne me souvenais de *La Fille aux yeux d'or*. Quoi qu'il en soit, M. Feydeau a voulu, *voyant les mœurs de son temps*, écrire à son tour *Les Liaisons dangereuses*. Il est parti d'un point de vue austère; il flétrit sans ambages les belles façons des grandes dames; il a dépeint avec une sûreté de coloris incontestable le portrait de son héroïne; mais il n'a pu se garer du défaut commun. C'est un Joseph Prudhomme faisandé. En deux ou trois endroits il souligne trop, et on peut lui appliquer ce moyen de comparaison qui condamne les autres romanciers *trivialistes* : il lui serait impossible de mettre son héroïne au théâtre.

Remarquez bien que c'est la pierre de touche. Balzac, le sublime fumier sur lequel poussent tous ces champignons-là, a amassé dans Mme Marneffe toutes les corruptions, toutes les infamies; et pourtant comme il n'a jamais mis Mme Marneffe dans une position si visiblement grotesque ou triviale que son image pût faire rire ou soulever le goût, on a représenté Mme Marneffe sur un théâtre. Je vous défie d'y mettre Fanny; la scène principale la ridiculiserait! Je vous défie d'y mettre la comtesse de Chalis! Je vous défie d'y laisser passer Germinie Lacerteux, Thérèse Raquin, tous ces fantômes impossibles qui suintent la mort, sans avoir respiré la vie, qui ne sont que des cauchemars de la réalité.

Le second reproche que j'adresserai à cette littérature violente, c'est qu'elle se croit bien malicieuse et qu'elle est bien naïve : elle n'est qu'un trompe-l'œil.

Il est plus facile de faire un roman brutal, plein de sanie, de crimes et de prostitutions, que d'écrire un roman contenu, mesuré, moiré, indiquant les hontes sans les découvrir, émouvant sans écœurer. Le beau procédé que celui d'étaler des chairs meurtries! Les pourritures sont à la portée de tout le monde, et ne manquent jamais leur effet. Le plus niais des réalistes, en décrivant platement le vieux Montfaucon, donnerait des nausées à toute une génération.

Attacher par le dégoût, plaire par l'horrible, c'est un procédé qui malheureusement répond à un instinct humain, mais à l'instinct le plus bas, le moins avouable, le plus universel, le plus bestial. Les foules qui courent à la guillotine, ou qui se pressent à la morgue, sont-elles le public qu'il faille séduire, encourager, maintenir dans le culte des épouvantes et des purulences ?

La chasteté, la candeur, l'amour dans ses héroïsmes, la haine dans ses hypocrisies, la vérité de la vie, après tout, ne se montrent pas sans vernis, coûtent plus de travail, exigent plus d'observation et profitent davantage au lecteur. Je ne prétends pas restreindre le domaine de l'écrivain. Tout, jusqu'à l'épiderme, lui appartient : arracher la peau, ce n'est plus de l'observation, c'est de la chirurgie; et si une fois par hasard un écorché peut être indispensable à la démonstration psychologique, l'écorché mis en système n'est plus que de la folie et de la dépravation.

Je disais que toutes ces imaginations malsaines étaient des imaginations pauvres ou paresseuses. Je n'ai besoin que de citer les procédés pour le prouver. Elles vivent d'imitation. *Madame Bovary*, *Fanny*, *L'Affaire Clémenceau*, ont l'empreinte d'un talent original et personnel; aussi ces trois livres supérieurs sont-ils restés les types que l'on imite, que l'on parodie, que l'on allonge en les faisant grimacer. Combiner l'élément judiciaire avec l'élément pornographique, voilà tout le fonds de la science. Mystère et hystérie! voilà la devise.

Il y a un piège, d'ailleurs, dans ces deux mots : les tribunaux sont un lieu commun de péripéties variées et faciles, et, à une époque d'énervement, comme on n'a plus le secret de la passion, on la remplace par des spasmes maladifs; c'est aussi bruyant, et c'est plus commode.

Ceci expliqué, je dois avouer le motif spécial de ma colère. Ma curiosité a glissé ces jours-ci dans une flaque de boue et de sang qui s'appelle *Thérèse Raquin*, et dont l'auteur, M. Zola, passe pour un jeune homme de talent. Je sais, du moins, qu'il vise avec ardeur à la renommée. Enthousiaste des crudités, il a publié *La Confession de Claude* qui était l'idylle d'un étudiant et d'une prostituée; il voit la femme comme M. Manet la peint, couleur de boue avec des maquillages roses. Intolérant pour la critique, il l'exerce lui-même avec intolérance, et à l'âge où l'on ne sait encore que suivre son désir, il intitule ses prétendues études littéraires : *Mes haines!*

Je ne sais si M. Zola a la force d'écrire un livre fin, délicat, substantiel et décent. Il faut de la volonté, de l'esprit, des idées et du style pour renoncer aux violences; mais je puis déjà indiquer à l'auteur de *Thérèse Raquin* une conversion.

M. Jules Claretie avait écrit, lui aussi, son livre de frénésie amoureuse et assassine; mais il s'est dégoûté du genre après son propre succès, et il a demandé à l'histoire des tragédies plus vraies, des passions plus héroïques et non moins terribles. On meurt beaucoup dans ses *Derniers Montagnards*, mais avec un cri d'espérance et d'amour pour la liberté! La rage n'y est pas ménagée mais celle-là rend doux et tolérant!

Quant à *Thérèse Raquin*, c'est le résidu de toutes les horreurs publiées précédemment. On y a égoutté tout le sang et toutes les infamies : c'est le baquet de la mère Bancal.

Le sujet est simple, d'ailleurs, le remords physique de

deux amants qui tuent le mari pour être plus libres de le tromper, mais qui, ce mari tué (il s'appelait Camille), n'osent plus s'étreindre, car voici, selon l'auteur, le supplice délicat qui les attend : « Ils poussèrent un cri et se pressèrent davantage afin de ne pas laisser entre leur chair de place pour le noyé. Et ils sentaient toujours des lambeaux de Camille qui s'écrasaient ignoblement entre eux, glaçant leur peau par endroits, tandis que le reste de leur corps brûlait. »

A la fin, ne parvenant pas à *écraser* suffisamment le noyé dans leurs baisers, ils se mordent, se font horreur, et se tuent ensemble de désespoir de ne pouvoir se tuer réciproquement.

Si je disais à l'auteur que son idée est immorale, il bondirait, car la description du remords passe généralement pour un spectacle moralisateur; mais si le remords se bornait toujours à des impressions physiques, à des répugnances charnelles, il ne serait plus qu'une révolte du tempérament, et il ne serait pas le remords. Ce qui fait la puissance et le triomphe du bien, c'est que même la chair assouvie, la passion satisfaite, il s'éveille et brûle dans le cerveau. *Une tempête sous un crâne* est un spectacle sublime : une tempête dans les reins est un spectacle ignoble.

La première fois que Thérèse aperçoit l'homme qu'elle doit aimer, voici comment s'annonce la sympathie : « La nature sanguine de ce garçon, sa voix pleine, ses rires gras, les senteurs âcres et puissantes qui s'échappaient de lui troublaient la jeune femme et la jetaient dans une sorte d'angoisse nerveuse. »

O Roméo! ô Juliette! quel flair subtil et prompt aviez-vous pour vous aimer si vite ? Thérèse est une femme qui a besoin d'un amant. D'un autre côté, Laurent, son complice, se décide à noyer le mari après une promenade où il subit la tentation suivante : « Il sifflait, il poussait du pied les cailloux, et par moments il regardait avec des yeux fauves les balancements des hanches de sa maîtresse. »

Comment ne pas assassiner ce pauvre Camille, cet être maladif et gluant, dont le nom rime avec camomille, après une telle excitation ?

On jette le mari à l'eau. A partir de ce moment, Laurent fréquente la morgue jusqu'à ce que son noyé soit admis à l'exposition. L'auteur profite de l'occasion pour nous décrire les voluptés de la morgue et ses amateurs.

Laurent s'y délecte à voir les femmes assassinées. Un jour il s'éprend du cadavre d'une fille qui s'est pendue; il est vrai que le corps de celle-ci, « frais et gras, blanchissait avec des douceurs de teinte d'une grande délicatesse... Laurent la regarda longtemps, promenant ses regards sur la chair, absorbé dans une sorte de désir peureux ».

Les dames du monde vont à la morgue, paraît-il; une d'elles y tombe en contemplation devant le corps robuste d'un maçon. « La dame — dit l'auteur — l'examinait, le retournait, le pesait, s'absorbait dans le spectacle de cet homme. Elle leva un coin de sa voilette, regarda encore, puis s'en alla. »

Quant aux gamins, « c'est à la morgue que les jeunes voyous ont leur première maîtresse ».

Comme ma lettre peut être lue après déjeuner, je passe sur la description de la jolie pourriture de Camille. On y sent grouiller les vers.

Une fois le noyé bien enterré, les amants se marient. C'est ici que commence leur supplice.

Je ne suis pas injuste et je reconnais que certaines parties de cette analyse des sensations de deux assassins sont bien observées. La nuit de ces noces hideuses est un tableau frappant. Je ne blâme pas systématiquement les notes criardes, les coups de pinceau violents et violets; je me plains qu'ils soient seuls et sans mélange; ce qui fait le tort de ce livre pouvait en être le mérite.

Mais la monotonie de l'ignoble est la pire des monotonies. Il semble, pour rester dans les comparaisons de ce livre, qu'on soit étendu sous le robinet d'un des lits de la morgue, et jusqu'à la dernière page, on sent couler, tomber goutte à goutte sur soi cette eau faite pour délayer des cadavres.

Les deux époux, de fureur en fureur, de dépravations en dépravations, en viennent à se battre, à vouloir se dénoncer. Thérèse se prostitue, et Laurent, « dont la chair est morte », regrette de ne pouvoir en faire autant.

Enfin, un jour, ces deux forçats de la morgue tombent épuisés, empoisonnés, l'un sur l'autre, devant le fauteuil de la vieille mère paralytique de Camille Raquin, qui jouit intérieurement de ce châtiment par lequel son fils est vengé.

Ce livre résume trop fidèlement toutes les putridités de la littérature contemporaine pour ne pas soulever un peu de colère. Je n'aurais rien dit d'une fantaisie individuelle, mais à cause de la contagion il y va de toutes nos lectures. Forçons les romanciers à prouver leur talent autrement que par des emprunts aux tribunaux et à la voirie.

A la vente de ce pacha qui vient de liquider sa galerie tout comme un Européen, M. Courbet représentait le dernier mot de la volupté dans les arts par un tableau qu'on laissait voir, et par un autre suspendu dans un cabinet de toilette qu'on montrait seulement aux dames indiscrètes et aux amateurs. Toute la honte de l'école est là dans ces deux toiles, comme elle est ailleurs dans les romans : la débauche lassée et l'anatomie crue. C'est bien peint, c'est d'une réalité incontestable, mais c'est horriblement bête.

Quand la littérature dont j'ai parlé voudra une enseigne, elle se fera faire par M. Courbet une copie de ces deux toiles. Le tableau possible attirera les chalands à la porte; l'autre sera dans le sanctuaire, comme la muse, le génie, l'oracle.

FERRAGUS.

Réponse à Ferragus [1]

Vous êtes chef des Dévorants, monsieur, et vous m'avez dévoré en toute conscience! Je vous jure que j'aurais eu la bonté d'âme de me laisser manger sans me plaindre, si vous vous étiez contenté du misérable morceau que je pouvais offrir personnellement à votre furieux appétit. Mais vous attaquez toutes mes croyances, vous mordez MM. de Goncourt que j'aime et que j'admire, vous écrivez un réquisitoire contre une école littéraire qui a produit des œuvres vivantes et fortes. J'ai droit de réponse, n'est-ce pas? non pour me défendre, moi chétif, mais pour défendre la cause de la vérité.

C'est entendu, je me mets à part, je ne me rappelle plus même que je suis l'auteur de *Thérèse Raquin*. Vous avez parlé de charnier, de pus, de choléra, je vais parler à mon tour des réalités humaines, des enseignements terribles de la vie.

Je vous avoue, monsieur, que je vous aurais répondu tout de suite si je n'avais éprouvé un scrupule bête. J'aime à savoir à qui je m'adresse, votre masque me gêne. J'ai peur de vous dire des choses désagréables sans le vouloir. Oh! je me suis creusé la tête. J'ai épelé votre article, fouillant chaque mot, cherchant une personnalité connue au fond de vos phrases. Je déclare humblement que mes recherches ont été vaines. Votre style a un débraillé violent qui m'a dérouté. Quant à vos opinions, elles sont dans une moyenne honnête ne portant pas de signature individuelle.

On m'a bien cité quelques noms; mais, vraiment, monsieur, si vous êtes un de ceux que l'on m'a nommés, il est à croire que le masque vous a donné le langage bruyant et lâché de nos bals publics. Quand on a le visage couvert, on peut se permettre l'engueulement classique, surtout en un temps de carnaval. Je me plais à penser que, dans un salon, vous dévorez les gens avec plus de douceur.

Donc, monsieur, je n'ai pu vous reconnaître. J'essaie de

1. Article publié par Zola dans *Le Figaro* du 31 janvier 1868. — Voir *Œuvres complètes*, t. X, pp. 727-730, Paris, Cercle du Livre précieux, 1968.

répondre posément et sagement à un inconnu déguisé en Matamore qui, en se rendant un samedi à l'Opéra, a rencontré un groupe de littérateurs, et qui a voulu les effrayer en faisant la grosse voix.

Vous avez émis, monsieur, une étrange théorie qui inaugure une esthétique toute nouvelle. Vous prétendez que si un personnage de roman ne peut être mis au théâtre, ce personnage est monstrueux, impossible, en dehors du vrai. Je prends note de cette incroyable façon de juger deux genres de littérature si différents; le roman, cadre souple, s'élargissant pour toutes les vérités et toutes les audaces, et la pièce de théâtre qui vit surtout de conventions et de restrictions.

Certes non, on ne pourrait mettre Germinie Lacerteux sur les planches où gambade Mlle Schneider. Cette « cuisinière sordide », selon votre expression, effaroucherait le public qui se pâme devant les minauderies poissardes de la Grande-Duchesse. Oh! le public de nos jours est un public intelligent, délicat et honnête : Molière l'ennuie; il applaudit la musique de mirliton de MM. Offenbach et Hervé; il encourage les niaiseries folles des parades modernes. Evidemment, ce public-là sifflerait Germinie Lacerteux, coupable d'avoir du sang et des nerfs comme tout le monde.

Et pourtant je jurerais qu'un faiseur se chargerait de la lui imposer. Il s'agirait simplement de transformer Germinie en une cuisinière délaissée par son sapeur, qui se lamente et va se faire « périr ». Au dénouement, pour ne pas troubler la digestion du public, le sapeur viendrait rendre la vie à sa payse. Thérésa serait superbe dans un pareil rôle, et l'on irait à la centième représentation, n'est-ce pas ?

Sans plaisanter davantage, monsieur, comment n'avez-vous pas compris que notre théâtre se meurt, que la scène française tend à devenir un tremplin pour les paillasses et les sauteuses ? Et vous voulez, avant d'accepter et d'admirer les personnages d'un roman, les faire rebondir sur ce tremplin et savoir s'ils exécutent la cabriole des poupées applaudies! Mais ne voyez-vous pas qu'en France on ne va au théâtre que pour digérer en paix. Demandez aux auteurs dramatiques de quelque talent les rages qu'ils ont parfois contre ce public pudibond et borné, qui ne veut absolument que des pantins, qui refuse les vérités âpres de la vie. Nos foules demandent de beaux mensonges, des sentiments tout faits, des situations clichées; elles descendent souvent jusqu'aux indécences, mais elles ne montent jamais jusqu'aux réalités.

Lisez l'*Histoire de la littérature anglaise* de M. Taine, et vous verrez ce qu'on peut oser sur la scène chez un peuple auquel son tempérament permet d'assister au spectacle réel de nos passions. Wycherley et Swift n'auraient pas hésité à mettre Germinie au théâtre. Nous autres, nous préférons les vaudevillistes gais ou funèbres : Scribe sera toujours le maître de la scène française.

Ah! monsieur, si le théâtre se meurt, laissez vivre le roman. Ne mettez pas le romancier sous le joug du public. Accordez-lui le droit de fouiller l'humanité à son aise, et ne déclarez pas ses créations monstrueuses, parce que les spectateurs, qui ont lu les *Mémoires d'une femme de chambre*, se prétendent révoltés par le spectacle d'une vérité humaine qui passe.

Vous ne comprenez que le nu de mademoiselle***. C'est plastique, dites-vous. Les charmes de mademoiselle*** n'avaient pas besoin de cette réclame, je crois; mais je suis heureux de savoir comment vous comprenez la chair.

Ainsi, monsieur, il ne vous déplairait pas trop que Germinie Lacerteux fût en maillot, pourvu qu'elle eût les jambes bien faites. Je commence à soupçonner ce qu'il vous faut; une peau soyeuse, des contours fermes et arrondis, une gaze transparente voilant à peine des trésors de voluptés.

Le malheur est que Germinie n'est pas en maillot, la pauvre femme; il n'est pas même certain qu'elle ait les jambes bien faites. Puis elle sent le graillon; elle ne vaut pas mademoiselle***, en un mot. C'est une misérable proie pour le plaisir, tel que vous paraissez l'entendre. Elle a encore un défaut immense : c'est qu'elle ne s'est pas vendue dès l'âge de seize ans; elle a grandi dans des pensées d'honneur, dans des répugnances invincibles pour le vice, et elle n'a roulé au fond de l'égout que poussée par les faits, poussée par ses nerfs et son sang. Que voulez-vous ? Germinie n'est pas une courtisane; Germinie est une malheureuse que les fatalités de son tempérament ont jetée à la honte. Toutes les femmes ne sont pas « plastiques ».

Vous restez à fleur de peau, monsieur, tandis que les romanciers analystes ne craignent pas de pénétrer dans les chairs. C'est moins voluptueux, et moins agréable, je le sais; les tableaux vivants, les apothéoses de féerie sont excellents pour procurer des rêves amoureux : la vue d'une salle d'amphithéâtre est au contraire écœurante pour ceux qui n'ont pas l'amour austère de la vérité. Je crains bien que nous ne nous entendions pas. Je trouve fort indécente l'exhibition de certaines actrices, et je n'éprouve qu'une douleur émue en face des plaies intérieures du corps humain.

S'il est possible, ayez un instant la curiosité du mécanisme de la vie, oubliez l'épiderme satiné de telle ou telle dame, demandez-vous quel tas de boue est caché au fond de cette peau rose dont le spectacle contente vos faciles désirs. Vous comprendrez alors qu'il a pu se rencontrer des écrivains qui ont fouillé courageusement la fange humaine. La vérité, comme le feu, purifie tout. Il y a des gens qui emmènent le soir des filles et qui les renvoient le lendemain matin après s'être assurés si elles ont la taille mince et les bras forts; il y en a d'autres qui préfèrent étudier les drames intérieurs de la femme, qui ne touchent à la chair que pour en expliquer les fatalités.

D'ailleurs, monsieur, je vous l'accorde, on doit fouiller la boue aussi peu que possible. J'aime comme vous les œuvres simples et propres, lorsqu'elles sont fortes et vraies en même temps. Mais je comprends tout, je fais la part de la fièvre, je m'attache surtout dans un roman à la marche logique des faits, à la vie des personnages; j'admire *Germinie Lacerteux*, moins dans les pages brutales du livre que dans l'analyse exacte des personnages et des faits. Vous déclarez l'œuvre putride parce que certains tableaux vous ont choqué; c'est là de l'intolérance. Passez outre, et dites-moi si les auteurs n'ont pas créé des personnes vivantes, au lieu des poupées mécaniques que l'on rencontre dans les romans de M. Feuillet par exemple.

Je vous avertis que je suis de l'avis de Stendhal. Je crois qu'un romancier doit d'abord écrire ses œuvres pour lui : le souci du public vient ensuite.

Le roman n'est pas comme l'auteur dramatique, il ne dépend point de la foule. Si vous voulez, nous appellerons *Germinie Lacerteux* un traité de physiologie, nous le mettrons dans une bibliothèque médicale, nous recommanderons aux jeunes filles et aux gens délicats de ne jamais le lire. Tout cela n'empêchera pas que *Germinie Lacerteux* ne soit un livre des plus remarquables.

Vous dites qu'il est facile de travailler dans l'horrible. Oui et non. Il est facile — et vous l'avez prouvé — d'écrire une page violente, sans y mettre autre chose que de la violence; mais il n'est plus aussi facile d'avoir une fièvre toute personnelle, et d'employer l'activité que vous donne cette fièvre, à observer et à sentir la vie. Demandez à M. Claretie s'il renie ses premiers livres, comme vous paraissez le dire. Quant à moi, je ne pense pas qu'il renonce à l'étude de la vie moderne, et je crois qu'il y reviendra tôt ou tard avec un égal amour pour la réalité. *Les Derniers Montagnards*, un beau livre que je viens de lire, ne sont qu'une ode en l'honneur de l'héroïsme et de l'amour patriotique. Au-dessous de ses folies généreuses, la nature humaine a ses misères de tous les jours, qui sont moins consolantes, mais aussi intéressantes à étudier.

D'ailleurs, ne tremblez pas, monsieur. La « littérature putride » ne nourrit pas ses auteurs. Le public n'aime pas les vérités, il veut des mensonges pour son argent. Vous accusez presque MM. de Goncourt d'être « trivialistes », uniquement pour être lus. Eh! bon Dieu! vous ne savez donc pas qu'on a vendu trente mille exemplaires de

Monsieur de Camors, et que *Germinie Lacerteux* n'en est qu'à sa seconde édition.

Croyez-moi, monsieur, laissez en paix les romanciers consciencieux. S'il vous faut dévorer quelqu'un, dévorez nos petits musiciens, nos petits faiseurs de parades, ceux qui font vivre le public de platitudes.

Un dernier mot. J'ai évité de parler de moi. Permettez-moi pourtant de vous dire que, si j'ai été parfois intolérant, comme vous me le reprochez, jamais je n'ai écrit un article qui pût écœurer et faire rougir mes lectrices. Je vous défie de trouver dans la collection de *L'Evénement*, une seule phrase signée de mon nom que vous ne puissiez mettre sous les yeux d'une jeune fille.

Quand j'écris un livre, j'écris pour moi comme je l'entends; mais, quand j'écris dans un journal, je le fais de façon à pouvoir être lu de tout le monde.

Si j'avais une fille, monsieur, après avoir jeté un coup d'œil sur le numéro du *Figaro* où se trouve votre lettre, j'aurais brûlé ce numéro.

Emile ZOLA.

Lettre de Sainte-Beuve à Emile Zola (10 juin 1868) [1]

Cher Monsieur,

Je ne sais si je vous enverrai cette lettre, car je ne me sens aucun droit de critique privée sur *Thérèse Raquin*, et il me faudra bien une troisième sommation pour que je vous obéisse.

Votre œuvre est remarquable, consciencieuse, et, à certains égards même, elle peut faire époque dans l'histoire du roman contemporain.

Selon moi, cependant, elle dépasse les limites, elle sort des conditions de l'art à quelque point de vue qu'on l'envisage; et, en réduisant l'art à n'être que la seule et simple vérité, elle me paraît hors de cette vérité.

Et tout d'abord, vous prenez une épigraphe que rien ne justifie dans le roman. Si le vice et la vertu ne sont que des produits comme le vitriol et le sucre, il s'ensuivrait qu'un crime expliqué et motivé comme celui que vous exposez n'est pas chose si miraculeuse et si monstrueuse, et on se demande dès lors pourquoi tout cet appareil de remords qui n'est qu'une transformation et une transposition du remords moral ordinaire, du remords chrétien, et une sorte d'enfer retourné.

1. Publiée dans la *Correspondance* de Sainte-Beuve éditée par Jules Troubat, Paris, 1878, vol. II, pp. 314-317.

Dès les premières pages, vous décrivez le passage du Pont-Neuf : je connais ce passage autant que personne et par toutes les raisons qu'un jeune homme a pu avoir d'y rôder. Eh bien! ce n'est pas vrai, c'est fantastique de description : c'est comme la rue Soli, de Balzac. Le passage est plat, banal, laid, surtout étroit, mais il n'a pas toute cette noirceur profonde et ces teintes à la Rembrandt que vous lui prêtez. C'est là une manière aussi d'être infidèle.

Vos personnages d'ailleurs, si vous les avez faits exprès plats et vulgaires (excepté la jeune femme qui a quelque chose d'algérien), sont ressemblants, bien présentés, analysés en conscience, copiés avec probité. A vrai dire, si peu idéaliste que je sois, je me demande bien si le crayon ou la plume ont nécessairement pour objet de choisir des sujets vulgaires, sans nul agrément (je me le suis même demandé déjà au sujet de *Germinie Lacerteux* de mes amis les Goncourt); je me suis persuadé qu'un peu d'agréable, un peu de touchant, n'est point entièrement inutile, ne fût-ce que sur un point ou deux, dans un tableau même qu'on veut faire parfaitement triste et terne. Mais enfin je passe. Il y a un endroit où je trouve particulièrement du talent, au sens de l'invention : c'est dans la hardiesse des rendez-vous : la page *sur le chat*, sur ce qu'il pourrait dire, est charmante et cela ne rentre plus dans la copie pure et simple.

Je trouve encore un grand talent d'analyse et de vraisemblance (le genre admis) dans les scènes préparatoires de la noyade, et dans celles qui suivent immédiatement.

Mais là je m'arrête, et le roman me semble faire fausse route. Je prétends qu'ici vous manquez à l'observation ou à la divination. C'est fait de tête et non d'après nature. Et, en effet, les passions sont féroces. Une fois déchaînées, tant qu'elles ne sont pas assouvies, elles n'ont pas de cesse. Elles vont droit au fait et au but, fût-ce sur un cadavre. Si Clytemnestre et Egisthe, s'aimant à la fureur, n'avaient pu se posséder complètement qu'à côté du cadavre tout chaud et saignant d'Agamemnon, le cadavre d'Agamemnon ne les aurait pas gênés, au moins pour les premières nuits. Aussi je ne comprends rien à vos amants, à leurs remords et à leur refroidissement subit, avant d'être arrivés à leurs fins. Ah! plus tard, je ne dis pas. Quand la passion principale est satisfaite, on réfléchit, on voit les inconvénients : le chapitre des remords commence...

Vous voyez mes objections, cher Monsieur. Ce qui ne m'aveugle pas sur le mérite technique et d'exécution de bien des pages. Je désirerais seulement que le mot de *vautrer* se rencontrât moins souvent, et que cet autre mot *brutal*, qui reparaît sans cesse, ne vînt pas accuser la note dominante, qui n'a nullement besoin de ce rappel pour ne pas se laisser oublier.

Vous avez fait un acte hardi : vous avez bravé dans cette

œuvre et le public et aussi la critique. Ne vous étonnez pas de certaines colères; le combat est engagé; votre nom y est signalé : de tels conflits se terminent, quand un auteur de talent le veut bien, par un autre ouvrage, également hardi, mais un peu détendu, où le public et la critique croient voir une concession à leur gré, et tout finit par un de ces traités de paix qui consacrent une réputation de plus.

Tout à vous.
SAINTE-BEUVE.

P.-S. — Voici un aphorisme moral qui, selon moi, atteint votre roman par le milieu : « Une passion, une fois déchaînée, ne s'éteint point, ne se coupe point brusquement par le remords, comme la fièvre par la quinine, avant de s'être assouvie. »

Réponse de Zola à Sainte-Beuve (13 juillet 1868)[1]

Paris, 13 juillet 1868.

Monsieur et cher maître,

Si je me suis permis d'insister pour avoir votre opinion sur *Thérèse Raquin*, c'est que je savais à l'avance combien votre critique serait juste et sympathique. Les jeunes gens comme moi ont tout à gagner à connaître le jugement de leurs illustres aînés sur leur compte. J'accepte vos critiques avec plus de reconnaissance encore que vos éloges.

Permettez-moi, cependant, de me défendre contre un de vos blâmes. Vous me dites que j'ai menti à la vérité en ne jetant pas Laurent et Thérèse dans les bras l'un de l'autre, le lendemain du meurtre. Si j'ai cru devoir les séparer, leur donner des répugnances et des lassitudes, c'est que je n'ai pas voulu peindre une passion tragique, âpre, insatiable. Lorsqu'ils tuent, ils sont déjà presque dégoûtés l'un de l'autre. Leur crime est une fatalité à laquelle ils ne peuvent échapper. Ils éprouvent comme un affaissement après l'assassinat, comme une paix d'être débarrassés d'un effort trop violent pour leur nature. Je ne sais si je m'exprime clairement. Mes héros n'ont que des instincts; plus tard, quand ils se marient après une année d'indifférence, ils obéissent aux conséquences des faits. A la vérité, ils ne s'aiment jamais, dans le sens français et italien du mot. Le jour où Laurent jette Thérèse

1. Publiée dans l'article de M. Martin Kanes, « Autour de *Thérèse Raquin :* Un dialogue entre Zola et Sainte-Beuve », *Les Cahiers naturalistes*, n° 31, 1966, pp. 23-31.

sur le carreau, il a à peine des désirs; toujours cette femme le troublera; quand il la possédera tout à fait, elle achèvera de détraquer son être. Le drame est surtout physiologique. Le meurtre est pour ces tempéraments une crise aiguë, qui les laisse hébétés et comme étrangers. D'ailleurs, lorsqu'ils tuent, ils ne tuent déjà plus pour se posséder; je crois que tout acte violent, dans des natures lâches et vulgaires, s'accomplit mécaniquement et amène un oubli presque complet des causes et du but. Ils tuent parce qu'ils se sont promis de tuer et ils s'épousent plus tard parce que leur mariage est un résultat nécessaire du meurtre. S'ils tardent pendant plus d'une année, c'est qu'à la vérité ils ne s'aiment pas, c'est qu'ils sont secoués et écœurés, c'est qu'ils ne se retrouvent plus eux-mêmes, et qu'ils ont besoin d'un long temps pour éprouver de nouveau le désir de leurs étreintes. Otez-leur la passion tragique, faites-en des brutes, et vous comprendrez leurs crises et leurs affaissements. Je sais bien que tout cela est très particulier, très exceptionnel; je l'ai voulu ainsi, à la suite de certaines observations et de certaines intuitions que je crois vraies.

Me pardonnez-vous, Monsieur et cher maître, d'avoir cherché à me défendre, bien mal sans doute, au courant de la plume. Vous avez mille fois raison : je sais bien qu'il me faut écrire une autre œuvre, mieux équilibrée, plus vraie et plus étudiée. Le malheur est que ma plume est mon seul gagne-pain, et que je ne puis travailler aux ouvrages que je rêve. La lutte est rude pour moi. Quand je serai assez connu, quand le livre pourra me faire vivre, quand il me sera permis de quitter le journalisme pour lequel je ne suis pas fait, alors seulement je me mettrai sérieusement à la besogne.

Vous m'avez donné quelques espérances, et je vous remercie mille fois.

Veuillez me croire, Monsieur et cher maître, votre tout reconnaissant et tout dévoué

Emile ZOLA.

Un commentaire de Zola sur la lettre de Sainte-Beuve, en octobre 1879 [1]

Je n'ai jamais vu Sainte-Beuve. Il m'a simplement écrit en 1868 une lettre qui a paru dans sa correspon-

1. Extrait d'une étude sur Sainte-Beuve, publiée dans *Le Messager de l'Europe* en octobre 1879, et reprise dans *Documents littéraires* en 1881. — Voir *Œuvres complètes*, t. XI, pp. 443-444, Paris, Cercle du Livre précieux, 1969.

dance. Je lui avais envoyé un de mes premiers romans, *Thérèse Raquin*, et il me répondait par une critique où je trouve précisément ce besoin de vérité moyenne dont je viens de parler. Rien de plus juste que cette critique. Par exemple, il dit de ma description du passage du Pont-Neuf : « Ce n'est pas vrai, c'est fantastique de description; c'est comme la rue Soli, de Balzac. Le passage est plat, banal, laid, surtout étroit, mais il n'a pas toute cette noirceur profonde et ces teintes à la Rembrandt que vous lui prêtez. C'est là une manière aussi d'être infidèle. » Il a raison; seulement, il faut admettre que les lieux ont simplement la tristesse ou la gaieté que nous y mettons; on passe en frissonnant devant la maison où vient de se commettre un assassinat, et qui la veille semblait banale. Sa critique n'en subsiste pas moins. Il est certain que, dans *Thérèse Raquin*, les choses sont poussées au cauchemar, et que la vérité stricte est en deçà de tant d'horreurs. En faisant cette déclaration, j'entends montrer que je comprends parfaitement et que j'accepte même le point de vue de la vérité moyenne où se place Sainte-Beuve. Il a également raison quand il s'étonne plus loin de ce que Thérèse et Laurent ne contentent pas immédiatement leur passion, après le meurtre de Camille; on pourrait plaider le cas, mais la marche ordinaire des choses voudrait qu'ils vécussent aux bras l'un de l'autre, avant l'affolement du remords. On voit donc que j'entre, malgré mes propres livres, dans ce respect de la logique et de la vérité, et que je ne cherche pas à me défendre personnellement contre des critiques qui me paraissent fort justes. Oui, certes, il est mauvais d'abandonner le terrain solide du réel pour se lancer dans les exagérations de dessin et de couleur. Mais, en critique, il y a un écueil plus grand encore, c'est de ne pas faire la balance des qualités et des défauts, c'est de ne pas saisir, au-delà des erreurs de tempérament, au-delà des partis pris d'école, la véritable puissance des écrivains qui doivent un jour déterminer une évolution dans la littérature nationale.

Une lettre d'Hippolyte Taine à Emile Zola[1]

[début 1868.]

Mon cher Monsieur,

J'aurais quelque difficulté en ce moment à écrire une note sur Thérèse Raquin dans les *Débats*. La polémique

1. Publiée dans le Bulletin de la Société littéraire des Amis d'Emile Zola, 1931, nº 5, pp. 4-5.

n'est pas trop mon fait, et d'ailleurs je crois que les attaques qu'on dirige contre vous sont plutôt à votre avantage. Un livre contesté est un livre remarqué. M. Gautier et les Goncourt trouvent que le vôtre est bien, et je pense qu'il est votre meilleure œuvre. Il y a un peu de tétanos dans le style et le sujet; à force de changer les idées en images, vous arrivez souvent à la fantasmagorie, et, en pareille histoire, la fantasmagorie devient cauchemar. Mais, à mon sens, l'ouvrage est tout entier construit sur une idée juste; il est bien lié, bien composé, il indique un véritable artiste, un observateur sérieux qui cherche non l'agrément, mais la vérité; il montre une grande connaissance du sourd travail mental qui aboutit à l'hallucination, de la terrible élaboration physiologique qui transforme les caractères. L'idée de la morsure au cou et de l'apparition chez Laurent du talent artistique m'a beaucoup frappé. Vous n'avez d'autres prédécesseurs dans cette étude que la Macbeth de Shakespeare et le Jonas de Dickens *(Martin Chuzzlewit)*. Peut-être y a-t-il là matière à objection. Remarquez que les artistes supérieurs qui ont traité de pareils sujets ne leur ont donné qu'une place accessoire, ou les ont entourés d'actions et d'événements qui empêchaient l'attention de se donner tout entière à un thème si horrible. Il faut être physiologiste et psychologue de métier pour n'avoir pas les nerfs détraqués par un livre comme le vôtre. Plus il est fort et vrai, plus il produit d'effet. On ne peut pas ne pas aller jusqu'au bout, mais il faut, pour le recommencer, être décidé à s'instruire. La même chose arrive quand on lit Germinie Lacerteux; l'œuvre a beau être parfaitement exacte et profondément intuitive, on est rebuté! On aime mieux un traité de médecine légale, une histoire des péritonites et de la nymphomanie. Quand Balzac, dans *Le Cousin Pons*, a remué ces bas-fonds, il a mis tout à côté des repoussoirs, des atténuations, une intrigue d'argent, un de ces drames compliqués où il est maître. Probablement, il faut garder une mesure, et si j'en cherche la raison, c'est qu'il y a une mesure dans la vie. Certainement, *Germinie Lacerteux* et *Thérèse Raquin* sont des histoires vraies; mais un livre doit être toujours, plus ou moins, un portrait de l'ensemble, un miroir de la société entière. Il faut, à droite, à gauche, des biographies, des personnages, des indices qui montrent le grand complément, les antithèses de toute sorte, les compensations, bref, l'au-delà de notre sujet.

Quand on clôt toutes les percées et qu'on emprisonne le lecteur, fenêtres fermées, dans une histoire exceptionnelle, en tête à tête avec un monstre, un fou ou un malade, le lecteur a peur; souvent même la nausée lui vient; il crie contre l'auteur.

Voilà, mon cher monsieur, mon impression bien

BIBLIOGRAPHIE

Le manuscrit de *Thérèse Raquin* est perdu. — Le dossier préparatoire et le texte manuscrit de l'adaptation de *Thérèse Raquin* pour la scène sont mentionnés sur une liste de manuscrits établie vers 1931, mais ils ont également disparu.

L'édition originale parut en décembre 1867 chez Lacroix et Verboeckhoven (Librairie Internationale).

Nous avons reproduit ici le texte de la 2e édition, publiée chez Lacroix et Verboeckhoven en avril 1868. Ce texte, enrichi d'une préface où Zola expose l'objet de son roman et les principes du naturalisme, recèle quelques variantes par rapport à l'édition originale.

L'adaptation de *Thérèse Raquin* à la scène a été publiée en 1873 chez G. Charpentier. On peut la lire dans les *Œuvres complètes* (t. XV, *Théâtre*, Paris, Cercle du Livre précieux, 1969).

Editions commentées de « Thérèse Raquin ».

Thérèse Raquin. In *Œuvres complètes*, en cinquante volumes, Paris, Bernouard, 1927, avec des notes et commentaires de Maurice Le Blond.

Thérèse Raquin. In *Œuvres complètes*, en quinze volumes, publiées sous la direction de Henri Mitterand, Paris, Cercle du Livre précieux, 1966 (t. I), avec une introduction de Robert Abirached et des Documents.

Etudes générales sur Emile Zola.

ALEXIS Paul : *Emile Zola, notes d'un ami*. Paris, G. Charpentier, 1882.

GUILLEMIN Henri : *Présentation des « Rougon-Macquart »*, Paris, Gallimard, 1964.

HEMMINGS F. W. J. : *Emile Zola*, 2e édition, Oxford, Clarendon Press, 1966.

LANOUX Armand : *Bonjour, Monsieur Zola*, nouvelle édition, Paris, Hachette, 1962.

MITTERAND Henri : *Zola journaliste*, Paris, A. Colin, 1962.

ROBERT Guy : *Emile Zola, principes et caractères généraux de son œuvre*, Paris, Les Belles-Lettres, 1952.

TERNOIS René : *Zola et son temps.* « *Lourdes* », « *Rome* », « *Paris* ». Paris, Les Belles-Lettres, 1961.

Etudes sur « Thérèse Raquin ».

AURIANT : « Emile Zola et les deux Houssaye. Documents inédits. » *Mercure de France*, 1940, pp. 555-569.

CLAVERIE Michel : « *Thérèse Raquin* ou les Atrides dans la boutique du Pont-Neuf. » *Les Cahiers naturalistes*, n° 36, 1968, pp. 138-147.

CRESSOT Marcel : « Zola et Michelet : Essai sur la genèse de deux romans de jeunesse, *La Confession de Claude* et *Madeleine Férat*. » *Revue d'Histoire littéraire de la France*, 1928, pp. 382-389.

GRUAU Georges : « En marge de *Thérèse Raquin*. » *Bulletin de la société littéraire des Amis d'Emile Zola*, n° 24, 1938, pp. 18-22.

KANES Martin : « Autour de *Thérèse Raquin* : un dialogue entre Zola et Sainte-Beuve. » *Les Cahiers naturalistes*, n° 31, 1966, pp. 23-31.

MANDIN Louis : « Les origines de *Thérèse Raquin*. » *Mercure de France*, 1er mai 1940.

MITTERAND Henri : « *Thérèse Raquin* au théâtre. » *Revue des Sciences humaines*, octobre-décembre 1961, pp. 489-516.

MITTERAND Henri : « Le regard d'Emile Zola. » *Europe*, avril 1968, pp. 182-199.

MITTERAND Henri : « Corrélations lexicales et organisation du récit : le vocabulaire du visage dans *Thérèse Raquin*. » *La Nouvelle Critique*, novembre 1968, pp. 21-28.

NIESS R. J. : « Hawthorne and Zola. An Influence ? » *Revue de Littérature comparée*, 1953, pp. 446-452.

RIPOLL Roger : « Fascination et fatalité : le regard dans l'œuvre de Zola. » *Les Cahiers naturalistes*, n° 32, 1966, pp. 104-116.

SUWALA Halina : « La formation des idées littéraires de Zola dans les années 1860-1864. » *Europe*, avril 1968, pp. 268-279.

On consultera également, d'Emile Zola, *Mes haines* (Paris, A. Faure, 1866) et l'ensemble des études esthétiques et critiques qu'il a écrites entre 1863 et 1868. Ces textes sont publiés dans les *Œuvres complètes*, t. X, Paris, Cercle du Livre précieux, 1968.

THÉRÈSE RAQUIN

PRÉFACE DE LA DEUXIÈME ÉDITION

J'avais naïvement cru que ce roman pouvait se passer de préface. Ayant l'habitude de dire tout haut ma pensée, d'appuyer même sur les moindres détails de ce que j'écris, j'espérais être compris et jugé sans explication préalable. Il paraît que je me suis trompé.

La critique a accueilli ce livre d'une voix brutale et indignée. Certaines gens vertueux, dans des journaux non moins vertueux, ont fait une grimace de dégoût, en le prenant avec des pincettes pour le jeter au feu. Les petites feuilles littéraires elles-mêmes, ces petites feuilles qui donnent chaque soir la gazette des alcôves et des cabinets particuliers, se sont bouché le nez en parlant d'ordure et de puanteur. Je ne me plains nullement de cet accueil; au contraire, je suis charmé de constater que mes confrères ont des nerfs sensibles de jeune fille. Il est bien évident que mon œuvre appartient à mes juges, et qu'ils peuvent la trouver nauséabonde sans que j'aie le droit de réclamer. Ce dont je me plains, c'est que pas un des pudiques journalistes qui ont rougi en lisant *Thérèse Raquin* ne me paraît avoir compris ce roman. S'ils l'avaient compris, peut-être auraient-ils rougi davantage, mais au moins je goûterais à cette heure l'intime satisfaction de les voir écœurés à juste titre. Rien n'est plus irritant que d'entendre d'honnêtes écrivains crier à la dépravation, lorsqu'on est intimement persuadé qu'ils crient cela sans savoir à propos de quoi ils le crient.

Donc il faut que je présente moi-même mon œuvre à mes juges. Je le ferai en quelques lignes, uniquement pour éviter à l'avenir tout malentendu.

Dans *Thérèse Raquin*, j'ai voulu étudier des tempéraments et non des caractères. Là est le livre entier. J'ai choisi des personnages souverainement dominés par leurs nerfs et leur sang, dépourvus de libre arbitre, entraînés à chaque acte de leur vie par les fatalités de leur chair. Thérèse et Laurent sont des brutes humaines, rien de plus. J'ai cherché à suivre pas à pas dans ces brutes le travail sourd des passions, les poussées de l'instinct, les détraquements cérébraux survenus à la suite d'une crise nerveuse. Les amours de mes deux héros sont le contentement d'un besoin; le meurtre qu'ils commettent est une conséquence de leur adultère, conséquence qu'ils acceptent comme les loups acceptent l'assassinat des moutons; enfin, ce que j'ai été obligé d'appeler leurs remords, consiste en un simple désordre organique, en une rébellion du système nerveux tendu à se rompre. L'âme est parfaitement absente, j'en conviens aisément, puisque je l'ai voulu ainsi.

On commence, j'espère, à comprendre que mon but a été un but scientifique avant tout. Lorsque mes deux personnages, Thérèse et Laurent, ont été créés, je me suis plu à me poser et à résoudre certains problèmes : ainsi, j'ai tenté d'expliquer l'union étrange qui peut se produire entre deux tempéraments différents, j'ai montré les troubles profonds d'une nature sanguine au contact d'une nature nerveuse. Qu'on lise le roman avec soin, on verra que chaque chapitre est l'étude d'un cas curieux de physiologie. En un mot, je n'ai eu qu'un désir : étant donné un homme puissant et une femme inassouvie, chercher en eux la bête, ne voir même que la bête, les jeter dans un drame violent, et noter scrupuleusement les sensations et les actes de ces êtres. J'ai simplement fait sur deux corps vivants le travail analytique que les chirurgiens font sur des cadavres.

Avouez qu'il est dur, quand on sort d'un pareil travail, tout entier encore aux graves jouissances de la recherche du vrai, d'entendre des gens vous accuser d'avoir eu pour unique but la peinture de tableaux obscènes. Je me suis trouvé dans le cas de ces peintres qui copient des nudités, sans qu'un seul désir les effleure, et qui restent profondément surpris lorsqu'un critique se déclare scandalisé par les chairs vivantes de leur œuvre. Tant que j'ai écrit *Thérèse Raquin*, j'ai oublié le monde, je me suis perdu dans la copie exacte et minutieuse de la vie, me donnant tout entier à l'analyse du mécanisme humain, et je vous assure que les amours cruelles de Thérèse et de Laurent n'avaient pour moi rien d'immoral, rien qui puisse pousser aux passions mauvaises. L'humanité des modèles disparaissait comme elle disparaît aux yeux de l'artiste qui a une femme nue vautrée devant lui, et qui songe uniquement à mettre cette femme sur sa toile dans la vérité de ses formes et de ses colorations. Aussi ma surprise a-t-elle été grande quand j'ai entendu traiter mon œuvre de flaque de boue et de sang, d'égout, d'immondice, que sais-je ? Je connais le joli jeu de la critique, je l'ai joué moi-même; mais j'avoue que l'ensemble de l'attaque m'a un peu déconcerté. Quoi! il ne s'est pas trouvé un seul de mes confrères pour expliquer mon livre, sinon pour le défendre! Parmi le concert de voix qui criaient : « L'auteur de *Thérèse Raquin* est un misérable hystérique qui se plaît à étaler des pornographies », j'ai vainement attendu une voix qui répondît : « Eh! non, cet écrivain est un simple analyste, qui a pu s'oublier dans la pourriture humaine, mais qui s'y est oublié comme un médecin s'oublie dans un amphithéâtre. »

Remarquez que je ne demande nullement la sympathie de la presse pour une œuvre qui répugne, dit-elle, à ses sens délicats. Je n'ai point tant d'ambition. Je m'étonne seulement que mes confrères aient fait de moi une sorte d'égoutier littéraire, eux dont les yeux exercés devraient reconnaître en dix pages les intentions d'un romancier, et je me contente de les supplier humblement de vouloir bien à l'avenir me voir tel que je suis et me discuter pour ce que je suis.

Il était facile, cependant, de comprendre *Thérèse Raquin*, de se placer sur le terrain de l'observation et de l'analyse, de me montrer mes fautes véritables, sans aller ramasser une poignée de boue et me la jeter à la face au nom de la morale. Cela demandait un peu d'intelligence et quelques idées d'ensemble en vraie critique. Le reproche d'immoralité, en matière de science, ne prouve absolument rien. Je ne sais si mon roman est immoral, j'avoue que je ne me suis jamais inquiété de le rendre plus ou moins chaste. Ce que je sais, c'est que je n'ai pas songé un instant à y mettre les saletés qu'y découvrent les gens moraux; c'est que j'en ai écrit chaque scène, même les plus fiévreuses, avec la seule curiosité du savant; c'est que je défie mes juges d'y trouver une page réellement licencieuse, faite pour les lecteurs de ces petits livres roses, de ces indiscrétions de boudoir et de coulisses, qui se tirent à dix mille exemplaires et que recommandent chaudement les journaux auxquels les vérités de *Thérèse Raquin* ont donné la nausée.

Quelques injures, beaucoup de niaiseries, voilà donc tout ce que j'ai lu jusqu'à ce jour sur mon œuvre. Je le dis ici tranquillement, comme je le dirais à un ami qui me demanderait dans l'intimité ce que je pense de l'attitude de la critique à mon égard. Un écrivain de grand talent, auquel je me plaignais du peu de sympathie que je rencontre, m'a répondu cette parole profonde : « Vous avez un immense défaut qui vous fermera toutes les portes : vous ne pouvez causer deux minutes avec un imbécile sans lui faire comprendre qu'il est un imbécile. » Cela doit être; je sens le tort que je me fais auprès de la critique en l'accusant d'inintelligence, et je ne puis pourtant m'empêcher de témoigner le dédain que j'éprouve pour son horizon borné et pour les jugements qu'elle rend à l'aveuglette, sans aucun esprit de méthode. Je parle, bien entendu, de la critique courante, de celle qui juge avec tous les préjugés littéraires des sots, ne pouvant se mettre au point de vue largement humain que demande une œuvre humaine pour être comprise. Jamais je n'ai vu pareille maladresse. Les quelques coups de poing que la petite critique m'a adressés à l'occasion de *Thérèse Raquin* se sont perdus, comme toujours, dans le vide. Elle frappe essentiellement à faux, applaudissant les entrechats d'une actrice enfarinée et criant ensuite à l'immoralité à propos d'une étude physiologique, ne comprenant rien, ne voulant rien comprendre et tapant toujours devant elle, si sa sottise prise de panique lui dit de taper. Il est exaspérant d'être battu pour une faute dont on n'est point coupable. Par moments, je regrette de n'avoir pas écrit des obscénités; il me semble que je serais heureux de recevoir une bourrade méritée, au milieu de cette grêle de coups qui tombent bêtement sur ma tête, comme des tuiles, sans que je sache pourquoi.

Il n'y a guère, à notre époque, que deux ou trois hommes qui puissent lire, comprendre et juger un livre. De ceux-là je consens à recevoir des leçons, persuadé qu'ils ne parleront pas sans avoir pénétré mes intentions et apprécié les résultats de mes efforts. Ils se garderaient bien de prononcer les grands mots vides de moralité et de pudeur littéraire; ils me reconnaîtraient le droit, en ces temps de liberté dans l'art, de choisir mes sujets où bon me semble, ne me demandant que des œuvres consciencieuses, sachant que la sottise seule nuit à la dignité des lettres. A coup sûr, l'analyse scientifique que j'ai tenté d'appliquer dans *Thérèse Raquin* ne les surprendrait pas;

ils y retrouveraient la méthode moderne, l'outil d'enquête universelle dont le siècle se sert avec tant de fièvre pour trouer l'avenir. Quelles que dussent être leurs conclusions, ils admettraient mon point de départ, l'étude du tempérament et des modifications profondes de l'organisme sous la pression des milieux et des circonstances. Je me trouverais en face de véritables juges, d'hommes cherchant de bonne foi la vérité, sans puérilité ni fausse honte, ne croyant pas devoir se montrer écœurés au spectacle de pièces d'anatomie nues et vivantes. L'étude sincère purifie tout, comme le feu. Certes, devant le tribunal que je me plais à rêver en ce moment, mon œuvre serait bien humble; j'appellerais sur elle toute la sévérité des critiques, je voudrais qu'elle en sortît noire de ratures. Mais au moins j'aurais eu la joie profonde de me voir critiquer pour ce que j'ai tenté de faire, et non pour ce que je n'ai pas fait.

Il me semble que j'entends, dès maintenant, la sentence de la grande critique, de la critique méthodique et naturaliste qui a renouvelé les sciences, l'histoire et la littérature : « *Thérèse Raquin* est l'étude d'un cas trop exceptionnel; le drame de la vie moderne est plus souple, moins enfermé dans l'horreur et la folie. De pareils cas se rejettent au second plan d'une œuvre. Le désir de ne rien perdre de ses observations a poussé l'auteur à mettre chaque détail en avant, ce qui a donné encore plus de tension et d'âpreté à l'ensemble. D'autre part, le style n'a pas la simplicité que demande un roman d'analyse. Il faudrait, en somme, pour que l'écrivain fît maintenant un bon roman, qu'il vît la société d'un coup d'œil plus large, qu'il la peignît sous ses aspects nombreux et variés, et surtout qu'il employât une langue nette et naturelle. »

Je voulais répondre en vingt lignes à des attaques irritantes par leur naïve mauvaise foi, et je m'aperçois que je me mets à causer avec moi-même, comme cela m'arrive toujours lorsque je garde trop longtemps une plume à la main. Je m'arrête, sachant que les lecteurs n'aiment pas cela. Si j'avais eu la volonté et le loisir d'écrire un manifeste, peut-être aurais-je essayé de défendre ce qu'un journaliste, en parlant de *Thérèse Raquin*, a nommé « la littérature putride ». D'ailleurs, à quoi bon ? Le groupe d'écrivains naturalistes auquel j'ai l'honneur d'appartenir a assez de courage et d'activité pour produire des œuvres fortes, portant en elles leur défense. Il faut tout le parti pris d'aveuglement d'une certaine critique pour forcer

I

Au bout de la rue Guénégaud, lorsqu'on vient des quais, on trouve le passage du Pont-Neuf, une sorte de corridor étroit et sombre qui va de la rue Mazarine à la rue de Seine. Ce passage a trente pas de long et deux de large, au plus; il est pavé de dalles jaunâtres, usées, descellées, suant toujours une humidité âcre; le vitrage qui le couvre, coupé à angle droit, est noir de crasse.

Par les beaux jours d'été, quand un lourd soleil brûle les rues, une clarté blanchâtre tombe des vitres sales et traîne misérablement dans le passage. Par les vilains jours d'hiver, par les matinées de brouillard, les vitres ne jettent que de la nuit sur les dalles gluantes, de la nuit salie et ignoble.

A gauche, se creusent des boutiques obscures, basses, écrasées, laissant échapper des souffles froids de caveau. Il y a là des bouquinistes, des marchands de jouets d'enfant, des cartonniers, dont les étalages gris de poussière dorment vaguement dans l'ombre; les vitrines, faites de petits carreaux, moirent étrangement les marchandises de reflets verdâtres; au-delà, derrière les étalages, les boutiques pleines de ténèbres sont autant de trous lugubres dans lesquels s'agitent des formes bizarres.

A droite, sur toute la longueur du passage, s'étend une muraille contre laquelle les boutiquiers d'en face ont plaqué d'étroites armoires; des objets sans nom, des marchandises oubliées là depuis vingt ans s'y étalent le long de minces planches peintes d'une horrible couleur brune. Une marchande de bijoux faux s'est établie dans une des armoires; elle y vend des bagues de quinze sous, délicatement posées sur un lit de velours bleu, au fond d'une boîte en acajou.

Au-dessus du vitrage, la muraille monte, noire, grossièrement crépie, comme couverte d'une lèpre et toute couturée de cicatrices.

Le passage du Pont-Neuf n'est pas un lieu de promenade. On le prend pour éviter un détour, pour gagner quelques minutes. Il est traversé par un public de gens affairés dont l'unique souci est d'aller vite et droit devant eux. On y voit des apprentis en tablier de travail, des ouvrières reportant leur ouvrage, des hommes et des femmes tenant des paquets sous leur bras; on y voit encore des vieillards se traînant dans le crépuscule morne qui tombe des vitres, et des bandes de petits enfants qui viennent là, au sortir de l'école, pour faire du tapage en courant, en tapant à coups de sabots sur les dalles. Toute la journée, c'est un bruit sec et pressé de pas sonnant sur la pierre avec une irrégularité irritante; personne ne parle, personne ne stationne; chacun court à ses occupations, la tête basse, marchant rapidement, sans donner aux boutiques un seul coup d'œil. Les boutiquiers regardent d'un air inquiet les passants qui, par miracle, s'arrêtent devant leurs étalages.

Le soir, trois becs de gaz, enfermés dans des lanternes lourdes et carrées, éclairent le passage. Ces becs de gaz, pendus au vitrage sur lequel ils jettent des taches de clarté fauve, laissent tomber autour d'eux des ronds d'une lueur pâle qui vacillent et semblent disparaître par instants. Le passage prend l'aspect sinistre d'un véritable coupe-gorge; de grandes ombres s'allongent sur les dalles, des souffles humides viennent de la rue; on dirait une galerie souterraine vaguement éclairée par trois lampes funéraires. Les marchands se contentent, pour tout éclairage, des maigres rayons que les becs de gaz envoient à leurs vitrines; ils allument seulement, dans leur boutique, une lampe munie d'un abat-jour, qu'ils posent sur un coin de leur comptoir, et les passants peuvent alors distinguer ce qu'il y a au fond de ces trous où la nuit habite pendant le jour. Sur la ligne noirâtre des devantures, les vitres d'un cartonnier flamboient : deux lampes à schiste trouent l'ombre de deux flammes jaunes. Et, de l'autre côté, une bougie, plantée au milieu d'un verre à quinquet, met des étoiles de lumière dans la boîte de bijoux faux. La marchande sommeille au fond de son armoire, les mains cachées sous son châle.

Il y a quelques années, en face de cette marchande, se trouvait une boutique dont les boiseries d'un vert bouteille suaient l'humidité par toutes leurs fentes. L'enseigne, faite d'une planche étroite et longue, portait, en lettres noires, le mot : *Mercerie*, et sur une des vitres de la porte était écrit un nom de femme : *Thérèse Raquin*, en caractères rouges. A droite et à gauche s'enfonçaient des vitrines profondes, tapissées de papier bleu.

Pendant le jour, le regard ne pouvait distinguer que l'étalage, dans un clair-obscur adouci.

D'un côté, il y avait un peu de lingerie : des bonnets de tulle tuyautés à deux et trois francs pièce, des manches et des cols de mousseline; puis des tricots, des bas, des chaussettes, des bretelles. Chaque objet, jauni et fripé, était lamentablement pendu à un crochet de fil de fer. La vitrine, de haut en bas, se trouvait ainsi emplie de loques blanchâtres qui prenaient un aspect lugubre dans l'obscurité transparente. Les bonnets neufs, d'un blanc plus éclatant, faisaient des taches crues sur le papier bleu dont les planches étaient garnies. Et, accrochées le long d'une tringle, les chaussettes de couleur mettaient des notes sombres dans l'effacement blafard et vague de la mousseline.

De l'autre côté, dans une vitrine plus étroite, s'étageaient de gros pelotons de laine verte, des boutons noirs cousus sur des cartes blanches, des boîtes de toutes les couleurs et de toutes les dimensions, des résilles à perles d'acier étalées sur des ronds de papier bleuâtre, des faisceaux d'aiguilles à tricoter, des modèles de tapisserie, des bobines de ruban, un entassement d'objets ternes et fanés qui dormaient sans doute en cet endroit depuis cinq ou six ans. Toutes les teintes avaient tourné au gris sale, dans cette armoire que la poussière et l'humidité pourrissaient.

Vers midi, en été, lorsque le soleil brûlait les places et les rues de rayons fauves, on distinguait, derrière les bonnets de l'autre vitrine, un profil pâle et grave de jeune femme. Ce profil sortait vaguement des ténèbres qui régnaient dans la boutique. Au front bas et sec s'attachait un nez long, étroit, effilé; les lèvres étaient deux minces traits d'un rose pâle, et le menton, court et nerveux, tenait au cou par une ligne souple et grasse. On ne voyait pas le corps, qui se perdait dans l'ombre; le profil seul apparaissait, d'une blancheur mate, troué d'un œil noir largement ouvert, et comme écrasé sous une épaisse chevelure sombre. Il était là, pendant des heures, immobile et paisible, entre deux bonnets sur lesquels les tringles humides avaient laissé des bandes de rouille.

Le soir, lorsque la lampe était allumée, on voyait l'intérieur de la boutique. Elle était plus longue que profonde; à l'un des bouts, se trouvait un petit comptoir; à l'autre bout, un escalier en forme de vis menait aux chambres du premier étage. Contre les murs étaient plaquées des vitrines, des armoires, des rangées de cartons verts; quatre chaises et une table complétaient le mobilier. La pièce paraissait nue, glaciale; les marchandises, empaquetées, serrées dans des coins, ne traînaient pas çà et là avec leur joyeux tapage de couleurs.

D'ordinaire, il y avait deux femmes assises derrière le comptoir : la jeune femme au profil grave et une vieille dame qui souriait en sommeillant. Cette dernière avait environ soixante ans; son visage gras et placide blanchissait sous les clartés de la lampe. Un gros chat tigré, accroupi sur un angle du comptoir, la regardait dormir.

Plus bas, assis sur une chaise, un homme d'une trentaine d'années lisait ou causait à demi-voix avec la jeune femme. Il était petit, chétif, d'allure languissante; les cheveux d'un blond fade, la barbe rare, le visage couvert de taches de rousseur, il ressemblait à un enfant malade et gâté.

Un peu avant dix heures, la vieille dame se réveillait. On fermait la boutique, et toute la famille montait se coucher. Le chat tigré suivait ses maîtres en ronronnant, en se frottant la tête contre chaque barreau de la rampe.

En haut, le logement se composait de trois pièces. L'escalier donnait dans une salle à manger qui servait en même temps de salon. A gauche était un poêle de faïence dans une niche; en face se dressait un buffet; puis des chaises se rangeaient le long des murs, une table ronde, tout ouverte, occupait le milieu de la pièce. Au fond, derrière une cloison vitrée, se trouvait une cuisine noire. De chaque côté de la salle à manger, il y avait une chambre à coucher.

La vieille dame, après avoir embrassé son fils et sa belle-fille, se retirait chez elle. Le chat s'endormait sur une chaise de la cuisine. Les époux entraient dans leur chambre. Cette chambre avait une seconde porte donnant sur un escalier qui débouchait dans le passage par une allée obscure et étroite.

Le mari, qui tremblait toujours de fièvre, se mettait au lit; pendant ce temps, la jeune femme ouvrait la croisée pour fermer les persiennes. Elle restait là quelques minutes, devant la grande muraille noire, crépie grossièrement, qui monte et s'étend au-dessus de la galerie. Elle promenait sur cette muraille un regard vague, et, muette, elle venait se coucher à son tour, dans une indifférence dédaigneuse.

II

Mme Raquin était une ancienne mercière de Vernon. Pendant près de vingt-cinq ans, elle avait vécu dans une petite boutique de cette ville. Quelques années après la mort de son mari, des lassitudes la prirent, elle vendit son fonds. Ses économies jointes au prix de cette vente mirent entre ses mains un capital de quarante mille francs qu'elle plaça et qui lui rapporta deux mille francs de rente. Cette somme devait lui suffire largement. Elle menait une vie de recluse, ignorant les joies et les soucis poignants de ce monde; elle s'était fait une existence de paix et de bonheur tranquille.

Elle loua, moyennant quatre cents francs, une petite maison dont le jardin descendait jusqu'au bord de la Seine. C'était une demeure close et discrète qui avait de vagues senteurs de cloître; un étroit sentier menait à cette retraite située au milieu de larges prairies; les fenêtres du logis donnaient sur la rivière et sur les coteaux déserts de l'autre rive. La bonne dame, qui avait dépassé la cinquantaine, s'enferma au fond de cette solitude, et y goûta des joies sereines, entre son fils Camille et sa nièce Thérèse.

Camille avait alors vingt ans. Sa mère le gâtait encore comme un petit garçon. Elle l'adorait pour l'avoir disputé à la mort pendant une longue jeunesse de souffrances. L'enfant eut coup sur coup toutes les fièvres, toutes les maladies imaginables. Mme Raquin soutint une lutte de quinze années contre ces maux terribles qui venaient à la file pour lui arracher son fils. Elle les vainquit tous par sa patience, par ses soins, par son adoration.

Camille, grandi, sauvé de la mort, demeura tout frissonnant des secousses répétées qui avaient endolori sa chair. Arrêté dans sa croissance, il resta petit et malingre.

Ses membres grêles eurent des mouvements lents et fatigués. Sa mère l'aimait davantage pour cette faiblesse qui le pliait. Elle regardait sa pauvre petite figure pâlie avec des tendresses triomphantes, et elle songeait qu'elle lui avait donné la vie plus de dix fois.

Pendant les rares repos que lui laissa la souffrance, l'enfant suivit les cours d'une école de commerce de Vernon. Il y apprit l'orthographe et l'arithmétique. Sa science se borna aux quatre règles et à une connaissance très superficielle de la grammaire. Plus tard, il prit des leçons d'écriture et de comptabilité. Mme Raquin se mettait à trembler lorsqu'on lui conseillait d'envoyer son fils au collège; elle savait qu'il mourrait loin d'elle, elle disait que les livres le tueraient. Camille resta ignorant, et son ignorance mit comme une faiblesse de plus en lui.

A dix-huit ans, désœuvré, s'ennuyant à mourir dans la douceur dont sa mère l'entourait, il entra chez un marchand de toile, à titre de commis. Il gagnait soixante francs par mois. Il était d'un esprit inquiet qui lui rendait l'oisiveté insupportable. Il se trouvait plus calme, mieux portant, dans ce labeur de brute, dans ce travail d'employé qui le courbait tout le jour sur des factures, sur d'énormes additions dont il épelait patiemment chaque chiffre. Le soir, brisé, la tête vide, il goûtait des voluptés infinies au fond de l'hébétement qui le prenait. Il dut se quereller avec sa mère pour entrer chez le marchand de toile; elle voulait le garder toujours auprès d'elle, entre deux couvertures, loin des accidents de la vie. Le jeune homme parla en maître; il réclama le travail comme d'autres enfants réclament des jouets, non par esprit de devoir, mais par instinct, par besoin de nature. Les tendresses, les dévouements de sa mère lui avaient donné un égoïsme féroce; il croyait aimer ceux qui le plaignaient et qui le caressaient; mais, en réalité, il vivait à part, au fond de lui, n'aimant que son bien-être, cherchant par tous les moyens possibles à augmenter ses jouissances. Lorsque l'affection attendrie de Mme Raquin l'écœura, il se jeta avec délices dans une occupation bête qui le sauvait des tisanes et des potions. Puis, le soir, au retour du bureau, il courait au bord de la Seine avec sa cousine Thérèse.

Thérèse allait avoir dix-huit ans. Un jour, seize années auparavant, lorsque Mme Raquin était encore mercière, son frère, le capitaine Degans, lui apporta une petite fille dans ses bras. Il arrivait d'Algérie.

— Voici une enfant dont tu es la tante, lui dit-il avec

un sourire. Sa mère est morte... Moi je ne sais qu'en faire. Je te la donne.

La mercière prit l'enfant, lui sourit, baisa ses joues roses. Degans resta huit jours à Vernon. Sa sœur l'interrogea à peine sur cette fille qu'il lui donnait. Elle sut vaguement que la chère petite était née à Oran et qu'elle avait pour mère une femme indigène d'une grande beauté. Le capitaine, une heure avant son départ, lui remit un acte de naissance dans lequel Thérèse, reconnue par lui, portait son nom. Il partit, et on ne le revit plus ; quelques années plus tard, il se fit tuer en Afrique.

Thérèse grandit, couchée dans le même lit que Camille, sous les tièdes tendresses de sa tante. Elle était d'une santé de fer, et elle fut soignée comme une enfant chétive, partageant les médicaments que prenait son cousin, tenue dans l'air chaud de la chambre occupée par le petit malade. Pendant des heures, elle restait accroupie devant le feu, pensive, regardant les flammes en face, sans baisser les paupières. Cette vie forcée de convalescente la replia sur elle-même ; elle prit l'habitude de parler à voix basse, de marcher sans faire de bruit, de rester muette et immobile sur une chaise, les yeux ouverts et vides de regards. Et, lorsqu'elle levait un bras, lorsqu'elle avançait un pied, on sentait en elle des souplesses félines, des muscles courts et puissants, toute une énergie, toute une passion qui dormaient dans sa chair assoupie. Un jour, son cousin était tombé, pris de faiblesse ; elle l'avait soulevé et transporté, d'un geste brusque, et ce déploiement de force avait mis de larges plaques ardentes sur son visage. La vie cloîtrée qu'elle menait, le régime débilitant auquel elle était soumise ne purent affaiblir son corps maigre et robuste ; sa face prit seulement des teintes pâles, légèrement jaunâtres, et elle devint presque laide à l'ombre. Parfois, elle allait à la fenêtre, elle contemplait les maisons d'en face sur lesquelles le soleil jetait des nappes dorées.

Lorsque Mme Raquin vendit son fonds et qu'elle se retira dans la petite maison du bord de l'eau, Thérèse eut de secrets tressaillements de joie. Sa tante lui avait répété si souvent : « Ne fais pas de bruit, reste tranquille », qu'elle tenait soigneusement cachées, au fond d'elle, toutes les fougues de sa nature. Elle possédait un sang-froid suprême, une apparente tranquillité qui cachait des emportements terribles. Elle se croyait toujours dans la chambre de son cousin, auprès d'un enfant moribond ; elle avait des mouvements adoucis, des silences, des placidités, des paroles bégayées de vieille femme. Quand elle vit le jardin, la rivière blanche, les vastes coteaux verts qui montaient à l'horizon, il lui prit une envie sauvage de courir et de crier; elle sentit son cœur qui frappait à grands coups dans sa poitrine; mais pas un muscle de son visage ne bougea, elle se contenta de sourire lorsque sa tante lui demanda si cette nouvelle demeure lui plaisait.

Alors la vie devint meilleure pour elle. Elle garda ses allures souples, sa physionomie calme et indifférente, elle resta l'enfant élevée dans le lit d'un malade; mais elle vécut intérieurement une existence brûlante et emportée. Quand elle était seule, dans l'herbe, au bord de l'eau, elle se couchait à plat ventre comme une bête, les yeux noirs et agrandis, le corps tordu, près de bondir. Et elle restait là, pendant des heures, ne pensant à rien, mordue par le soleil, heureuse d'enfoncer ses doigts dans la terre. Elle faisait des rêves fous; elle regardait avec défi la rivière qui grondait, elle s'imaginait que l'eau allait se jeter sur elle et l'attaquer; alors elle se roidissait, elle se préparait à la défense, elle se questionnait avec colère pour savoir comment elle pourrait vaincre les flots.

Le soir, Thérèse, apaisée et silencieuse, cousait auprès de sa tante; son visage semblait sommeiller dans la lueur qui glissait mollement de l'abat-jour de la lampe. Camille, affaissé au fond d'un fauteuil, songeait à ses additions. Une parole, dite à voix basse, troublait seule par moments la paix de cet intérieur endormi.

Mme Raquin regardait ses enfants avec une bonté sereine. Elle avait résolu de les marier ensemble. Elle traitait toujours son fils en moribond; elle tremblait lorsqu'elle venait à songer qu'elle mourrait un jour et qu'elle le laisserait seul et souffrant. Alors elle comptait sur Thérèse, elle se disait que la jeune fille serait une garde vigilante auprès de Camille. Sa nièce, avec ses airs tranquilles, ses dévouements muets, lui inspirait une confiance sans bornes. Elle l'avait vue à l'œuvre, elle voulait la donner à son fils comme un ange gardien. Ce mariage était un dénouement prévu, arrêté.

Les enfants savaient depuis longtemps qu'ils devaient s'épouser un jour. Ils avaient grandi dans cette pensée qui leur était devenue ainsi familière et naturelle. On parlait de cette union, dans la famille, comme d'une chose nécessaire, fatale. Mme Raquin avait dit : « Nous attendrons que Thérèse ait vingt et un ans. » Et ils attendaient patiemment, sans fièvre, sans rougeur.

Camille, dont la maladie avait appauvri le sang, ignorait les âpres désirs de l'adolescence. Il était resté petit garçon devant sa cousine, il l'embrassait comme il embrassait sa mère, par habitude, sans rien perdre de sa tranquillité égoïste. Il voyait en elle une camarade complaisante qui l'empêchait de trop s'ennuyer, et qui, à l'occasion, lui faisait de la tisane. Quand il jouait avec elle, qu'il la tenait dans ses bras, il croyait tenir un garçon; sa chair n'avait pas un frémissement. Et jamais il ne lui était venu la pensée, en ces moments, de baiser les lèvres chaudes de Thérèse, qui se débattait en riant d'un rire nerveux.

La jeune fille, elle aussi, semblait rester froide et indifférente. Elle arrêtait parfois ses grands yeux sur Camille et le regardait pendant plusieurs minutes avec une fixité d'un calme souverain. Ses lèvres seules avaient alors de petits mouvements imperceptibles. On ne pouvait rien lire sur ce visage fermé qu'une volonté implacable tenait toujours doux et attentif. Quand on parlait de son mariage, Thérèse devenait grave, se contentait d'approuver de la tête tout ce que disait Mme Raquin. Camille s'endormait.

Le soir, en été, les deux jeunes gens se sauvaient au bord de l'eau. Camille s'irritait des soins incessants de sa mère; il avait des révoltes, il voulait courir, se rendre malade, échapper aux câlineries qui lui donnaient des nausées. Alors il entraînait Thérèse, il la provoquait à lutter, à se vautrer sur l'herbe. Un jour, il poussa sa cousine et la fit tomber; la jeune fille se releva d'un bond, avec une sauvagerie de bête, et, la face ardente, les yeux rouges, elle se précipita sur lui, les deux bras levés. Camille se laissa glisser à terre. Il avait peur.

Les mois, les années s'écoulèrent. Le jour fixé pour le mariage arriva. Mme Raquin prit Thérèse à part, lui parla de son père et de sa mère, lui conta l'histoire de sa naissance. La jeune fille écouta sa tante, puis l'embrassa sans répondre un mot.

Le soir, Thérèse, au lieu d'entrer dans sa chambre, qui était à gauche de l'escalier, entra dans celle de son cousin, qui était à droite. Ce fut tout le changement qu'il y eut dans sa vie, ce jour-là. Et, le lendemain, lorsque les jeunes époux descendirent, Camille avait encore sa langueur maladive, sa sainte tranquillité d'égoïste, Thérèse gardait toujours son indifférence douce, son visage contenu, effrayant de calme.

III

Huit jours après son mariage, Camille déclara nettement à sa mère qu'il entendait quitter Vernon et aller vivre à Paris. Mme Raquin se récria : elle avait arrangé son existence, elle ne voulait point y changer un seul événement. Son fils eut une crise de nerfs, il la menaça de tomber malade, si elle ne cédait pas à son caprice.

— Je ne t'ai jamais contrariée dans tes projets, lui dit-il; j'ai épousé ma cousine, j'ai pris toutes les drogues que tu m'as données. C'est bien le moins, aujourd'hui, que j'aie une volonté, et que tu sois de mon avis... Nous partirons à la fin du mois.

Mme Raquin ne dormit pas de la nuit. La décision de Camille bouleversait sa vie, et elle cherchait désespérément à se refaire une existence. Peu à peu, le calme se fit en elle. Elle réfléchit que le jeune ménage pouvait avoir des enfants et que sa petite fortune ne suffirait plus alors. Il fallait gagner encore de l'argent, se remettre au commerce, trouver une occupation lucrative pour Thérèse. Le lendemain, elle s'était habituée à l'idée de départ, elle avait bâti le plan d'une vie nouvelle.

Au déjeuner, elle était toute gaie.

— Voici ce que nous allons faire, dit-elle à ses enfants. J'irai à Paris demain; je chercherai un petit fonds de mercerie, et nous nous remettrons, Thérèse et moi, à vendre du fil et des aiguilles. Cela nous occupera. Toi, Camille, tu feras ce que tu voudras; tu te promèneras au soleil ou tu trouveras un emploi.

— Je trouverai un emploi, répondit le jeune homme.

La vérité était qu'une ambition bête avait seule poussé Camille au départ. Il voulait être employé dans une grande administration; il rougissait de plaisir, lorsqu'il se voyait en rêve au milieu d'un vaste bureau, avec des manches de lustrine, la plume sur l'oreille.

Thérèse ne fut pas consultée ; elle avait toujours montré une telle obéissance passive que sa tante et son mari ne prenaient plus la peine de lui demander son opinion. Elle allait où ils allaient, elle faisait ce qu'ils faisaient, sans une plainte, sans un reproche, sans même paraître savoir qu'elle changeait de place.

Mme Raquin vint à Paris et alla droit au passage du Pont-Neuf. Une vieille demoiselle de Vernon l'avait adressée à une de ses parentes qui tenait dans ce passage un fonds de mercerie dont elle désirait se débarrasser. L'ancienne mercière trouva la boutique un peu petite, un peu noire; mais, en traversant Paris, elle avait été effrayée par le tapage des rues, par le luxe des étalages, et cette galerie étroite, ces vitrines modestes lui rappelèrent son ancien magasin, si paisible. Elle put se croire encore en province, elle respira, elle pensa que ses chers enfants seraient heureux dans ce coin ignoré. Le prix modeste du fonds la décida; on le lui vendait deux mille francs. Le loyer de la boutique et du premier étage n'était que de douze cents francs. Mme Raquin, qui avait près de quatre mille francs d'économies, calcula qu'elle pourrait payer le fonds et la première année de loyer sans entamer sa fortune. Les appointements de Camille et les bénéfices du commerce de mercerie suffiraient, pensait-elle, aux besoins journaliers; de sorte qu'elle ne toucherait plus ses rentes et qu'elle laisserait grossir le capital pour doter ses petits-enfants.

Elle revint rayonnante à Vernon, elle dit qu'elle avait trouvé une perle, un trou délicieux, en plein Paris. Peu à peu, au bout de quelques jours, dans ses causeries du soir, la boutique humide et obscure du passage devint un palais; elle la revoyait, au fond de ses souvenirs, commode, large, tranquille, pourvue de mille avantages inappréciables.

— Ah! ma bonne Thérèse, disait-elle, tu verras comme nous serons heureuses dans ce coin-là! Il y a trois belles chambres en haut... Le passage est plein de monde... Nous ferons des étalages charmants... Va, nous ne nous ennuierons pas.

Et elle ne tarissait point. Tous ses instincts d'ancienne marchande se réveillaient; elle donnait à l'avance des conseils à Thérèse sur la vente, sur les achats, sur les roueries du petit commerce. Enfin la famille quitta la maison du bord de la Seine; le soir du même jour, elle s'installait au passage du Pont-Neuf.

Quand Thérèse entra dans la boutique où elle allait vivre désormais, il lui sembla qu'elle descendait dans la terre grasse d'une fosse. Une sorte d'écœurement la prit à la gorge, elle eut des frissons de peur. Elle regarda la galerie sale et humide, elle visita le magasin, monta au premier étage, fit le tour de chaque pièce; ces pièces nues, sans meubles, étaient effrayantes de solitude et de délabrement. La jeune femme ne trouva pas un geste, ne prononça pas une parole. Elle était comme glacée. Sa tante et son mari étant descendus, elle s'assit sur une malle, les mains roides, la gorge pleine de sanglots, ne pouvant pleurer.

Mme Raquin, en face de la réalité, resta embarrassée, honteuse de ses rêves. Elle chercha à défendre son acquisition. Elle trouvait un remède à chaque nouvel inconvénient qui se présentait, expliquait l'obscurité en disant que le temps était couvert, et concluait en affirmant qu'un coup de balai suffirait.

— Bah! répondait Camille, tout cela est très convenable... D'ailleurs, nous ne monterons ici que le soir. Moi, je ne rentrerai pas avant cinq ou six heures... Vous deux, vous serez ensemble, vous ne vous ennuierez pas.

Jamais le jeune homme n'aurait consenti à habiter un pareil taudis, s'il n'avait compté sur les douceurs tièdes de son bureau. Il se disait qu'il aurait chaud tout le jour à son administration, et que, le soir, il se coucherait de bonne heure.

Pendant une grande semaine, la boutique et le logement restèrent en désordre. Dès le premier jour, Thérèse s'était assise derrière le comptoir, et elle ne bougeait plus de cette place. Mme Raquin s'étonna de cette attitude affaissée; elle avait cru que la jeune femme allait chercher à embellir sa demeure, mettre des fleurs sur les fenêtres, demander des papiers neufs, des rideaux, des tapis. Lorsqu'elle proposait une réparation, un embellissement quelconque :

— A quoi bon ? répondait tranquillement sa nièce. Nous sommes très bien, nous n'avons pas besoin de luxe.

Ce fut Mme Raquin qui dut arranger les chambres et mettre un peu d'ordre dans la boutique. Thérèse finit par s'impatienter à la voir sans cesse tourner devant ses yeux; elle prit une femme de ménage, elle força sa tante à venir s'asseoir auprès d'elle.

Camille resta un mois sans pouvoir trouver un emploi. Il vivait le moins possible dans la boutique, il flânait toute la journée. L'ennui le prit à un tel point, qu'il parla de retourner à Vernon. Enfin, il entra dans l'administration du chemin de fer d'Orléans. Il gagnait cent francs par mois. Son rêve était exaucé.

Le matin, il partait à huit heures. Il descendait la rue Guénégaud et se trouvait sur les quais. Alors, à petits pas, les mains dans les poches, il suivait la Seine, de l'Institut au Jardin des Plantes. Cette longue course, qu'il faisait deux fois par jour, ne l'ennuyait jamais. Il regardait couler l'eau, il s'arrêtait pour voir passer les trains de bois qui descendaient la rivière. Il ne pensait à rien. Souvent il se plantait devant Notre-Dame, et contemplait les échafaudages dont l'église, alors en réparation, était entourée; ces grosses pièces de charpente l'amusaient, sans qu'il sût pourquoi. Puis, en passant, il jetait un coup d'œil dans le Port aux Vins, il comptait les fiacres qui venaient de la gare. Le soir, abruti, la tête pleine de quelque sotte histoire contée à son bureau, il traversait le Jardin des Plantes, et allait voir les ours, s'il n'était pas trop pressé. Il restait là une demi-heure, penché au-dessus de la fosse, suivant du regard les ours qui se dandinaient lourdement; les allures de ces grosses bêtes lui plaisaient; il les examinait, les lèvres ouvertes, les yeux arrondis, goûtant une joie d'imbécile à les voir se remuer. Il se décidait enfin à rentrer, traînant les pieds, s'occupant des passants, des voitures, des magasins.

Dès son arrivée, il mangeait, puis se mettait à lire. Il avait acheté les œuvres de Buffon, et, chaque soir, il se donnait une tâche de vingt, de trente pages, malgré l'ennui qu'une pareille lecture lui causait. Il lisait encore, en livraisons à dix centimes, l'*Histoire du Consulat et de l'Empire*, de Thiers, et l'*Histoire des Girondins*, de Lamartine, ou bien des ouvrages de vulgarisation scientifique. Il croyait travailler à son éducation. Parfois, il forçait sa femme à écouter la lecture de certaines pages, de certaines anecdotes. Il s'étonnait beaucoup que Thérèse pût rester pensive et silencieuse pendant toute une soirée, sans être tentée de prendre un livre. Au fond, il s'avouait que sa femme était une pauvre intelligence.

Thérèse repoussait les livres avec impatience. Elle préférait demeurer oisive, les yeux fixes, la pensée flottante et perdue. Elle gardait d'ailleurs une humeur égale et facile; toute sa volonté tendait à faire de son être un instrument passif, d'une complaisance et d'une abnégation suprêmes.

Le commerce allait tout doucement. Les bénéfices, chaque mois, étaient régulièrement les mêmes. La clientèle se composait des ouvrières du quartier. A chaque cinq minutes, une jeune fille entrait, achetait pour quelques sous de marchandise. Thérèse servait les clientes avec des paroles toujours semblables, avec un sourire qui montait mécaniquement à ses lèvres. Mme Raquin se montrait plus souple, plus bavarde, et, à vrai dire, c'était elle qui attirait et retenait la clientèle.

Pendant trois ans, les jours se suivirent et se ressemblèrent. Camille ne s'absenta pas une seule fois de son bureau; sa mère et sa femme sortirent à peine de la boutique. Thérèse, vivant dans une ombre humide, dans un silence morne et écrasant, voyait la vie s'étendre devant elle, toute nue, amenant chaque soir la même couche froide et chaque matin la même journée vide.

IV

Un jour sur sept, le jeudi soir, la famille Raquin recevait. On allumait une grande lampe dans la salle à manger, et l'on mettait une bouilloire d'eau au feu pour faire du thé. C'était toute une grosse histoire. Cette soirée-là tranchait sur les autres; elle avait passé dans les habitudes de la famille comme une orgie bourgeoise d'une gaieté folle. On se couchait à onze heures.

Mme Raquin retrouva à Paris un de ses vieux amis, le commissaire de police Michaud, qui avait exercé à Vernon pendant vingt ans, logé dans la même maison que la mercière. Une étroite intimité s'était ainsi établie entre eux; puis, lorsque la veuve avait vendu son fonds pour aller habiter la maison du bord de l'eau, ils s'étaient peu à peu perdus de vue. Michaud quitta la province quelques mois plus tard et vint manger paisiblement à Paris, rue de Seine, les quinze cents francs de sa retraite. Un jour de pluie, il rencontra sa vieille amie dans le passage du Pont-Neuf; le soir même, il dînait chez les Raquin.

Ainsi furent fondées les réceptions du jeudi. L'ancien commissaire de police prit l'habitude de venir ponctuellement une fois par semaine. Il finit par amener son fils Olivier, un grand garçon de trente ans, sec et maigre, qui avait épousé une toute petite femme, lente et maladive. Olivier occupait à la préfecture de police un emploi de trois mille francs dont Camille se montrait singulièrement jaloux; il était commis principal dans le bureau de la police d'ordre et de sûreté. Dès le premier jour, Thérèse détesta ce garçon roide et froid qui croyait honorer la boutique du passage en y promenant la sécheresse de son grand corps et les défaillances de sa pauvre petite femme.

Camille introduisit un autre invité, un vieil employé du chemin de fer d'Orléans. Grivet avait vingt ans de service; il était premier commis et gagnait deux mille cent francs. C'était lui qui distribuait la besogne aux employés du bureau de Camille, et celui-ci lui témoignait un certain respect; dans ses rêves, il se disait que Grivet mourrait un jour, qu'il le remplacerait peut-être, au bout d'une dizaine d'années. Grivet fut enchanté de l'accueil de Mme Raquin, il revint chaque semaine avec une régularité parfaite. Six mois plus tard, sa visite du jeudi était devenue pour lui un devoir : il allait au passage du Pont-Neuf, comme il se rendait chaque matin à son bureau, mécaniquement, par un instinct de brute.

Dès lors, les réunions devinrent charmantes. A sept heures, Mme Raquin allumait le feu, mettait la lampe au milieu de la table, posait un jeu de dominos à côté, essuyait le service à thé qui se trouvait sur le buffet. A huit heures précises, le vieux Michaud et Grivet se rencontraient devant la boutique, venant l'un de la rue de Seine, l'autre de la rue Mazarine. Ils entraient, et toute la famille montait au premier étage. On s'asseyait autour de la table, on attendait Olivier Michaud et sa femme, qui arrivaient toujours en retard. Quand la réunion se trouvait au complet, Mme Raquin versait le thé, Camille vidait la boîte de dominos sur la toile cirée, chacun s'enfonçait dans son jeu. On n'entendait plus que le cliquetis des dominos. Après chaque partie, les joueurs se querellaient pendant deux ou trois minutes, puis le silence retombait, morne, coupé de bruits secs.

Thérèse jouait avec une indifférence qui irritait Camille. Elle prenait sur elle François, le gros chat tigré que Mme Raquin avait apporté de Vernon, elle le caressait d'une main, tandis qu'elle posait les dominos de l'autre. Les soirées du jeudi étaient un supplice pour elle; souvent elle se plaignait d'un malaise, d'une forte migraine, afin de ne pas jouer, de rester là oisive, à moitié endormie. Un coude sur la table, la joue appuyée sur la paume de la main, elle regardait les invités de sa tante et de son mari, elle les voyait à travers une sorte de brouillard jaune et fumeux qui sortait de la lampe. Toutes ces têtes-là l'exaspéraient. Elle allait de l'une à l'autre avec des dégoûts profonds, des irritations sourdes. Le vieux Michaud étalait une face blafarde, tachée de plaques rouges, une de ces faces mortes de vieillard tombé en enfance; Grivet avait le masque étroit, les yeux ronds, les lèvres minces d'un crétin; Olivier, dont les os perçaient les joues, portait gravement sur un corps ridicule une tête roide et insignifiante ; quant à Suzanne, la femme d'Olivier, elle était toute pâle, les yeux vagues, les lèvres blanches, le visage mou. Et Thérèse ne trouvait pas un homme, pas un être vivant parmi ces créatures grotesques et sinistres avec lesquelles elle était enfermée ; parfois des hallucinations la prenaient, elle se croyait enfouie au fond d'un caveau, en compagnie de cadavres mécaniques, remuant la tête, agitant les jambes et les bras, lorsqu'on tirait des ficelles. L'air épais de la salle à manger l'étouffait ; le silence frissonnant, les lueurs jaunâtres de la lampe la pénétraient d'un vague effroi, d'une angoisse inexprimable.

On avait posé en bas, à la porte du magasin, une sonnette dont le tintement aigu annonçait l'entrée des clientes. Thérèse tendait l'oreille ; lorsque la sonnette se faisait entendre, elle descendait rapidement, soulagée, heureuse de quitter la salle à manger. Elle servait la pratique avec lenteur. Quand elle se trouvait seule, elle s'asseyait derrière le comptoir, elle demeurait là le plus longtemps possible, redoutant de remonter, goûtant une véritable joie à ne plus avoir Grivet et Olivier devant les yeux. L'air humide de la boutique calmait la fièvre qui brûlait ses mains. Et elle retombait dans cette rêverie grave qui lui était ordinaire.

Mais elle ne pouvait rester longtemps ainsi. Camille se fâchait de son absence ; il ne comprenait pas qu'on pût préférer la boutique à la salle à manger, le jeudi soir. Alors il se penchait sur la rampe, cherchait sa femme du regard.

— Eh bien ! criait-il, que fais-tu donc là ? pourquoi ne montes-tu pas ?... Grivet a une chance du diable. Il vient encore de gagner.

La jeune femme se levait péniblement et venait reprendre sa place en face du vieux Michaud, dont les lèvres pendantes avaient des sourires écœurants. Et, jusqu'à onze heures, elle demeurait affaissée sur sa chaise, regardant François qu'elle tenait dans ses bras, pour ne pas voir les poupées de carton qui grimaçaient autour d'elle.

V

Un jeudi, en revenant de son bureau, Camille amena avec lui un grand gaillard, carré des épaules, qu'il poussa dans la boutique d'un geste familier.

— Mère, demanda-t-il à Mme Raquin en le lui montrant, reconnais-tu ce monsieur-là ?

La vieille mercière regarda le grand gaillard, chercha dans ses souvenirs et ne trouva rien. Thérèse suivait cette scène d'un air placide.

— Comment! reprit Camille, tu ne reconnais pas Laurent, le petit Laurent, le fils du père Laurent qui a de si beaux champs de blé du côté de Jeufosse ?... Tu ne te rappelles pas ?... J'allais à l'école avec lui; il venait me chercher le matin, en sortant de chez son oncle qui était notre voisin, et tu lui donnais des tartines de confiture.

Mme Raquin se souvint brusquement du petit Laurent, qu'elle trouva singulièrement grandi. Il y avait bien vingt ans qu'elle ne l'avait vu. Elle voulut lui faire oublier son accueil étonné par un flot de souvenirs, par des cajoleries toutes maternelles. Laurent s'était assis, il souriait paisiblement, il répondait d'une voix claire, il promenait autour de lui des regards calmes et aisés.

— Figurez-vous, dit Camille, que ce farceur-là est employé à la gare du chemin de fer d'Orléans depuis dix-huit mois, et que nous ne nous sommes rencontrés et reconnus que ce soir. C'est si vaste, si important, cette administration!

Le jeune homme fit cette remarque, en agrandissant les yeux, en pinçant les lèvres, tout fier d'être l'humble rouage d'une grosse machine. Il continua en secouant la tête :

— Oh! mais, lui, il se porte bien, il a étudié, il gagne

déjà quinze cents francs... Son père l'a mis au collège; il a fait son droit et a appris la peinture. N'est-ce pas, Laurent ?... Tu vas dîner avec nous.

— Je veux bien, répondit carrément Laurent.

Il se débarrassa de son chapeau et s'installa dans la boutique. Mme Raquin courut à ses casseroles. Thérèse, qui n'avait pas encore prononcé une parole, regardait le nouveau venu. Elle n'avait jamais vu un homme. Laurent, grand, fort, le visage frais, l'étonnait. Elle contemplait avec une sorte d'admiration son front bas, planté d'une rude chevelure noire, ses joues pleines, ses lèvres rouges, sa face régulière, d'une beauté sanguine. Elle arrêta un instant ses regards sur son cou; ce cou était large et court, gras et puissant. Puis elle s'oublia à considérer les grosses mains qu'il tenait étalées sur ses genoux; les doigts en étaient carrés; le poing fermé devait être énorme et aurait pu assommer un bœuf. Laurent était un vrai fils de paysan, d'allure un peu lourde, le dos bombé, les mouvements lents et précis, l'air tranquille et entêté. On sentait sous ses vêtements des muscles ronds et développés, tout un corps d'une chair épaisse et ferme. Et Thérèse l'examinait avec curiosité, allant de ses poings à sa face, éprouvant de petits frissons lorsque ses yeux rencontraient son cou de taureau.

Camille étala ses volumes de Buffon et ses livraisons à dix centimes, pour montrer à son ami qu'il travaillait, lui aussi. Puis, comme répondant à une question qu'il s'adressait depuis quelques instants :

— Mais, dit-il à Laurent, tu dois connaître ma femme ? Tu ne te rappelles pas cette petite cousine qui jouait avec nous, à Vernon ?

— J'ai parfaitement reconnu madame, répondit Laurent en regardant Thérèse en face.

Sous ce regard droit, qui semblait pénétrer en elle, la jeune femme éprouva une sorte de malaise. Elle eut un sourire forcé, et échangea quelques mots avec Laurent et son mari; puis elle se hâta d'aller rejoindre sa tante. Elle souffrait.

On se mit à table. Dès le potage, Camille crut devoir s'occuper de son ami.

— Comment va ton père ? lui demanda-t-il.

— Mais je ne sais pas, répondit Laurent. Nous sommes brouillés; il y a cinq ans que nous ne nous écrivons plus.

— Bah! s'écria l'employé, étonné d'une pareille monstruosité.

— Oui, le cher homme a des idées à lui... Comme il est continuellement en procès avec ses voisins, il m'a mis au collège, rêvant de trouver plus tard en moi un avocat qui lui gagnerait toutes ses causes... Oh! le père Laurent n'a que des ambitions utiles; il veut tirer parti même de ses folies.

— Et tu n'as pas voulu être avocat? dit Camille, de plus en plus étonné.

— Ma foi non, reprit son ami en riant... Pendant deux ans, j'ai fait semblant de suivre les cours, afin de toucher la pension de douze cents francs que mon père me servait. Je vivais avec un de mes camarades de collège, qui est peintre, et je m'étais mis à faire aussi de la peinture. Cela m'amusait; le métier est drôle, pas fatigant. Nous fumions, nous blaguions tout le jour...

La famille Raquin ouvrait des yeux énormes.

— Par malheur, continua Laurent, cela ne pouvait durer. Le père a su que je lui contais des mensonges, il m'a retranché net mes cent francs par mois, en m'invitant à venir piocher la terre avec lui. J'ai essayé alors de peindre des tableaux de sainteté; mauvais commerce... Comme j'ai vu clairement que j'allais mourir de faim, j'ai envoyé l'art à tous les diables et j'ai cherché un emploi... Le père mourra bien un de ces jours; j'attends ça pour vivre sans rien faire.

Laurent parlait d'une voix tranquille. Il venait, en quelques mots, de conter une histoire caractéristique qui le peignait en entier. Au fond, c'était un paresseux, ayant des appétits sanguins, des désirs très arrêtés de jouissances faciles et durables. Ce grand corps puissant ne demandait qu'à ne rien faire, qu'à se vautrer dans une oisiveté et un assouvissement de toutes les heures. Il aurait voulu bien manger, bien dormir, contenter largement ses passions, sans remuer de place, sans courir la mauvaise chance d'une fatigue quelconque.

La profession d'avocat l'avait épouvanté, et il frissonnait à l'idée de piocher la terre. Il s'était jeté dans l'art, espérant y trouver un métier de paresseux; le pinceau lui semblait un instrument léger à manier; puis il croyait le succès facile. Il rêvait une vie de voluptés à bon marché, une belle vie pleine de femmes, de repos sur des divans, de mangeailles et de soûleries. Le rêve dura tant que le père Laurent envoya des écus. Mais, lorsque le jeune homme, qui avait déjà trente ans, vit la misère à l'horizon, il se mit à réfléchir; il se sentait lâche devant les privations, il n'aurait pas accepté une journée sans pain pour la plus grande gloire de l'art. Comme il le disait, il envoya la peinture au diable, le jour où il s'aperçut qu'elle ne contenterait jamais ses larges appétits. Ses premiers essais étaient restés au-dessous de la médiocrité; son œil de paysan voyait gauchement et salement la nature; ses toiles, boueuses, mal bâties, grimaçantes, défiaient toute critique. D'ailleurs, il ne paraissait point trop vaniteux comme artiste, il ne se désespéra pas outre mesure, lorsqu'il lui fallut jeter les pinceaux. Il ne regretta réellement que l'atelier de son camarade de collège, ce vaste atelier dans lequel il s'était si voluptueusement vautré pendant quatre ou cinq ans. Il regretta encore les femmes qui venaient poser, et dont les caprices étaient à la portée de sa bourse. Ce monde de jouissances brutales lui laissa de cuisants besoins de chair. Il se trouva cependant à l'aise dans son métier d'employé; il vivait très bien en brute, il aimait cette besogne au jour le jour, qui ne le fatiguait pas et qui endormait son esprit. Deux choses l'irritaient seulement : il manquait de femmes, et la nourriture des restaurants à dix-huit sous n'apaisait pas les appétits gloutons de son estomac.

Camille l'écoutait, le regardait avec un étonnement de niais. Ce garçon débile, dont le corps mou et affaissé n'avait jamais eu une secousse de désir, rêvait puérilement à cette vie d'atelier dont son ami lui parlait. Il songeait à ces femmes qui étalent leur peau nue. Il questionna Laurent.

— Alors, lui dit-il, il y a eu, comme ça, des femmes qui ont retiré leur chemise devant toi ?

— Mais oui, répondit Laurent en souriant et en regardant Thérèse qui était devenue très pâle.

— Ça doit vous faire un singulier effet, reprit Camille avec un rire d'enfant... Moi, je serais gêné... La première fois, tu as dû rester tout bête.

Laurent avait élargi une de ses grosses mains dont il regardait attentivement la paume. Ses doigts eurent de légers frémissements, des lueurs rouges montèrent à ses joues.

— La première fois, reprit-il comme se parlant à lui-même, je crois que j'ai trouvé ça naturel... C'est bien amusant, ce diable d'art, seulement ça ne rapporte pas un sou... J'ai eu pour modèle une rousse qui était adorable : des chairs fermes, éclatantes, une poitrine superbe, des hanches d'une largeur...

Laurent leva la tête et vit Thérèse devant lui, muette, immobile. La jeune femme le regardait avec une fixité ardente. Ses yeux, d'un noir mat, semblaient deux trous sans fond, et, par ses lèvres entrouvertes, on apercevait des clartés roses dans sa bouche. Elle était comme écrasée, ramassée sur elle-même; elle écoutait.

Les regards de Laurent allèrent de Thérèse à Camille. L'ancien peintre retint un sourire. Il acheva sa phrase du geste, un geste large et voluptueux, que la jeune femme suivit du regard. On était au dessert, et Mme Raquin venait de descendre pour servir une cliente.

Quand la nappe fut retirée, Laurent, songeur depuis quelques minutes, s'adressa brusquement à Camille.

— Tu sais, lui dit-il, il faut que je fasse ton portrait.

Cette idée enchanta Mme Raquin et son fils. Thérèse resta silencieuse.

— Nous sommes en été, reprit Laurent, et comme nous sortons du bureau à quatre heures, je pourrai venir ici et te faire poser pendant deux heures, le soir. Ce sera l'affaire de huit jours.

— C'est cela, répondit Camille, rouge de joie; tu dîneras avec nous... Je me ferai friser et je mettrai ma redingote noire.

Huit heures sonnaient. Grivet et Michaud firent leur entrée. Olivier et Suzanne arrivèrent derrière eux.

Camille présenta son ami à la société. Grivet pinça les lèvres. Il détestait Laurent, dont les appointements avaient monté trop vite, selon lui. D'ailleurs c'était toute une affaire que l'introduction d'un nouvel invité : les hôtes des Raquin ne pouvaient recevoir un inconnu sans quelque froideur.

Laurent se comporta en bon enfant. Il comprit la situation, il voulut plaire, se faire accepter d'un coup. Il raconta des histoires, égaya la soirée par son gros rire, et gagna l'amitié de Grivet lui-même.

Thérèse, ce soir-là, ne chercha pas à descendre à la boutique. Elle resta jusqu'à onze heures sur sa chaise, jouant et causant, évitant de rencontrer les regards de Laurent, qui d'ailleurs ne s'occupait pas d'elle. La nature sanguine de ce garçon, sa voix pleine, ses rires gras, les senteurs âcres et puissantes qui s'échappaient de sa personne, troublaient la jeune femme et la jetaient dans une sorte d'angoisse nerveuse.

VI

Laurent, à partir de ce jour, revint presque chaque soir chez les Raquin. Il habitait, rue Saint-Victor, en face du Port aux Vins, un petit cabinet meublé qu'il payait dix-huit francs par mois ; ce cabinet, mansardé, troué en haut d'une fenêtre à tabatière, qui s'entrebâillait étroitement sur le ciel, avait à peine six mètres carrés. Laurent rentrait le plus tard possible dans ce galetas. Avant de rencontrer Camille, comme il n'avait pas d'argent pour aller se traîner sur les banquettes des cafés, il s'attardait dans la crémerie où il dînait le soir, il fumait des pipes en prenant un gloria qui lui coûtait trois sous. Puis il regagnait doucement la rue Saint-Victor, flânant le long des quais, s'asseyant sur les bancs, quand l'air était tiède.

La boutique du passage du Pont-Neuf devint pour lui une retraite charmante, chaude, tranquille, pleine de paroles et d'attentions amicales. Il épargna les trois sous de son gloria et but en gourmand l'excellent thé de Mme Raquin. Jusqu'à dix heures, il restait là, assoupi, digérant, se croyant chez lui ; il ne partait qu'après avoir aidé Camille à fermer la boutique.

Un soir, il apporta son chevalet et sa boîte à couleurs. Il devait commencer le lendemain le portrait de Camille. On acheta une toile, on fit des préparatifs minutieux. Enfin l'artiste se mit à l'œuvre, dans la chambre même des époux ; le jour, disait-il, y était plus clair.

Il lui fallut trois soirées pour dessiner la tête. Il traînait avec soin le fusain sur la toile, à petits coups, maigrement ; son dessin, roide et sec, rappelait d'une façon grotesque celui des maîtres primitifs. Il copia la face de Camille comme un élève copie une académie, d'une main hésitante, avec une exactitude gauche qui donnait à la figure un air renfrogné. Le quatrième jour, il mit sur sa palette de tout petits tas de couleur, et il commença à peindre du bout des pinceaux; il pointillait la toile de minces taches sales, il faisait des hachures courtes et serrées, comme s'il se fût servi d'un crayon.

A la fin de chaque séance, Mme Raquin et Camille s'extasiaient. Laurent disait qu'il fallait attendre, que la ressemblance allait venir.

Depuis que le portrait était commencé, Thérèse ne quittait plus la chambre changée en atelier. Elle laissait sa tante seule derrière le comptoir; pour le moindre prétexte elle montait et s'oubliait à regarder peindre Laurent.

Grave toujours, oppressée, plus pâle et plus muette, elle s'asseyait et suivait le travail des pinceaux. Ce spectacle ne paraissait cependant pas l'amuser beaucoup; elle venait à cette place, comme attirée par une force, et elle y restait, comme clouée. Laurent se retournait parfois, lui souriait, lui demandait si le portrait lui plaisait. Elle répondait à peine, frissonnait, puis reprenait son extase recueillie.

Laurent, en revenant le soir à la rue Saint-Victor, se faisait de longs raisonnements; il discutait avec lui-même s'il devait, ou non, devenir l'amant de Thérèse.

— Voilà une petite femme, se disait-il, qui sera ma maîtresse quand je le voudrai. Elle est toujours là, sur mon dos, à m'examiner, à me mesurer, à me peser... Elle tremble, elle a une figure toute drôle, muette et passionnée. A coup sûr, elle a besoin d'un amant; cela se voit dans ses yeux... Il faut dire que Camille est un pauvre sire.

Laurent riait en dedans, au souvenir des maigreurs blafardes de son ami. Puis il continuait :

— Elle s'ennuie dans cette boutique... Moi j'y vais, parce que je ne sais où aller. Sans cela, on ne me prendrait pas souvent au passage du Pont-Neuf. C'est humide, triste. Une femme doit mourir là-dedans... Je lui plais, j'en suis certain; alors pourquoi pas moi plutôt qu'un autre.

Il s'arrêtait, il lui venait des fatuités, il regardait couler la Seine d'un air absorbé.

— Ma foi, tant pis, s'écriait-il, je l'embrasse à la première occasion... Je parie qu'elle tombe tout de suite dans mes bras.

Il se remettait à marcher, et des indécisions le prenaient.

— C'est qu'elle est laide, après tout, pensait-il. Elle a le nez long, la bouche grande. Je ne l'aime pas du tout, d'ailleurs. Je vais peut-être m'attirer quelque mauvaise histoire. Cela demande réflexion.

Laurent, qui était très prudent, roula ces pensées dans sa tête pendant une grande semaine. Il calcula tous les incidents possibles d'une liaison avec Thérèse; il se décida seulement à tenter l'aventure, lorsqu'il se fut bien prouvé qu'il avait un réel intérêt à le faire.

Pour lui, Thérèse, il est vrai, était laide, et il ne l'aimait pas; mais, en somme, elle ne lui coûterait rien; les femmes qu'il achetait à bas prix n'étaient, certes, ni plus belles ni plus aimées. L'économie lui conseillait déjà de prendre la femme de son ami. D'autre part, depuis longtemps il n'avait pas contenté ses appétits; l'argent étant rare, il sevrait sa chair, et il ne voulait point laisser échapper l'occasion de la repaître un peu. Enfin, une pareille liaison, en bien réfléchissant, ne pouvait avoir de mauvaises suites : Thérèse aurait intérêt à tout cacher, il la planterait là aisément quand il voudrait; en admettant même que Camille découvrît tout et se fâchât, il l'assommerait d'un coup de poing, s'il faisait le méchant. La question, de tous les côtés, se présentait à Laurent facile et engageante.

Dès lors, il vécut dans une douce quiétude, attendant l'heure. A la première occasion, il était décidé à agir carrément. Il voyait, dans l'avenir, des soirées tièdes. Tous les Raquin travailleraient à ses jouissances : Thérèse apaiserait les brûlures de son sang; Mme Raquin le cajolerait comme une mère; Camille, en causant avec lui, l'empêcherait de trop s'ennuyer, le soir, dans la boutique.

Le portrait s'achevait, les occasions ne se présentaient pas. Thérèse restait toujours là, accablée et anxieuse; mais Camille ne quittait point la chambre, et Laurent se désolait de ne pouvoir l'éloigner pour une heure. Il lui fallut pourtant déclarer un jour qu'il terminerait le portrait le lendemain. Mme Raquin annonça qu'on dînerait ensemble et qu'on fêterait l'œuvre du peintre.

Le lendemain, lorsque Laurent eut donné à la toile le dernier coup de pinceau, toute la famille se réunit pour crier à la ressemblance. Le portrait était ignoble, d'un gris sale, avec de larges plaques violacées. Laurent ne pouvait employer les couleurs les plus éclatantes sans les rendre ternes et boueuses; il avait, malgré lui, exagéré les teintes blafardes de son modèle, et le visage de Camille ressemblait à la face verdâtre d'un noyé; le dessin grimaçant convulsionnait les traits, rendant ainsi la sinistre ressemblance plus frappante. Mais Camille était enchanté ; il disait que sur la toile il avait un air distingué.

Quand il eut bien admiré sa figure, il déclara qu'il allait chercher deux bouteilles de vin de Champagne. Mme Raquin redescendit à la boutique. L'artiste resta seul avec Thérèse.

La jeune femme était demeurée accroupie, regardant vaguement devant elle. Elle semblait attendre en frémissant. Laurent hésita ; il examinait sa toile, il jouait avec ses pinceaux. Le temps pressait, Camille pouvait revenir, l'occasion ne se représenterait peut-être plus. Brusquement, le peintre se tourna et se trouva face à face avec Thérèse. Ils se contemplèrent pendant quelques secondes.

Puis, d'un mouvement violent, Laurent se baissa et prit la jeune femme contre sa poitrine. Il lui renversa la tête, lui écrasant les lèvres sous les siennes. Elle eut un mouvement de révolte, sauvage, emportée, et, tout d'un coup, elle s'abandonna, glissant par terre, sur le carreau. Ils n'échangèrent pas une seule parole. L'acte fut silencieux et brutal.

VII

Dès le commencement, les amants trouvèrent leur liaison nécessaire, fatale, toute naturelle. A leur première entrevue, ils se tutoyèrent, ils s'embrassèrent, sans embarras, sans rougeur, comme si leur intimité eût daté de plusieurs années. Ils vivaient à l'aise dans leur situation nouvelle, avec une tranquillité et une impudence parfaites.

Ils fixèrent leurs rendez-vous. Thérèse ne pouvant sortir, il fut décidé que Laurent viendrait. La jeune femme lui expliqua, d'une voix nette et assurée, le moyen qu'elle avait trouvé. Les entrevues auraient lieu dans la chambre des époux. L'amant passerait par l'allée qui donnait sur le passage, et Thérèse lui ouvrirait la porte de l'escalier. Pendant ce temps, Camille serait à son bureau, Mme Raquin, en bas, dans la boutique. C'étaient là des coups d'audace qui devaient réussir.

Laurent accepta. Il avait, dans sa prudence, une sorte de témérité brutale, la témérité d'un homme qui a de gros poings. L'air grave et calme de sa maîtresse l'engagea à venir goûter d'une passion si hardiment offerte. Il choisit un prétexte, il obtint de son chef un congé de deux heures, et il accourut au passage du Pont-Neuf.

Dès l'entrée du passage, il éprouva des voluptés cuisantes. La marchande de bijoux faux était assise juste en face de la porte de l'allée. Il lui fallut attendre qu'elle fût occupée, qu'une jeune ouvrière vînt acheter une bague ou des boucles d'oreilles de cuivre. Alors, rapidement, il entra dans l'allée; il monta l'escalier étroit et obscur, en s'appuyant aux murs gras d'humidité. Ses pieds heurtaient les marches de pierre; au bruit de chaque heurt, il sentait une brûlure qui lui traversait la poitrine. Une porte s'ouvrit. Sur le seuil, au milieu d'une lueur blanche, il vit Thérèse en camisole, en jupon, tout éclatante, les cheveux fortement noués derrière la tête. Elle ferma la porte, elle se pendit à son cou. Il s'échappait d'elle une odeur tiède, une odeur de linge blanc et de chair fraîchement lavée.

Laurent, étonné, trouva sa maîtresse belle. Il n'avait jamais vu cette femme. Thérèse, souple et forte, le serrait, renversant la tête en arrière, et, sur son visage, couraient des lumières ardentes, des sourires passionnés. Cette face d'amante s'était comme transfigurée; elle avait un air fou et caressant; les lèvres humides, les yeux luisants, elle rayonnait. La jeune femme, tordue et ondoyante, était belle d'une beauté étrange, toute d'emportement. On eût dit que sa figure venait de s'éclairer en dedans, que des flammes s'échappaient de sa chair. Et, autour d'elle, son sang qui brûlait, ses nerfs qui se tendaient, jetaient ainsi des effluves chauds, un air pénétrant et âcre.

Au premier baiser, elle se révéla courtisane. Son corps inassouvi se jeta éperdument dans la volupté. Elle s'éveillait comme d'un songe, elle naissait à la passion. Elle passait des bras débiles de Camille dans les bras vigoureux de Laurent, et cette approche d'un homme puissant lui donnait une brusque secousse qui la tirait du sommeil de la chair. Tous ses instincts de femme nerveuse éclatèrent avec une violence inouïe; le sang de sa mère, ce sang africain qui brûlait ses veines, se mit à couler, à battre furieusement dans son corps maigre, presque vierge encore. Elle s'étalait, elle s'offrait avec une impudeur souveraine. Et, de la tête aux pieds, de longs frissons l'agitaient.

Jamais Laurent n'avait connu une pareille femme. Il resta surpris, mal à l'aise. D'ordinaire, ses maîtresses ne le recevaient pas avec une telle fougue; il était accoutumé à des baisers froids et indifférents, à des amours lasses et rassasiées. Les sanglots, les crises de Thérèse l'épouvantèrent presque, tout en irritant ses curiosités voluptueuses. Quand il quitta la jeune femme, il chancelait comme un homme ivre. Le lendemain, lorsque son calme sournois et prudent fut revenu, il se demanda s'il retournerait auprès de cette amante dont les baisers lui donnaient la fièvre. Il décida d'abord nettement qu'il resterait chez lui. Puis il eut des lâchetés. Il voulait oublier, ne plus voir Thérèse dans sa nudité, dans ses caresses douces et brutales, et toujours elle était là, implacable, tendant les bras. La souffrance physique que lui causait ce spectacle devint intolérable.

Il céda, il prit un nouveau rendez-vous, il revint au passage du Pont-Neuf.

A partir de ce jour, Thérèse entra dans sa vie. Il ne l'acceptait pas encore, mais il la subissait. Il avait des heures d'effroi, des moments de prudence, et, en somme, cette liaison le secouait désagréablement ; mais ses peurs, ses malaises tombaient devant ses désirs. Les rendez-vous se suivirent, se multiplièrent.

Thérèse n'avait pas de ces doutes. Elle se livrait sans ménagement, allant droit où la poussait sa passion. Cette femme, que les circonstances avaient pliée et qui se redressait enfin, mettait à nu son être entier, expliquant sa vie.

Parfois elle passait ses bras au cou de Laurent, elle se traînait sur sa poitrine, et, d'une voix encore haletante :

— Oh ! si tu savais, disait-elle, combien j'ai souffert ! J'ai été élevée dans l'humidité tiède de la chambre d'un malade. Je couchais avec Camille ; la nuit, je m'éloignais de lui, écœurée par l'odeur fade qui sortait de son corps. Il était méchant et entêté ; il ne voulait pas prendre les médicaments que je refusais de partager avec lui ; pour plaire à ma tante, je devais boire de toutes les drogues. Je ne sais comment je ne suis pas morte... Ils m'ont rendue laide, mon pauvre ami, ils m'ont volé tout ce que j'avais, et tu ne peux m'aimer comme je t'aime.

Elle pleurait, elle embrassait Laurent, elle continuait avec une haine sourde :

— Je ne leur souhaite pas de mal. Ils m'ont élevée, ils m'ont recueillie et défendue contre la misère... Mais j'aurais préféré l'abandon à leur hospitalité. J'avais des besoins cuisants de grand air ; toute petite, je rêvais de courir les chemins, les pieds nus dans la poussière, demandant l'aumône, vivant en bohémienne. On m'a dit que ma mère était fille d'un chef de tribu, en Afrique ; j'ai souvent songé à elle, j'ai compris que je lui appartenais par le sang et les instincts, j'aurais voulu ne la quitter jamais et traverser les sables, pendue à son dos... Ah ! quelle jeunesse ! J'ai encore des dégoûts et des révoltes, lorsque je me rappelle les longues journées que j'ai passées dans la chambre où râlait Camille. J'étais accroupie devant le feu, regardant stupidement bouillir les tisanes, sentant mes membres se roidir. Et je ne pouvais bouger, ma tante grondait quand je faisais du bruit...

Plus tard, j'ai goûté des joies profondes, dans la petite maison du bord de l'eau; mais j'étais déjà abêtie, je savais à peine marcher, je tombais lorsque je courais. Puis on m'a enterrée toute vive dans cette ignoble boutique.

Thérèse respirait fortement, elle serrait son amant à pleins bras, elle se vengeait, et ses narines minces et souples avaient de petits battements nerveux.

— Tu ne saurais croire, reprenait-elle, combien ils m'ont rendue mauvaise. Ils ont fait de moi une hypocrite et une menteuse... Ils m'ont étouffée dans leur douceur bourgeoise, et je ne m'explique pas comment il y a encore du sang dans mes veines... J'ai baissé les yeux, j'ai eu comme eux un visage morne et imbécile, j'ai mené leur vie morte. Quand tu m'as vue, n'est-ce pas ? j'avais l'air d'une bête. J'étais grave, écrasée, abrutie. Je n'espérais plus en rien, je songeais à me jeter un jour dans la Seine... Mais, avant cet affaissement, que de nuits de colère! Là-bas, à Vernon, dans ma chambre froide, je mordais mon oreiller pour étouffer mes cris, je me battais, je me traitais de lâche. Mon sang me brûlait et je me serais déchiré le corps. A deux reprises, j'ai voulu fuir, aller devant moi, au soleil; le courage m'a manqué, ils avaient fait de moi une brute docile avec leur bienveillance molle et leur tendresse écœurante. Alors j'ai menti, j'ai menti toujours. Je suis restée là toute douce, toute silencieuse, rêvant de frapper et de mordre.

La jeune femme s'arrêtait, essuyant ses lèvres humides sur le cou de Laurent. Elle ajoutait, après un silence :

— Je ne sais plus pourquoi j'ai consenti à épouser Camille. Je n'ai pas protesté, par une sorte d'insouciance dédaigneuse. Cet enfant me faisait pitié. Lorsque je jouais avec lui, je sentais mes doigts s'enfoncer dans ses membres comme dans de l'argile. Je l'ai pris, parce que ma tante me l'offrait et que je comptais ne jamais me gêner pour lui... Et j'ai retrouvé dans mon mari le petit garçon souffrant avec lequel j'avais déjà couché à six ans. Il était aussi frêle, aussi plaintif, et il avait toujours cette odeur fade d'enfant malade qui me répugnait tant jadis... Je te dis tout cela pour que tu ne sois pas jaloux... Une sorte de dégoût me montait à la gorge; je me rappelais les drogues que j'avais bues, et je m'écartais, et je passais des nuits terribles... Mais toi, toi...

Et Thérèse se redressait, se pliait en arrière, les doigts pris dans les mains épaisses de Laurent, regardant ses larges épaules, son cou énorme...

— Toi, je t'aime, je t'ai aimé le jour où Camille t'a poussé dans la boutique... Tu ne m'estimes peut-être pas, parce que je me suis livrée tout entière, en une fois... Vrai, je ne sais comment cela est arrivé. Je suis fière, je suis emportée. J'aurais voulu te battre, le premier jour, quand tu m'as embrassée et jetée par terre dans cette chambre... J'ignore comment je t'aimais; je te haïssais plutôt. Ta vue m'irritait, me faisait souffrir; lorsque tu étais là, mes nerfs se tendaient à se rompre, ma tête se vidait, je voyais rouge. Oh! que j'ai souffert! Et je cherchais cette souffrance, j'attendais ta venue, je tournais autour de ta chaise, pour marcher dans ton haleine, pour traîner mes vêtements le long des tiens. Il me semblait que ton sang me jetait des bouffées de chaleur au passage, et c'était cette sorte de nuée ardente, dans laquelle tu t'enveloppais, qui m'attirait et me retenait auprès de toi, malgré mes sourdes révoltes... Tu te souviens quand tu peignais ici : une force fatale me ramenait à ton côté, je respirais ton air avec des délices cruelles. Je comprenais que je paraissais quêter des baisers, j'avais honte de mon esclavage, je sentais que j'allais tomber si tu me touchais. Mais je cédais à mes lâchetés, je grelottais de froid en attendant que tu voulusses bien me prendre dans tes bras...

Alors Thérèse se taisait, frémissante, comme orgueilleuse et vengée. Elle tenait Laurent ivre sur sa poitrine, et, dans la chambre nue et glaciale, se passaient des scènes de passion ardentes, d'une brutalité sinistre. Chaque nouveau rendez-vous amenait des crises plus fougueuses.

La jeune femme semblait se plaire à l'audace et à l'impudence. Elle n'avait pas une hésitation, pas une peur. Elle se jetait dans l'adultère avec une sorte de franchise énergique, bravant le péril, mettant une sorte de vanité à le braver. Quand son amant devait venir, pour toute précaution, elle prévenait sa tante qu'elle montait se reposer; et, quand il était là, elle marchait, parlait, agissait carrément, sans songer jamais à éviter le bruit. Parfois, dans les commencements, Laurent s'effrayait.

— Bon Dieu! disait-il tout bas à Thérèse, ne fais donc pas tant de tapage. Mme Raquin va monter.

— Bah! répondait-elle en riant, tu trembles toujours... Elle est clouée derrière son comptoir; que veux-tu qu'elle vienne faire ici ? elle aurait trop peur qu'on ne la volât... Puis, après tout, qu'elle monte, si elle veut. Tu te cacheras... Je me moque d'elle. Je t'aime.

Ces paroles ne rassuraient guère Laurent. La passion n'avait pas encore endormi sa prudence sournoise de paysan. Bientôt, cependant, l'habitude lui fit accepter, sans trop de terreur, les hardiesses de ces rendez-vous donnés en plein jour, dans la chambre de Camille, à deux pas de la vieille mercière. Sa maîtresse lui répétait que le danger épargne ceux qui l'affrontent en face, et elle avait raison. Jamais les amants n'auraient pu trouver un lieu plus sûr que cette pièce où personne ne serait venu les chercher. Ils y contentaient leur amour, dans une tranquillité incroyable.

Un jour, pourtant, Mme Raquin monta, craignant que sa nièce ne fût malade. Il y avait près de trois heures que la jeune femme était en haut. Elle poussait l'audace jusqu'à ne pas fermer au verrou la porte de la chambre qui donnait dans la salle à manger.

Lorsque Laurent entendit les pas lourds de la vieille mercière, montant l'escalier de bois, il se troubla, il chercha fiévreusement son gilet, son chapeau. Thérèse se mit à rire de la singulière mine qu'il faisait. Elle lui prit le bras avec force, le courba au pied du lit, dans un coin, et lui dit d'une voix basse et calme :

— Tiens-toi là... ne remue pas.

Elle jeta sur lui les vêtements d'homme qui traînaient. et étendit sur le tout un jupon blanc qu'elle avait retiré, Elle fit ces choses avec des gestes lestes et précis, sans rien perdre de sa tranquillité. Puis elle se coucha, échevelée, demi-nue, encore rouge et frissonnante.

Mme Raquin ouvrit doucement la porte et s'approcha du lit en étouffant le bruit de ses pas. La jeune femme feignait de dormir. Laurent suait sous le jupon blanc.

— Thérèse, demanda la mercière avec sollicitude, es-tu malade, ma fille ?

Thérèse ouvrit les yeux, bâilla, se retourna et répondit d'une voix dolente qu'elle avait une migraine atroce. Elle supplia sa tante de la laisser dormir. La vieille dame s'en alla comme elle était venue, sans faire de bruit.

Les deux amants, riant en silence, s'embrassèrent avec une violence passionnée.

— Tu vois bien, dit Thérèse triomphante, que nous ne craignons rien ici... Tous ces gens-là sont aveugles : ils n'aiment pas.

Un autre jour, la jeune femme eut une idée bizarre. Parfois, elle était comme folle, elle délirait.

Le chat tigré, François, était assis sur son derrière, au

beau milieu de la chambre. Grave, immobile, il regardait de ses yeux ronds les deux amants. Il semblait les examiner avec soin, sans cligner les paupières, perdu dans une sorte d'extase diabolique.

— Regarde donc François, dit Thérèse à Laurent. On dirait qu'il comprend et qu'il va ce soir tout conter à Camille... Dis, ce serait drôle, s'il se mettait à parler dans la boutique, un de ces jours ; il sait de belles histoires sur notre compte...

Cette idée, que François pourrait parler, amusa singulièrement la jeune femme. Laurent regarda les grands yeux verts du chat, et sentit un frisson lui courir sur la peau.

— Voici comment il ferait, reprit Thérèse. Il se mettrait debout, et, me montrant d'une patte, te montrant de l'autre, il s'écrierait : « Monsieur et Madame s'embrassent très fort dans la chambre ; ils ne se sont pas méfiés de moi, mais comme leurs amours criminelles me dégoûtent, je vous prie de les faire mettre en prison tous les deux ; ils ne troubleront plus ma sieste. »

Thérèse plaisantait comme un enfant, elle mimait le chat, elle allongeait les mains en façon de griffes, elle donnait à ses épaules des ondulations félines. François, gardant une immobilité de pierre, la contemplait toujours ; ses yeux seuls paraissaient vivants ; et il y avait, dans les coins de sa gueule, deux plis profonds qui faisaient éclater de rire cette tête d'animal empaillé.

Laurent se sentait froid aux os. Il trouva ridicule la plaisanterie de Thérèse. Il se leva et mit le chat à la porte. En réalité, il avait peur. Sa maîtresse ne le possédait pas encore entièrement ; il restait au fond de lui un peu de ce malaise qu'il avait éprouvé sous les premiers baisers de la jeune femme.

VIII

Le soir, dans la boutique, Laurent était parfaitement heureux. D'ordinaire, il revenait du bureau avec Camille. Mme Raquin s'était prise pour lui d'une amitié maternelle; elle le savait gêné, mangeant mal, couchant dans un grenier, et lui avait dit une fois pour toutes que son couvert serait toujours mis à leur table. Elle aimait ce garçon de cette tendresse bavarde que les vieilles femmes ont pour les gens qui viennent de leur pays, apportant avec eux des souvenirs du passé.

Le jeune homme usait largement de l'hospitalité. Avant de rentrer, au sortir du bureau, il faisait avec Camille un bout de promenade sur les quais; tous deux trouvaient leur compte à cette intimité; ils s'ennuyaient moins, ils flânaient en causant. Puis ils se décidaient à venir manger la soupe de Mme Raquin. Laurent ouvrait en maître la porte de la boutique; il s'asseyait à califourchon sur les chaises, fumant et crachant, comme s'il était chez lui.

La présence de Thérèse ne l'embarrassait nullement. Il traitait la jeune femme avec une rondeur amicale, il plaisantait, lui adressait des galanteries banales, sans qu'un pli de sa face bougeât. Camille riait, et, comme sa femme ne répondait à son ami que par des monosyllabes, il croyait fermement qu'ils se détestaient tous deux. Un jour même il fit des reproches à Thérèse sur ce qu'il appelait sa froideur pour Laurent.

Laurent avait deviné juste : il était devenu l'amant de la femme, l'ami du mari, l'enfant gâté de la mère. Jamais il n'avait vécu dans un pareil assouvissement de ses appétits. Il s'endormait au fond des jouissances infinies que lui donnait la famille Raquin. D'ailleurs, sa position dans cette famille lui paraissait toute naturelle. Il tutoyait Camille sans colère, sans remords. Il ne surveillait même pas ses gestes ni ses paroles, tant il était certain de sa prudence, de son calme; l'égoïsme avec lequel il goûtait ses félicités le protégeait contre toute faute. Dans la boutique, sa maîtresse devenait une femme comme une autre, qu'il ne fallait point embrasser et qui n'existait pas pour lui. S'il ne l'embrassait pas devant tous, c'est qu'il craignait de ne pouvoir revenir. Cette seule conséquence l'arrêtait. Autrement, il se serait parfaitement moqué de la douleur de Camille et de sa mère. Il n'avait point conscience de ce que la découverte de sa liaison pourrait amener. Il croyait agir simplement, comme tout le monde aurait agi à sa place, en homme pauvre et affamé. De là ses tranquillités béates, ses audaces prudentes, ses attitudes désintéressées et goguenardes.

Thérèse, plus nerveuse, plus frémissante que lui, était obligée de jouer un rôle. Elle le jouait à la perfection, grâce à l'hypocrisie savante que lui avait donnée son éducation. Pendant près de quinze ans, elle avait menti, étouffant ses fièvres, mettant une volonté implacable à paraître morne et endormie. Il lui coûtait peu de poser sur sa chair ce masque de morte qui glaçait son visage. Quand Laurent entrait, il la trouvait grave, rechignée, le nez plus long, les lèvres plus minces. Elle était laide, revêche, inabordable. D'ailleurs, elle n'exagérait pas ses effets, elle jouait son ancien personnage, sans éveiller l'attention par une brusquerie plus grande. Pour elle, elle trouvait une volupté amère à tromper Camille et Mme Raquin; elle n'était pas comme Laurent, affaissée dans le contentement épais de ses désirs, inconsciente du devoir; elle savait qu'elle faisait le mal, et il lui prenait des envies féroces de se lever de table et d'embrasser Laurent à pleine bouche, pour montrer à son mari et à sa tante qu'elle n'était pas une bête et qu'elle avait un amant.

Par moments, des joies chaudes lui montaient à la tête; toute bonne comédienne qu'elle fut, elle ne pouvait alors se retenir de chanter, quand son amant n'était pas là et qu'elle ne craignait point de se trahir. Ces gaietés soudaines charmaient Mme Raquin qui accusait sa nièce de trop de gravité. La jeune femme acheta des pots de fleurs et en garnit la fenêtre de sa chambre; puis elle fit coller du papier neuf dans cette pièce, elle voulut un tapis, des rideaux, des meubles de palissandre. Tout ce luxe était pour Laurent.

La nature et les circonstances semblaient avoir fait cette femme pour cet homme, et les avoir poussés l'un vers l'autre. A eux deux, la femme, nerveuse et hypocrite, l'homme, sanguin et vivant en brute, ils faisaient un couple puissamment lié. Ils se complétaient, se protégeaient mutuellement. Le soir, à table, dans les clartés pâles de la lampe, on sentait la force de leur union, à voir le visage épais et souriant de Laurent, en face du masque muet et impénétrable de Thérèse.

C'étaient de douces et calmes soirées. Dans le silence, dans l'ombre transparente et attiédie, s'élevaient des paroles amicales. On se serrait autour de la table; après le dessert, on causait des mille riens de la journée, des souvenirs de la veille et des espoirs du lendemain. Camille aimait Laurent, autant qu'il pouvait aimer, en égoïste satisfait, et Laurent semblait lui rendre une égale affection; il y avait entre eux un échange de phrases dévouées, de gestes serviables, de regards prévenants. Mme Raquin, le visage placide, mettait toute sa paix autour de ses enfants, dans l'air tranquille qu'ils respiraient. On eût dit une réunion de vieilles connaissances qui se connaissaient jusqu'au cœur et qui s'endormaient sur la foi de leur amitié.

Thérèse, immobile, paisible comme les autres, regardait ces joies bourgeoises, ces affaissements souriants. Et, au fond d'elle, il y avait des rires sauvages; tout son être raillait, tandis que son visage gardait une rigidité froide. Elle se disait, avec des raffinements de volupté, que quelques heures auparavant elle était dans la chambre voisine, demi-nue, échevelée, sur la poitrine de Laurent; elle se rappelait chaque détail de cette après-midi de passion folle, elle les étalait dans sa mémoire, elle opposait cette scène brûlante à la scène morte qu'elle avait sous les yeux. Ah! comme elle trompait ces bonnes gens, et comme elle était heureuse de les tromper avec une impudence si triomphante! Et c'était là, à deux pas, derrière cette mince cloison, qu'elle recevait un homme; c'était là qu'elle se vautrait dans les âpretés de l'adultère. Et son amant, à cette heure, devenait un inconnu pour elle, un camarade de son mari, une sorte d'imbécile et d'intrus dont elle ne devait pas se soucier. Cette comédie atroce, ces duperies de la vie, cette comparaison entre les baisers ardents du jour et l'indifférence jouée du soir, donnaient des ardeurs nouvelles au sang de la jeune femme.

Lorsque Mme Raquin et Camille descendaient, par hasard, Thérèse se levait d'un bond, collait silencieusement, avec une énergie brutale, ses lèvres sur les lèvres de son amant, et restait ainsi, haletant, étouffant, jusqu'à ce qu'elle entendît crier le bois des marches de l'escalier. Alors, d'un mouvement leste, elle reprenait sa place, elle retrouvait sa grimace rechignée. Laurent, d'une voix calme, continuait avec Camille la causerie interrompue. C'était comme un éclair de passion, rapide et aveuglant, dans un ciel mort.

Le jeudi, la soirée était un peu plus animée. Laurent, qui, ce jour-là, s'ennuyait à mourir, se faisait pourtant un devoir de ne pas manquer une seule des réunions : il voulait, par mesure de prudence, être connu et estimé des amis de Camille. Il lui fallait écouter les radotages de Grivet et du vieux Michaud; Michaud racontait toujours les mêmes histoires de meurtre et de vol; Grivet parlait en même temps de ses employés, de ses chefs, de son administration. Le jeune homme se réfugiait auprès d'Olivier et de Suzanne, qui lui paraissaient d'une bêtise moins assommante. D'ailleurs, il se hâtait de réclamer le jeu de dominos.

C'était le jeudi soir que Thérèse fixait le jour et l'heure de leurs rendez-vous. Dans le trouble du départ, lorsque Mme Raquin et Camille accompagnaient les invités jusqu'à la porte du passage, la jeune femme s'approchait de Laurent, lui parlait bas, lui serrait la main. Parfois même, quand tout le monde avait le dos tourné, elle l'embrassait, par une sorte de fanfaronnade.

Pendant huit mois, dura cette vie de secousses et d'apaisements. Les amants vivaient dans une béatitude complète ; Thérèse ne s'ennuyait plus, ne désirait plus rien; Laurent, repu, choyé, engraissé encore, avait la seule crainte de voir cesser cette belle existence.

IX

Une après-midi, comme Laurent allait quitter son bureau pour courir auprès de Thérèse qui l'attendait, son chef le fit appeler et lui signifia qu'à l'avenir il lui défendait de s'absenter. Il avait abusé des congés ; l'administration était décidée à le renvoyer, s'il sortait une seule fois.

Cloué sur sa chaise, il se désespéra jusqu'au soir. Il devait gagner son pain, il ne pouvait se faire mettre à la porte. Le soir, le visage courroucé de Thérèse fut une torture pour lui. Il ne savait comment expliquer son manque de parole à sa maîtresse. Pendant que Camille fermait la boutique, il s'approcha vivement de la jeune femme :

— Nous ne pouvons plus nous voir, lui dit-il à voix basse. Mon chef me refuse toute nouvelle permission de sortie.

Camille rentrait. Laurent dut se retirer sans donner de plus amples explications, laissant Thérèse sous le coup de cette déclaration brutale. Exaspérée, ne voulant pas admettre qu'on pût troubler ses voluptés, elle passa une nuit d'insomnie à bâtir des plans de rendez-vous extravagants. Le jeudi qui suivit, elle causa une minute au plus avec Laurent. Leur anxiété était d'autant plus vive qu'ils ne savaient où se rencontrer pour se consulter et s'entendre. La jeune femme donna un nouveau rendez-vous à son amant, qui lui manqua de parole une seconde fois. Dès lors, elle n'eut plus qu'une idée fixe, le voir à tout prix.

Il y avait quinze jours que Laurent ne pouvait approcher de Thérèse. Alors il sentit combien cette femme lui était devenue nécessaire ; l'habitude de la volupté lui avait créé des appétits nouveaux, d'une exigence aiguë. Il n'éprouvait plus aucun malaise dans les embrassements de sa maîtresse, il quêtait ces embrassements avec une obstination d'animal affamé. Une passion de sang avait couvé dans ses muscles; maintenant qu'on lui retirait son amante, cette passion éclatait avec une violence aveugle; il aimait à la rage. Tout semblait inconscient dans cette florissante nature de brute; il obéissait à des instincts, il se laissait conduire par les volontés de son organisme. Il aurait ri aux éclats, un an auparavant, si on lui avait dit qu'il serait l'esclave d'une femme, au point de compromettre ses tranquillités. Le sourd travail des désirs s'était opéré en lui, à son insu, et avait fini par le jeter, pieds et poings liés, aux caresses fauves de Thérèse. A cette heure, il redoutait d'oublier la prudence, il n'osait venir, le soir, au passage du Pont-Neuf, craignant de commettre quelque folie. Il ne s'appartenait plus; sa maîtresse, avec ses souplesses de chatte, ses flexibilités nerveuses, s'était glissée peu à peu dans chacune des fibres de son corps. Il avait besoin de cette femme pour vivre comme on a besoin de boire et de manger.

Il aurait certainement fait une sottise, s'il n'avait reçu une lettre de Thérèse, qui lui recommandait de rester chez lui le lendemain. Son amante lui promettait de venir le trouver vers les huit heures du soir.

Au sortir du bureau, il se débarrassa de Camille, en disant qu'il était fatigué, qu'il allait se coucher tout de suite. Thérèse, après le dîner, joua également son rôle; elle parla d'une cliente qui avait déménagé sans la payer, elle fit la créancière intraitable, elle déclara qu'elle voulait aller réclamer son argent. La cliente demeurait aux Batignolles. Mme Raquin et Camille trouvèrent la course longue, la démarche hasardeuse; d'ailleurs, ils ne s'étonnèrent pas, ils laissèrent partir Thérèse en toute tranquillité.

La jeune femme courut au Port aux Vins, glissant sur les pavés qui étaient gras, heurtant les passants, ayant hâte d'arriver. Des moiteurs lui montaient au visage; ses mains brûlaient. On aurait dit une femme soûle. Elle gravit rapidement l'escalier de l'hôtel meublé. Au sixième étage, essoufflée, les yeux vagues, elle aperçut Laurent, penché sur la rampe, qui l'attendait.

Elle entra dans le grenier. Ses larges jupes ne pouvaient y tenir, tant l'espace était étroit. Elle arracha d'une main son chapeau, et s'appuya contre le lit, défaillante...

La fenêtre à tabatière, ouverte toute grande, versait

les fraîcheurs du soir sur la couche brûlante. Les amants restèrent longtemps dans le taudis, comme au fond d'un trou. Tout d'un coup, Thérèse entendit l'horloge de la Pitié sonner dix heures. Elle aurait voulu être sourde; elle se leva péniblement et regarda le grenier qu'elle n'avait pas encore vu. Elle chercha son chapeau, noua les rubans, et s'assit en disant d'une voix lente :

— Il faut que je parte.

Laurent était venu s'agenouiller devant elle. Il lui prit les mains.

— Au revoir, reprit-elle sans bouger.

— Non pas au revoir, s'écria-t-il, cela est trop vague... Quel jour reviendras-tu ?

Elle le regarda en face.

— Tu veux de la franchise ? dit-elle. Eh bien! vrai, je crois que je ne reviendrai plus. Je n'ai pas de prétexte, je ne puis en inventer.

— Alors, il faut nous dire adieu.

— Non, je ne veux pas!

Elle prononça ces mots avec une colère épouvantée. Elle ajouta plus doucement, sans savoir ce qu'elle disait, sans quitter sa chaise :

— Je vais m'en aller.

Laurent songeait. Il pensait à Camille.

— Je ne lui en veux pas, dit-il enfin sans le nommer; mais vraiment il nous gêne trop... Est-ce que tu ne pourrais pas nous en débarrasser, l'envoyer en voyage, quelque part, bien loin ?

— Ah! oui, l'envoyer en voyage! reprit la jeune femme en hochant la tête. Tu crois qu'un homme comme ça consent à voyager... Il n'y a qu'un voyage dont on ne revient pas... Mais il nous enterrera tous; ces gens qui n'ont que le souffle ne meurent jamais.

Il y eut un silence. Laurent se traîna sur les genoux, se serrant contre sa maîtresse, appuyant la tête contre sa poitrine.

— J'avais fait un rêve, dit-il; je voulais passer une nuit entière avec toi, m'endormir dans tes bras et me réveiller le lendemain sous tes baisers... Je voudrais être ton mari... Tu comprends ?

— Oui, oui, répondit Thérèse, frissonnante.

Et elle se pencha brusquement sur le visage de Laurent, qu'elle couvrit de baisers. Elle égratignait les brides de son chapeau contre la barbe rude du jeune homme; elle ne songeait plus qu'elle était habillée et qu'elle allait froisser ses vêtements. Elle sanglotait, elle prononçait des paroles haletantes au milieu de ses larmes.

— Ne dis pas ces choses, répétait-elle, car je n'aurais plus la force de te quitter, je resterais là... Donne-moi du courage plutôt; dis-moi que nous nous verrons encore... N'est-ce pas que tu as besoin de moi et que nous trouverons bien un jour le moyen de vivre ensemble ?

— Alors, reviens, reviens demain, lui répondit Laurent, dont les mains tremblantes montaient le long de sa taille.

— Mais je ne puis revenir... Je te l'ai dit, je n'ai pas de prétexte.

Elle se tordait les bras. Elle reprit :

— Oh! le scandale ne me fait pas peur. En rentrant, si tu veux, je vais dire à Camille que tu es mon amant, et je reviens coucher ici... C'est pour toi que je tremble; je ne veux pas déranger ta vie, je désire te faire une existence heureuse.

Les instincts prudents du jeune homme se réveillèrent.

— Tu as raison, dit-il, il ne faut pas agir comme des enfants. Ah! si ton mari mourait...

— Si mon mari mourait..., répéta lentement Thérèse.

— Nous nous marierions ensemble, nous ne craindrions plus rien, nous jouirions largement de nos amours... Quelle bonne et douce vie!

La jeune femme s'était redressée. Les joues pâles, elle regardait son amant avec des yeux sombres; des battements agitaient ses lèvres.

— Les gens meurent quelquefois, murmura-t-elle enfin. Seulement, c'est dangereux pour ceux qui survivent.

Laurent ne répondit pas.

— Vois-tu, continua-t-elle, tous les moyens connus sont mauvais.

— Tu ne m'as pas compris, dit-il paisiblement. Je ne suis pas un sot, je veux t'aimer en paix... Je pensais qu'il arrive des accidents tous les jours, que le pied peut glisser, qu'une tuile peut tomber... Tu comprends ? Dans ce dernier cas, le vent seul est coupable.

Il parlait d'une voix étrange. Il eut un sourire et ajouta d'un ton caressant :

— Va, sois tranquille, nous nous aimerons bien, nous vivrons heureux... Puisque tu ne peux venir, j'arrangerai tout cela... Si nous restons plusieurs mois sans nous voir, ne m'oublie pas, songe que je travaille à nos félicités.

Il saisit dans ses bras Thérèse, qui ouvrait la porte pour partir.

— Tu es à moi, n'est-ce pas ? continua-t-il. Tu jures de te livrer entière, à toute heure, quand je voudrai.

— Oui, cria la jeune femme, je t'appartiens, fais de moi ce qu'il te plaira.

Ils restèrent un moment farouches et muets. Puis Thérèse s'arracha avec brusquerie, et, sans tourner la tête, elle sortit de la mansarde et descendit l'escalier. Laurent écouta le bruit de ses pas qui s'éloignaient.

Quand il n'entendit plus rien, il rentra dans son taudis, il se coucha. Les draps étaient tièdes. Il étouffait au fond de ce trou étroit que Thérèse laissait plein des ardeurs de sa passion. Il lui semblait que son souffle respirait encore un peu de la jeune femme; elle avait passé là, répandant des émanations pénétrantes, des odeurs de violette, et maintenant il ne pouvait plus serrer entre ses bras que le fantôme insaisissable de sa maîtresse, traînant autour de lui; il avait la fièvre des amours renaissantes et inassouvies. Il ne ferma pas la fenêtre. Couché sur le dos, les bras nus, les mains ouvertes, cherchant la fraîcheur, il songea, en regardant le carré d'un bleu sombre que le châssis taillait dans le ciel.

Jusqu'au jour, la même idée tourna dans sa tête. Avant la venue de Thérèse, il ne songeait pas au meurtre de Camille; il avait parlé de la mort de cet homme, poussé par les faits, irrité par la pensée qu'il ne reverrait plus son amante. Et c'est ainsi qu'un nouveau coin de sa nature inconsciente venait de se révéler : il s'était mis à rêver l'assassinat dans les emportements de l'adultère.

Maintenant, plus calme, seul au milieu de la nuit paisible, il étudiait le meurtre. L'idée de mort, jetée avec désespoir entre deux baisers, revenait implacable et aiguë. Laurent, secoué par l'insomnie, énervé par les senteurs âcres que Thérèse avait laissées derrière elle, dressait des embûches, calculait les mauvaises chances, étalait les avantages qu'il aurait à être assassin.

Tous ses intérêts le poussaient au crime. Il se disait que son père, le paysan de Jeufosse, ne se décidait pas à mourir; il lui faudrait peut-être rester encore dix ans employé, mangeant dans les crémeries, vivant sans femme dans un grenier. Cette idée l'exaspérait. Au contraire, Camille mort, il épousait Thérèse, il héritait de Mme Raquin, il donnait sa démission et flânait au soleil. Alors, il se plut à rêver cette vie de paresseux; il se voyait déjà oisif, mangeant et dormant, attendant avec patience la mort de son père. Et quand la réalité se dressait au milieu de son rêve, il se heurtait contre Camille, il serrait les poings comme pour l'assommer.

Laurent voulait Thérèse; il la voulait à lui tout seul, toujours à portée de sa main. S'il ne faisait pas disparaître le mari, la femme lui échappait. Elle l'avait dit : elle ne pouvait revenir. Il l'aurait bien enlevée, emportée quelque part, mais alors ils seraient morts de faim tous deux. Il risquait moins en tuant le mari; il ne soulevait aucun scandale, il poussait seulement un homme pour se mettre à sa place. Dans sa logique brutale de paysan, il trouvait ce moyen excellent et naturel. Sa prudence native lui conseillait même cet expédient rapide.

Il se vautrait sur son lit, en sueur, à plat ventre, collant sa face moite dans l'oreiller où avait traîné le chignon de Thérèse. Il prenait la toile entre ses lèvres séchées, il buvait les parfums légers de ce linge, et il restait là, sans haleine, étouffant, voyant passer des barres de feu le long de ses paupières closes. Il se demandait comment il pourrait bien tuer Camille. Puis, quand la respiration lui manquait, il se retournait d'un bond, se remettait sur le dos, et, les yeux grands ouverts, recevant en plein visage les souffles froids de la fenêtre, il cherchait dans les étoiles, dans le carré bleuâtre de ciel, un conseil de meurtre, un plan d'assassinat.

Il ne trouva rien. Comme il l'avait dit à sa maîtresse, il n'était pas un enfant, un sot; il ne voulait ni du poignard ni du poison. Il lui fallait un crime sournois, accompli sans danger, une sorte d'étouffement sinistre, sans cris, sans terreur, une simple disparition. La passion avait beau le secouer et le pousser en avant; tout son être réclamait impérieusement la prudence. Il était trop lâche, trop voluptueux, pour risquer sa tranquillité. Il tuait afin de vivre calme et heureux.

Peu à peu le sommeil le prit. L'air froid avait chassé du grenier le fantôme tiède et odorant de Thérèse. Laurent, brisé, apaisé, se laissa envahir par une sorte d'engourdissement doux et vague. En s'endormant, il décida qu'il attendrait une occasion favorable, et sa pensée, de plus en plus fuyante, le berçait en murmurant : « Je le tuerai, je le tuerai. » Cinq minutes plus tard, il reposait, respirant avec une régularité sereine.

Thérèse était rentrée chez elle à onze heures. La tête

en feu, la pensée tendue, elle arriva au passage du Pont-Neuf, sans avoir conscience du chemin parcouru. Il lui semblait qu'elle descendait de chez Laurent, tant ses oreilles étaient pleines encore des paroles qu'elle venait d'entendre. Elle trouva Mme Raquin et Camille anxieux et empressés ; elle répondit sèchement à leurs questions, en disant qu'elle avait fait une course inutile et qu'elle était restée une heure sur un trottoir à attendre un omnibus.

Lorsqu'elle se mit au lit, elle trouva les draps froids et humides. Ses membres, encore brûlants, eurent des frissons de répugnance. Camille ne tarda pas à s'endormir, et Thérèse regarda longtemps cette face blafarde qui reposait bêtement sur l'oreiller, la bouche ouverte. Elle s'écartait de lui, elle avait des envies d'enfoncer son poing fermé dans cette bouche.

X

Près de trois semaines se passèrent. Laurent revenait à la boutique tous les soirs; il paraissait las, comme malade; un léger cercle bleuâtre entourait ses yeux, ses lèvres pâlissaient et se gerçaient. D'ailleurs, il avait toujours sa tranquillité lourde, il regardait Camille en face, il lui témoignait la même amitié franche. Mme Raquin choyait davantage l'ami de la maison, depuis qu'elle le voyait s'endormir dans une sorte de fièvre sourde.

Thérèse avait repris son visage muet et rechigné. Elle était plus immobile, plus impénétrable, plus paisible que jamais. Il semblait que Laurent n'existât pas pour elle; elle le regardait à peine, lui adressait de rares paroles, le traitait avec une indifférence parfaite. Mme Raquin, dont la bonté souffrait de cette attitude, disait parfois au jeune homme : « Ne faites pas attention à la froideur de ma nièce. Je la connais; son visage paraît froid, mais son cœur est chaud de toutes les tendresses et de tous les dévouements. »

Les deux amants n'avaient plus de rendez-vous. Depuis la soirée de la rue Saint-Victor, ils ne s'étaient plus rencontrés seul à seul. Le soir, lorsqu'ils se trouvaient face à face, en apparence tranquilles et étrangers l'un à l'autre, des orages de passion, d'épouvante et de désir passaient sous la chair calme de leur visage. Et il y avait dans Thérèse des emportements, des lâchetés, des railleries cruelles; il y avait dans Laurent des brutalités sombres, des indécisions poignantes. Eux-mêmes n'osaient regarder au fond de leur être, au fond de cette fièvre trouble qui emplissait leur cerveau d'une sorte de vapeur épaisse et âcre.

Quand ils pouvaient, derrière une porte, sans parler, ils se serraient les mains à se les briser, dans une étreinte rude et courte. Ils auraient voulu, mutuellement, emporter des lambeaux de leur chair, collés à leurs doigts. Ils n'avaient plus que ce serrement de mains pour apaiser leurs désirs. Ils y mettaient tout leur corps. Ils ne se demandaient rien autre chose. Ils attendaient.

Un jeudi soir, avant de se mettre au jeu, les invités de la famille Raquin, comme à l'ordinaire, eurent un bout de causerie. Un des grands sujets de conversation était de parler au vieux Michaud de ses anciennes fonctions, de le questionner sur les étranges et sinistres aventures auxquelles il avait dû être mêlé. Alors Grivet et Camille écoutaient les histoires du commissaire de police avec la face effrayée et béante des petits enfants qui entendent *Barbe-Bleue* ou *le Petit Poucet*. Cela les terrifiait et les amusait.

Ce jour-là, Michaud, qui venait de raconter un horrible assassinat dont les détails avaient fait frissonner son auditoire, ajouta en hochant la tête :

— Et l'on ne sait pas tout... Que de crimes restent inconnus ! que d'assassins échappent à la justice des hommes !

— Comment ! dit Grivet étonné, vous croyez qu'il y a, comme ça, dans la rue, des canailles qui ont assassiné et qu'on n'arrête pas ?

Olivier se mit à sourire d'un air de dédain.

— Mon cher Monsieur, répondit-il de sa voix cassante, si on ne les arrête pas, c'est qu'on ignore qu'ils ont assassiné.

Ce raisonnement ne parut pas convaincre Grivet. Camille vint à son secours.

— Moi, je suis de l'avis de M. Grivet, dit-il avec une importance bête... J'ai besoin de croire que la police est bien faite et que je ne coudoierai jamais un meurtrier sur un trottoir.

Olivier vit une attaque personnelle dans ces paroles.

— Certainement, la police est bien faite, s'écria-t-il d'un ton vexé... Mais nous ne pouvons pourtant pas faire l'impossible. Il y a des scélérats qui ont appris le crime à l'école du diable ; ils échapperaient à Dieu lui-même... N'est-ce pas, mon père ?

— Oui, oui, appuya le vieux Michaud... Ainsi, lorsque j'étais à Vernon — vous vous souvenez peut-être de cela, madame Raquin —, on assassina un roulier sur la grand-route. Le cadavre fut trouvé coupé en morceaux, au fond d'un fossé. Jamais on n'a pu mettre la main sur le coupable... Il vit peut-être encore aujourd'hui, il est peut-être notre voisin, et peut-être M. Grivet va-t-il le rencontrer en rentrant chez lui.

Grivet devint pâle comme un linge. Il n'osait tourner la tête; il croyait que l'assassin du roulier était derrière lui. D'ailleurs, il était enchanté d'avoir peur.

— Ah bien! non, balbutia-t-il, sans trop savoir ce qu'il disait, ah bien! non, je ne veux pas croire cela... Moi aussi, je sais une histoire : il y avait une fois une servante qui fut mise en prison, pour avoir volé à ses maîtres un couvert d'argent. Deux mois après, comme on abattait un arbre, on trouva le couvert dans un nid de pie. C'était une pie qui était la voleuse. On relâcha la servante... Vous voyez bien que les coupables sont toujours punis.

Grivet était triomphant. Olivier ricanait.

— Alors, dit-il, on a mis la pie en prison.

— Ce n'est pas cela que M. Grivet a voulu dire, reprit Camille, fâché de voir tourner son chef en ridicule... Mère, donne-nous le jeu de dominos.

Pendant que Mme Raquin allait chercher la boîte, le jeune homme continua, en s'adressant à Michaud :

— Alors, la police est impuissante, vous l'avouez ? il y a des meurtriers qui se promènent au soleil?

— Eh! malheureusement oui, répondit le commissaire.

— C'est immoral, conclut Grivet.

Pendant cette conversation, Thérèse et Laurent étaient restés silencieux. Ils n'avaient pas même souri de la sottise de Grivet. Accoudés tous deux sur la table, légèrement pâles, les yeux vagues, ils écoutaient. Un moment leurs regards s'étaient rencontrés, noirs et ardents. Et de petites gouttes de sueur perlaient à la racine des cheveux de Thérèse, et des souffles froids donnaient des frissons imperceptibles à la peau de Laurent.

XI

Parfois, le dimanche, lorsqu'il faisait beau, Camille forçait Thérèse à sortir avec lui, à faire un bout de promenade aux Champs-Elysées. La jeune femme aurait préféré rester dans l'ombre humide de la boutique; elle se fatiguait, elle s'ennuyait au bras de son mari qui la traînait sur les trottoirs, en s'arrêtant aux boutiques, avec des étonnements, des réflexions, des silences d'imbécile. Mais Camille tenait bon; il aimait à montrer sa femme; lorsqu'il rencontrait un de ses collègues, un de ses chefs surtout, il était tout fier d'échanger un salut avec lui, en compagnie de Madame. D'ailleurs, il marchait pour marcher, sans presque parler, roide et contrefait dans ses habits du dimanche, traînant les pieds, abruti et vaniteux. Thérèse souffrait d'avoir un pareil homme au bras.

Les jours de promenade, Mme Raquin accompagnait ses enfants jusqu'au bout du passage. Elle les embrassait comme s'ils fussent partis pour un voyage. Et c'étaient des recommandations sans fin, des prières pressantes.

— Surtout, leur disait-elle, prenez garde aux accidents... Il y a tant de voitures dans ce Paris!... Vous me promettez de ne pas aller dans la foule...

Elle les laissait enfin s'éloigner, les suivant longtemps des yeux. Puis elle rentrait à la boutique. Ses jambes devenaient lourdes et lui interdisaient toute longue marche.

D'autres fois, plus rarement, les époux sortaient de Paris : ils allaient à Saint-Ouen ou à Asnières, et mangeaient une friture dans un des restaurants du bord de l'eau. C'étaient des jours de grande débauche, dont on parlait un mois à l'avance. Thérèse acceptait plus volontiers, presque avec joie, ces courses qui la retenaient en plein air jusqu'à dix et onze heures du soir. Saint-Ouen, avec ses îles vertes, lui rappelait Vernon; elle y sentait se réveiller toutes les amitiés sauvages qu'elle avait eues pour la Seine, étant jeune fille. Elle s'asseyait sur les graviers, trempait ses mains dans la rivière, se sentait vivre sous les ardeurs du soleil que tempéraient les souffles frais des ombrages. Tandis qu'elle déchirait et souillait sa robe sur les cailloux et la terre grasse, Camille étalait proprement son mouchoir et s'accroupissait à côté d'elle avec mille précautions. Dans les derniers temps, le jeune ménage emmenait presque toujours Laurent, qui égayait la promenade par ses rires et sa force de paysan.

Un dimanche, Camille, Thérèse et Laurent partirent pour Saint-Ouen vers onze heures, après le déjeuner. La partie était projetée depuis longtemps, et devait être la dernière de la saison. L'automne venait, des souffles froids commençaient, le soir, à faire frissonner l'air.

Ce matin-là, le ciel gardait encore toute sa sérénité bleue. Il faisait chaud au soleil, et l'ombre était tiède. On décida qu'il fallait profiter des derniers rayons.

Les trois promeneurs prirent un fiacre, accompagnés des doléances, des effusions inquiètes de la vieille mercière. Ils traversèrent Paris et quittèrent le fiacre aux fortifications; puis ils gagnèrent Saint-Ouen en suivant la chaussée. Il était midi. La route, couverte de poussière, largement éclairée par le soleil, avait des blancheurs aveuglantes de neige. L'air brûlait, épaissi et âcre. Thérèse, au bras de Camille, marchait à petits pas, se cachant sous son ombrelle, tandis que son mari s'éventait la face avec un immense mouchoir. Derrière eux venait Laurent, dont les rayons du soleil mordaient le cou, sans qu'il parût rien sentir; il sifflait, il poussait du pied les cailloux, et, par moments, il regardait avec des yeux fauves les balancements de hanches de sa maîtresse.

Quand ils arrivèrent à Saint-Ouen, ils se hâtèrent de chercher un bouquet d'arbres, un tapis d'herbe verte étalé à l'ombre. Ils passèrent dans une île et s'enfoncèrent dans un taillis. Les feuilles tombées faisaient à terre une couche rougeâtre qui craquait sous les pieds avec des frémissements secs. Les troncs se dressaient droits, innombrables, comme des faisceaux de colonnettes gothiques; les branches descendaient jusque sur le front des promeneurs, qui avaient ainsi pour tout horizon la voûte cuivrée des feuillages mourants et les fûts blancs et noirs des trembles et des chênes. Ils étaient au désert, dans un trou mélancolique, dans une étroite clairière silencieuse et fraîche. Tout autour d'eux, ils entendaient la Seine gronder.

Camille avait choisi une place sèche et s'était assis en relevant les pans de sa redingote. Thérèse, avec un grand bruit de jupes froissées, venait de se jeter sur les feuilles; elle disparaissait à moitié au milieu des plis de sa robe qui se relevait autour d'elle, en découvrant une de ses jambes jusqu'au genou. Laurent, couché à plat ventre, le menton dans la terre, regardait cette jambe et écoutait son ami qui se fâchait contre le gouvernement, en déclarant qu'on devrait changer tous les îlots de la Seine en jardins anglais, avec des bancs, des allées sablées, des arbres taillés, comme aux Tuileries.

Ils restèrent près de trois heures dans la clairière, attendant que le soleil fût moins chaud, pour courir la campagne, avant le dîner. Camille parla de son bureau, il conta des histoires niaises; puis, fatigué, il se laissa aller à la renverse et s'endormit; il avait posé son chapeau sur ses yeux. Depuis longtemps, Thérèse, les paupières closes, feignait de sommeiller.

Alors, Laurent se coula doucement vers la jeune femme; il avança les lèvres et baisa sa bottine et sa cheville. Ce cuir, ce bas blanc qu'il baisait lui brûlaient la bouche. Les senteurs âpres de la terre, les parfums légers de Thérèse se mêlaient et le pénétraient, en allumant son sang, en irritant ses nerfs. Depuis un mois, il vivait dans une chasteté pleine de colère. La marche au soleil, sur la chaussée de Saint-Ouen, avait mis des flammes en lui. Maintenant, il était là, au fond d'une retraite ignorée, au milieu de la grande volupté de l'ombre et du silence, et il ne pouvait presser contre sa poitrine cette femme qui lui appartenait. Le mari allait peut-être s'éveiller, le voir, déjouer ses calculs de prudence. Toujours cet homme était un obstacle. Et l'amant, aplati sur le sol, se cachant derrière les jupes, frémissant et irrité, collait des baisers silencieux sur la bottine et sur le bas blanc. Thérèse, comme morte, ne faisait pas un mouvement. Laurent crut qu'elle dormait.

Il se leva, le dos brisé, et s'appuya contre un arbre. Alors il vit la jeune femme qui regardait en l'air avec de grands yeux ouverts et luisants. Sa face, posée entre ses bras relevés, avait une pâleur mate, une rigidité froide. Thérèse songeait. Ses yeux fixes semblaient un abîme sombre où l'on ne voyait que de la nuit. Elle ne bougea pas, elle ne tourna pas ses regards vers Laurent, debout derrière elle.

Son amant la contempla, presque effrayé de la voir si immobile et si muette sous ses caresses. Cette tête blanche et morte, noyée dans les plis des jupons, lui donna une sorte d'effroi plein de désirs cuisants. Il aurait voulu se pencher et fermer d'un baiser ces grands yeux ouverts. Mais, presque dans les jupons, dormait aussi Camille. Le pauvre être, le corps déjeté, montrant sa maigreur, ronflait légèrement; sous le chapeau, qui lui couvrait à demi la figure, on apercevait sa bouche ouverte, tordue par le sommeil, faisant une grimace bête; de petits poils roussâtres, clairsemés sur son menton grêle, salissaient sa chair blafarde, et, comme il avait la tête renversée en arrière, on voyait son cou maigre, ridé, au milieu duquel le nœud de la gorge, saillant et d'un rouge brique, remontait à chaque ronflement. Camille, ainsi vautré, était exaspérant et ignoble.

Laurent, qui le regardait, leva le talon, d'un mouvement brusque. Il allait, d'un coup, lui écraser la face.

Thérèse retint un cri. Elle pâlit et ferma les yeux. Elle tourna la tête, comme pour éviter les éclaboussures du sang.

Et Laurent, pendant quelques secondes, resta, le talon en l'air, au-dessus du visage de Camille endormi. Puis, lentement, il replia la jambe, il s'éloigna de quelques pas. Il s'était dit que ce serait là un assassinat d'imbécile. Cette tête broyée lui aurait mis toute la police sur les bras. Il voulait se débarrasser de Camille uniquement pour épouser Thérèse; il entendait vivre au soleil, après le crime, comme le meurtrier du roulier, dont le vieux Michaud avait conté l'histoire.

Il alla jusqu'au bord de l'eau, regarda couler la rivière d'un air stupide. Puis, brusquement, il rentra dans le taillis; il venait enfin d'arrêter un plan, d'inventer un meurtre commode et sans danger pour lui.

Alors, il éveilla le dormeur en lui chatouillant le nez avec une paille. Camille éternua, se leva, trouva la plaisanterie excellente. Il aimait Laurent pour ses farces qui le faisaient rire. Puis il secoua sa femme, qui tenait les yeux fermés; lorsque Thérèse se fut dressée et qu'elle eut secoué ses jupes, fripées et couvertes de feuilles sèches, les trois promeneurs quittèrent la clairière, en cassant les petites branches devant eux.

Ils sortirent de l'île, ils s'en allèrent par les routes, par les sentiers pleins de groupes endimanchés. Entre les haies, couraient des filles en robes claires; une équipe de canotiers passait en chantant; des files de couples bourgeois, de vieilles gens, de commis avec leurs épouses, marchaient à petits pas, au bord des fossés. Chaque chemin semblait une rue populeuse et bruyante. Le soleil seul gardait sa tranquillité large; il baissait vers l'horizon et jetait sur les arbres rougis, sur les routes blanches, d'immenses nappes de clarté pâle. Du ciel frissonnant commençait à tomber une fraîcheur pénétrante.

Camille ne donnait plus le bras à Thérèse; il causait avec Laurent, riait des plaisanteries et des tours de force de son ami, qui sautait les fossés et soulevait de grosses pierres. La jeune femme, de l'autre côté de la route, s'avançait, la tête penchée, se courbant parfois pour arracher une herbe. Quand elle était restée en arrière, elle s'arrêtait et regardait de loin son amant et son mari.

— Hé! tu n'as pas faim ? finit par lui crier Camille.

— Si, répondit-elle.

— Alors, en route!

Thérèse n'avait pas faim; seulement elle était lasse et inquiète. Elle ignorait les projets de Laurent, ses jambes tremblaient sous elle d'anxiété.

Les trois promeneurs revinrent au bord de l'eau et cherchèrent un restaurant. Ils s'attablèrent sur une sorte de terrasse en planches, dans une gargote puant la graisse et le vin. La maison était pleine de cris, de chansons, de bruits de vaisselle; dans chaque cabinet, dans chaque salon, il y avait des sociétés qui parlaient haut, et les minces cloisons donnaient une sonorité vibrante à tout ce tapage. Les garçons en montant faisaient trembler l'escalier.

En haut, sur la terrasse, les souffles de la rivière chassaient les odeurs de graillon. Thérèse, appuyée contre la balustrade, regardait sur le quai. A droite et à gauche, s'étendaient deux files de guinguettes et de baraques de foire; sous les tonnelles, entre les feuilles rares et jaunes, on apercevait la blancheur des nappes, les taches noires des paletots, les jupes éclatantes des femmes; les gens allaient et venaient, nu-tête, courant et riant; et, au bruit criard de la foule, se mêlaient les chansons lamentables des orgues de Barbarie. Une odeur de friture et de poussière traînait dans l'air calme.

Au-dessous de Thérèse, des filles du quartier Latin, sur un tapis de gazon usé, tournaient, en chantant une ronde enfantine. Le chapeau tombé sur les épaules, les cheveux dénoués, elles se tenaient par la main, jouant comme des petites filles. Elles retrouvaient un filet de voix fraîche, et leurs visages pâles, que des caresses brutales avaient martelés, se coloraient tendrement de rougeurs de vierges. Dans leurs grands yeux impurs, passaient des humidités attendries. Des étudiants, fumant des pipes de terre blanche, les regardaient tourner en leur jetant des plaisanteries grasses.

Et, au-delà, sur la Seine, sur les coteaux, descendait la sérénité du soir, un air bleuâtre et vague qui noyait les arbres dans une vapeur transparente.

— Eh bien! cria Laurent en se penchant sur la rampe de l'escalier, garçon, et ce dîner ?

Puis, comme se ravisant :

— Dis donc, Camille, ajouta-t-il, si nous allions faire une promenade sur l'eau, avant de nous mettre à table ?... On aurait le temps de faire rôtir notre poulet. Nous allons nous ennuyer pendant une heure à attendre.

— Comme tu voudras, répondit nonchalamment Camille... Mais Thérèse a faim.

— Non, non, je puis attendre, se hâta de dire la jeune femme; que Laurent regardait avec des yeux fixes.

Ils redescendirent tous trois. En passant devant le comptoir, ils retinrent une table, ils arrêtèrent un menu, disant qu'ils seraient de retour dans une heure. Comme le cabaretier louait des canots, ils le prièrent de venir en détacher un. Laurent choisit une mince barque, dont la légèreté effraya Camille.

— Diable, dit-il, il ne va pas falloir remuer là-dedans. On ferait un fameux plongeon.

La vérité était que le commis avait une peur horrible de l'eau. A Vernon, son état maladif ne lui permettait pas, lorsqu'il était enfant, d'aller barboter dans la Seine; tandis que ses camarades d'école couraient se jeter en pleine rivière, il se couchait entre deux couvertures chaudes. Laurent était devenu un nageur intrépide, un rameur infatigable; Camille avait gardé cette épouvante que les enfants et les femmes ont pour les eaux profondes. Il tâta du pied le bout du canot, comme pour s'assurer de sa solidité.

— Allons, entre donc, lui cria Laurent en riant... Tu trembles toujours.

Camille enjamba le bord et alla, en chancelant, s'asseoir

à l'arrière. Quand il sentit les planches sous lui, il prit ses aises, il plaisanta, pour faire acte de courage.

Thérèse était demeurée sur la rive, grave et immobile, à côté de son amant qui tenait l'amarre. Il se baissa, et, rapidement, à voix basse :

— Prends garde, murmura-t-il, je vais le jeter à l'eau... Obéis-moi... Je réponds de tout.

La jeune femme devint horriblement pâle. Elle resta comme clouée au sol. Elle se roidissait, les yeux agrandis.

— Entre donc dans la barque, murmura encore Laurent.

Elle ne bougea pas. Une lutte terrible se passait en elle. Elle tendait sa volonté de toutes ses forces, car elle avait peur d'éclater en sanglots et de tomber à terre.

— Ah! ah! cria Camille... Laurent, regarde donc Thérèse... C'est elle qui a peur!... Elle entrera, elle n'entrera pas...

Il s'était étalé sur le banc de l'arrière, les deux coudes contre les bords du canot, et se dandinait avec fanfaronnade. Thérèse lui jeta un regard étrange; les ricanements de ce pauvre homme furent comme un coup de fouet qui la cingla et la poussa. Brusquement, elle sauta dans la barque. Elle resta à l'avant. Laurent prit les rames. Le canot quitta la rive, se dirigeant vers les îles avec lenteur.

Le crépuscule venait. De grandes ombres tombaient des arbres, et les eaux étaient noires sur les bords. Au milieu de la rivière, il y avait de larges traînées d'argent pâle. La barque fut bientôt en pleine Seine. Là, tous les bruits des quais s'adoucissaient; les chants, les cris arrivaient, vagues et mélancoliques, avec des langueurs tristes. On ne sentait plus l'odeur de friture et de poussière. Des fraîcheurs traînaient. Il faisait froid.

Laurent cessa de ramer et laissa descendre le canot au fil du courant.

En face, se dressait le grand massif rougeâtre des îles. Les deux rives, d'un brun sombre taché de gris, étaient comme deux larges bandes qui allaient se rejoindre à l'horizon. L'eau et le ciel semblaient coupés dans la même étoffe blanchâtre. Rien n'est plus douloureusement calme qu'un crépuscule d'automne. Les rayons pâlissent dans l'air frissonnant, les arbres vieillis jettent leurs feuilles. La campagne, brûlée par les rayons ardents de l'été, sent la mort venir avec les premiers vents froids. Et il y a, dans les cieux, des souffles plaintifs de désespérance. La nuit descend de haut, apportant des linceuls dans son ombre.

Les promeneurs se taisaient. Assis au fond de la barque qui coulait avec l'eau, ils regardaient les dernières lueurs quitter les hautes branches. Ils approchaient des îles. Les grandes masses rougeâtres devenaient sombres; tout le paysage se simplifiait dans le crépuscule; la Seine, le ciel, les îles, les coteaux n'étaient plus que des taches brunes et grises qui s'effaçaient au milieu d'un brouillard laiteux.

Camille, qui avait fini par se coucher à plat ventre, la tête au-dessus de l'eau, trempa ses mains dans la rivière.

— Fichtre! que c'est froid! s'écria-t-il. Il ne ferait pas bon de piquer une tête dans ce bouillon-là.

Laurent ne répondit pas. Depuis un instant il regardait les deux rives avec inquiétude; il avançait ses grosses mains sur ses genoux, en serrant les lèvres. Thérèse, roide, immobile, la tête un peu renversée, attendait.

La barque allait s'engager dans un petit bras, sombre et étroit, s'enfonçant entre deux îles. On entendait, derrière l'une des îles, les chants adoucis d'une équipe de canotiers qui devaient remonter la Seine. Au loin, en amont, la rivière était libre.

Alors Laurent se leva et prit Camille à bras-le-corps. Le commis éclata de rire.

— Ah! non, tu me chatouilles, dit-il, pas de ces plaisanteries-là... Voyons, finis : tu vas me faire tomber.

Laurent serra plus fort, donna une secousse. Camille se tourna et vit la figure effrayante de son ami, toute convulsionnée. Il ne comprit pas; une épouvante vague le saisit. Il voulut crier, et sentit une main rude qui le serrait à la gorge. Avec l'instinct d'une bête qui se défend, il se dressa sur les genoux, se cramponnant au bord de la barque. Il lutta ainsi pendant quelques secondes.

— Thérèse! Thérèse! appela-t-il d'une voix étouffée et sifflante.

La jeune femme regardait, se tenant des deux mains à un banc du canot qui craquait et dansait sur la rivière. Elle ne pouvait fermer les yeux; une effrayante contraction les tenait grands ouverts, fixés sur le spectacle horrible de la lutte. Elle était rigide, muette.

— Thérèse! Thérèse! appela de nouveau le malheureux qui râlait.

A ce dernier appel, Thérèse éclata en sanglots. Ses nerfs se détendaient. La crise qu'elle redoutait la jeta toute frémissante au fond de la barque. Elle y resta pliée, pâmée, morte.

Laurent secouait toujours Camille, en le serrant d'une main à la gorge. Il finit par l'arracher de la barque à l'aide de son autre main. Il le tenait en l'air, ainsi qu'un enfant, au bout de ses bras vigoureux. Comme il penchait la tête, découvrant le cou, sa victime, folle de rage et d'épouvante, se tordit, avança les dents et les enfonça dans ce cou. Et lorsque le meurtrier, retenant un cri de souffrance, lança brusquement le commis à la rivière, les dents de celui-ci lui emportèrent un morceau de chair.

Camille tomba en poussant un hurlement. Il revint deux ou trois fois sur l'eau, jetant des cris de plus en plus sourds.

Laurent ne perdit pas une seconde. Il releva le collet de son paletot pour cacher sa blessure. Puis, il saisit entre ses bras Thérèse évanouie, fit chavirer le canot d'un coup de pied, et se laissa tomber dans la Seine en tenant sa maîtresse. Il la soutint sur l'eau, appelant au secours d'une voix lamentable.

Les canotiers, dont il avait entendu les chants derrière la pointe de l'île, arrivaient à grands coups de rames. Ils comprirent qu'un malheur venait d'avoir lieu : ils opérèrent le sauvetage de Thérèse qu'ils couchèrent sur un banc, et de Laurent qui se mit à se désespérer de la mort de son ami. Il se jeta à l'eau, il chercha Camille dans les endroits où il ne pouvait être, il revint en pleurant, en se tordant les bras, en s'arrachant les cheveux. Les canotiers tentaient de le calmer, de le consoler.

— C'est ma faute, criait-il, je n'aurais pas dû laisser ce pauvre garçon danser et remuer comme il le faisait... A un moment, nous nous sommes trouvés tous les trois du même côté de la barque, et nous avons chaviré... En tombant, il m'a crié de sauver sa femme...

Il y eut, parmi les canotiers, comme cela arrive toujours, deux ou trois jeunes gens qui voulurent avoir été témoins de l'accident.

— Nous vous avons bien vus, disaient-ils... Aussi, que diable! une barque, ce n'est pas aussi solide qu'un parquet... Ah! la pauvre petite femme, elle va avoir un beau réveil!

Ils reprirent leurs rames, ils remorquèrent le canot et conduisirent Thérèse et Laurent au restaurant, où le dîner était prêt. Tout Saint-Ouen sut l'accident en quelques minutes. Les canotiers le racontaient comme des témoins oculaires. Une foule apitoyée stationnait devant le cabaret.

Le gargotier et sa femme étaient de bonnes gens qui mirent leur garde-robe au service des naufragés. Lorsque Thérèse sortit de son évanouissement, elle eut une crise de nerfs, elle éclata en sanglots déchirants; il fallut la mettre au lit. La nature aidait à la sinistre comédie qui venait de se jouer.

Quand la jeune femme fut plus calme, Laurent la confia aux soins des maîtres du restaurant. Il voulut retourner seul à Paris, pour apprendre l'affreuse nouvelle à Mme Raquin, avec tous les ménagements possibles. La vérité était qu'il craignait l'exaltation nerveuse de Thérèse. Il préférait lui laisser le temps de réfléchir et d'apprendre son rôle.

Ce furent les canotiers qui mangèrent le dîner de Camille.

XII

Laurent, dans le coin sombre de la voiture publique qui le ramena à Paris, acheva de mûrir son plan. Il était presque certain de l'impunité. Une joie lourde et anxieuse, la joie du crime accompli, l'emplissait. Arrivé à la barrière de Clichy, il prit un fiacre, il se fit conduire chez le vieux Michaud, rue de Seine. Il était neuf heures du soir.

Il trouva l'ancien commissaire de police à table, en compagnie d'Olivier et de Suzanne. Il venait là, pour chercher une protection, dans le cas où il serait soupçonné, et pour s'éviter d'aller annoncer lui-même l'affreuse nouvelle à Mme Raquin. Cette démarche lui répugnait étrangement; il s'attendait à un tel désespoir qu'il craignait de ne pas jouer son rôle avec assez de larmes; puis la douleur de cette mère lui était pesante, bien qu'il s'en souciât médiocrement au fond.

Lorsque Michaud le vit entrer vêtu de vêtements grossiers, trop étroits pour lui, il le questionna du regard. Laurent fit le récit de l'accident, d'une voix brisée, comme tout essoufflé de douleur et de fatigue.

— Je suis venu vous chercher, dit-il en terminant, je ne savais que faire des deux pauvres femmes si cruellement frappées... Je n'ai point osé aller seul chez la mère. Je vous en prie, venez avec moi.

Pendant qu'il parlait, Olivier le regardait fixement, avec des regards droits qui l'épouvantaient. Le meurtrier s'était jeté, tête baissée, dans ces gens de police, par un coup d'audace qui devait le sauver. Mais il ne pouvait s'empêcher de frémir, en sentant leurs yeux qui l'examinaient; il voyait de la méfiance où il n'y avait que de la stupeur et de la pitié. Suzanne, plus frêle et plus pâle, était près de s'évanouir. Olivier, que l'idée de la mort effrayait et dont le cœur restait d'ailleurs parfaitement froid, faisait une grimace de surprise douloureuse, en scrutant par habitude le visage de Laurent, sans soupçonner le moins du monde la sinistre vérité. Quant au vieux Michaud, il poussait des exclamations d'effroi, de commisération, d'étonnement; il se remuait sur sa chaise, joignait les mains, levait les yeux au ciel.

— Ah! mon Dieu, disait-il d'une voix entrecoupée, ah! mon Dieu, l'épouvantable chose!... On sort de chez soi, et l'on meurt, comme ça, tout d'un coup... C'est horrible... Et cette pauvre Mme Raquin, cette mère, qu'allons-nous lui dire ?... Certainement, vous avez bien fait de venir nous chercher... Nous allons avec vous...

Il se leva, il tourna, piétina dans la pièce pour trouver sa canne et son chapeau, et, tout en courant, il fit répéter à Laurent les détails de la catastrophe, s'exclamant de nouveau à chaque phrase.

Ils descendirent tous quatre. A l'entrée du passage du Pont-Neuf, Michaud arrêta Laurent.

— Ne venez pas, lui dit-il; votre présence serait une sorte d'aveu brutal qu'il faut éviter... La malheureuse mère soupçonnerait un malheur et nous forcerait à avouer la vérité plus tôt que nous ne devons la lui dire... Attendez-nous ici.

Cet arrangement soulagea le meurtrier, qui frissonnait à la pensée d'entrer dans la boutique du passage. Le calme se fit en lui, il se mit à monter et à descendre le trottoir, allant et venant en toute paix. Par moments, il oubliait les faits qui se passaient, il regardait les boutiques, sifflait entre ses dents, se retournait pour voir les femmes qui le coudoyaient. Il resta ainsi une grande demi-heure dans la rue, retrouvant de plus en plus son sang-froid.

Il n'avait pas mangé depuis le matin; la faim le prit, il entra chez un pâtissier et se bourra de gâteaux.

Dans la boutique du passage, une scène déchirante se passait. Malgré les précautions, les phrases adoucies et amicales du vieux Michaud, il vint un instant où Mme Raquin comprit qu'un malheur était arrivé à son fils. Dès lors, elle exigea la vérité avec un emportement de désespoir, une violence de larmes et de cris qui firent plier son vieil ami. Et, lorsqu'elle connut la vérité, sa douleur fut tragique. Elle eut des sanglots sourds, des secousses qui la jetaient en arrière, une crise folle de terreur et d'angoisse; elle resta là étouffant, jetant de temps à autre un cri aigu dans le grondement profond de sa douleur. Elle se serait traînée à terre, si Suzanne ne l'avait prise à la taille, pleurant sur ses genoux, levant vers elle sa face pâle. Olivier et son père se tenaient debout, énervés et muets, détournant la tête, émus désagréablement par ce spectacle dont leur égoïsme souffrait.

Et la pauvre mère voyait son fils roulé dans les eaux troubles de la Seine, le corps roidi et horriblement gonflé; en même temps, elle le voyait tout petit dans son berceau, lorsqu'elle chassait la mort penchée sur lui. Elle l'avait mis au monde plus de dix fois, elle l'aimait pour tout l'amour qu'elle lui témoignait depuis trente ans. Et voilà qu'il mourait loin d'elle, tout d'un coup, dans l'eau froide et sale, comme un chien. Elle se rappelait alors les chaudes couvertures au milieu desquelles elle l'enveloppait. Que de soins, quelle enfance tiède, que de cajoleries et d'effusions tendres, tout cela pour le voir un jour se noyer misérablement! A ces pensées, Mme Raquin sentait sa gorge se serrer; elle espérait qu'elle allait mourir, étranglée par le désespoir.

Le vieux Michaud se hâta de sortir. Il laissa Suzanne auprès de la mercière, et revint avec Olivier chercher Laurent pour se rendre en toute hâte à Saint-Ouen.

Pendant la route, ils échangèrent à peine quelques mots. Ils s'étaient enfoncés chacun dans un coin du fiacre qui les cahotait sur les pavés. Ils restaient immobiles et muets au fond de l'ombre qui emplissait la voiture. Et, par instants, le rapide rayon d'un bec de gaz jetait une lueur vive sur leurs visages. Le sinistre événement, qui les réunissait, mettait autour d'eux une sorte d'accablement lugubre.

Lorsqu'ils arrivèrent enfin au restaurant du bord de l'eau, ils trouvèrent Thérèse couchée, les mains et la tête brûlantes. Le traiteur leur dit à demi-voix que la jeune dame avait une forte fièvre. La vérité était que Thérèse, se sentant faible et lâche, craignant d'avouer le meurtre dans une crise, avait pris le parti d'être malade. Elle gardait un silence farouche, elle tenait les lèvres et les paupières serrées, ne voulant voir personne, redoutant de parler. Le drap au menton, la face à moitié dans l'oreiller, elle se faisait toute petite, elle écoutait avec anxiété ce qu'on disait autour d'elle. Et, au milieu de la lueur rougeâtre que laissaient passer ses paupières closes, elle voyait toujours Camille et Laurent luttant sur le bord de la barque, elle apercevait son mari, blafard, horrible, grandi, qui se dressait tout droit au-dessus d'une eau limoneuse. Cette vision implacable activait la fièvre de son sang.

Le vieux Michaud essaya de lui parler, de la consoler. Elle fit un mouvement d'impatience, elle se retourna et se mit de nouveau à sangloter.

— Laissez-la, Monsieur, dit le restaurateur, elle frissonne au moindre bruit... Voyez-vous, elle aurait besoin de repos.

En bas, dans la salle commune, il y avait un agent de police qui verbalisait sur l'accident. Michaud et son fils descendirent, suivis de Laurent. Quand Olivier eut fait connaître sa qualité d'employé supérieur de la Préfecture, tout fut terminé en dix minutes. Les canotiers étaient encore là, racontant la noyade dans ses moindres circonstances, décrivant la façon dont les trois promeneurs étaient tombés, se donnant comme des témoins oculaires. Si Olivier et son père avaient eu le moindre soupçon, ce soupçon se serait évanoui, devant de tels témoignages. Mais ils n'avaient pas douté un instant de la véracité de Laurent; ils le présentèrent au contraire à l'agent de police comme le meilleur ami de la victime, et ils eurent le soin de faire mettre dans le procès-verbal que le jeune homme s'était jeté à l'eau pour sauver Camille Raquin. Le lendemain, les journaux racontèrent l'accident avec un grand luxe de détails; la malheureuse mère, la veuve inconsolable, l'ami noble et courageux, rien ne manquait à ce fait divers, qui fit le tour de la presse parisienne et qui alla ensuite s'enterrer dans les feuilles des départements.

Quand le procès-verbal fut achevé, Laurent sentit une joie chaude qui pénétra sa chair d'une vie nouvelle. Depuis l'instant où sa victime lui avait enfoncé les dents dans le cou, il était comme roidi, il agissait mécaniquement, d'après un plan arrêté longtemps à l'avance. L'instinct de la conservation seul le poussait, lui dictait ses paroles, lui conseillait ses gestes. A cette heure, devant la certitude de l'impunité, le sang se remettait à couler dans ses veines avec des lenteurs douces. La police avait passé à côté de son crime, et la police n'avait rien vu; elle était dupée, elle venait de l'acquitter. Il était sauvé. Cette pensée lui fit éprouver tout le long du corps des moiteurs de jouissance, des chaleurs qui rendirent la souplesse à ses membres et à son intelligence. Il continua son rôle d'ami éploré avec une science et un aplomb incomparables. Au fond, il avait des satisfactions de brute; il songeait à Thérèse qui était couchée dans la chambre, en haut.

— Nous ne pouvons laisser ici cette malheureuse jeune femme, dit-il à Michaud. Elle est peut-être menacée d'une maladie grave, il faut la ramener absolument à Paris... Venez, nous la déciderons à nous suivre.

En haut, il parla, il supplia lui-même Thérèse de se lever, de se laisser conduire au passage du Pont-Neuf. Quand la jeune femme entendit le son de sa voix, elle tressaillit, elle ouvrit ses yeux tout grands et le regarda. Elle était hébétée, frissonnante. Péniblement, elle se dressa sans répondre. Les hommes sortirent, la laissant seule avec la femme du restaurateur. Quand elle fut habillée, elle descendit en chancelant et monta dans le fiacre, soutenue par Olivier.

Le voyage fut silencieux. Laurent, avec une audace et une impudence parfaites, glissa sa main le long des jupes de la jeune femme et lui prit les doigts. Il était assis en face d'elle, dans une ombre flottante; il ne voyait pas sa figure qu'elle tenait baissée sur sa poitrine. Quand il eut saisi sa main, il la lui serra avec force et la garda dans la sienne jusqu'à la rue Mazarine. Il sentait cette main trembler; mais elle ne se retirait pas, elle avait au contraire des caresses brusques. Et, l'une dans l'autre, les mains brûlaient; les paumes moites se collaient, et les doigts, étroitement pressés, se meurtrissaient à chaque secousse. Il semblait à Laurent et à Thérèse que le sang de l'un allait dans la poitrine de l'autre en passant par leurs poings unis; ces poings devenaient un foyer ardent où leur vie bouillait. Au milieu de la nuit et du silence navré qui traînait, le furieux serrement de main qu'ils échangeaient était comme un poids écrasant jeté sur la tête de Camille pour le maintenir sous l'eau.

Quand le fiacre s'arrêta, Michaud et son fils descendirent les premiers. Laurent se pencha vers sa maîtresse, et, doucement :

— Sois forte, Thérèse, murmura-t-il... Nous avons longtemps à attendre... Souviens-toi.

La jeune femme n'avait pas encore parlé. Elle ouvrit les lèvres pour la première fois depuis la mort de son mari.

— Oh! je me souviendrai, dit-elle en frissonnant, d'une voix légère comme un souffle.

Olivier lui tendait la main, l'invitant à descendre. Laurent alla, cette fois, jusqu'à la boutique. Mme Raquin était couchée, en proie à un violent délire. Thérèse se traîna jusqu'à son lit, et Suzanne eut à peine le temps de la déshabiller. Rassuré, voyant que tout s'arrangeait à souhait, Laurent se retira. Il gagna lentement son taudis de la rue Saint-Victor.

Il était plus de minuit. Un air frais courait dans les rues désertes et silencieuses. Le jeune homme n'entendait que le bruit régulier de ses pas sonnant sur les dalles des trottoirs. La fraîcheur le pénétrait de bien-être; le silence, l'ombre lui donnaient des sensations rapides de volupté. Il flânait.

Enfin, il était débarrassé de son crime. Il avait tué Camille. C'était là une affaire faite dont on ne parlerait plus. Il allait vivre tranquille, en attendant de pouvoir prendre possession de Thérèse. La pensée du meurtre l'avait parfois étouffé; maintenant que le meurtre était accompli, il se sentait la poitrine libre, il respirait à l'aise, il était guéri des souffrances que l'hésitation et la crainte mettaient en lui.

Au fond, il était un peu hébété, la fatigue alourdissait ses membres et ses pensées. Il rentra et s'endormit profondément. Pendant son sommeil, de légères crispations nerveuses couraient sur son visage.

XIII

Le lendemain, Laurent s'éveilla frais et dispos. Il avait bien dormi. L'air froid qui entrait par la fenêtre fouettait son sang alourdi. Il se rappelait à peine les scènes de la veille; sans la cuisson ardente qui le brûlait au cou, il aurait pu croire qu'il s'était couché à dix heures, après une soirée calme. La morsure de Camille était comme un fer rouge posé sur sa peau; lorsque sa pensée se fut arrêtée sur la douleur que lui causait cette entaille, il en souffrit cruellement. Il lui semblait qu'une douzaine d'aiguilles pénétraient peu à peu dans sa chair.

Il rabattit le col de sa chemise et regarda la plaie dans un méchant miroir de quinze sous accroché au mur. Cette plaie faisait un trou rouge, large comme une pièce de deux sous; la peau avait été arrachée, la chair se montrait, rosâtre, avec des taches noires; des filets de sang avaient coulé jusqu'à l'épaule, en minces traînées qui s'écaillaient. Sur le cou blanc, la morsure paraissait d'un brun sourd et puissant; elle se trouvait à droite, au-dessous de l'oreille. Laurent, le dos courbé, le cou tendu, regardait, et le miroir verdâtre donnait à sa face une grimace atroce.

Il se lava à grande eau, satisfait de son examen, se disant que la blessure serait cicatrisée au bout de quelques jours. Puis il s'habilla et se rendit à son bureau, tranquillement, comme à l'ordinaire. Il y conta l'accident d'une voix émue. Lorsque ses collègues eurent lu le fait divers qui courait la presse, il devint un véritable héros. Pendant une semaine, les employés du chemin de fer d'Orléans n'eurent pas d'autre sujet de conversation : ils étaient tout fiers qu'un des leurs se fût noyé. Grivet ne tarissait pas sur l'imprudence qu'il y a à s'aventurer en pleine Seine, quand il est si facile de regarder couler l'eau en traversant les ponts.

Il restait à Laurent une inquiétude sourde. Le décès de Camille n'avait pu être constaté officiellement. Le mari de Thérèse était bien mort, mais le meurtrier aurait voulu retrouver son cadavre pour qu'un acte formel fût dressé. Le lendemain de l'accident, on avait inutilement cherché le corps du noyé; on pensait qu'il s'était sans doute enfoui au fond de quelque trou, sous les berges des îles. Des ravageurs fouillaient activement la Seine pour toucher la prime.

Laurent se donna la tâche de passer chaque matin par la Morgue, en se rendant à son bureau. Il s'était juré de faire lui-même ses affaires. Malgré les répugnances qui lui soulevaient le cœur, malgré les frissons qui le secouaient parfois, il alla pendant plus de huit jours, régulièrement, examiner le visage de tous les noyés étendus sur les dalles.

Lorsqu'il entrait, une odeur fade, une odeur de chair lavée l'écœurait, et des souffles froids couraient sur sa peau; l'humidité des murs semblait alourdir ses vêtements, qui devenaient plus pesants à ses épaules. Il allait droit au vitrage qui sépare les spectateurs des cadavres; il collait sa face pâle contre les vitres, il regardait. Devant lui s'alignaient les rangées de dalles grises. Çà et là, sur les dalles, des corps nus faisaient des taches vertes et jaunes, blanches et rouges; certains corps gardaient leurs chairs vierges dans la rigidité de la mort; d'autres semblaient des tas de viandes sanglantes et pourries. Au fond, contre le mur, pendaient des loques lamentables, des jupes et des pantalons qui grimaçaient sur la nudité du plâtre. Laurent ne voyait d'abord que l'ensemble blafard des pierres et des murailles, taché de roux et de noir par les vêtements et les cadavres. Un bruit d'eau courante chantait.

Peu à peu il distinguait les corps. Alors il allait de l'un à l'autre. Les noyés seuls l'intéressaient; quand il y avait plusieurs cadavres gonflés et bleuis par l'eau, il les regardait avidement, cherchant à reconnaître Camille. Souvent, les chairs de leur visage s'en allaient par lambeaux, les os avaient troué la peau amollie, la face était comme bouillie et désossée. Laurent hésitait; il examinait les corps, il tâchait de retrouver les maigreurs de sa victime. Mais tous les noyés sont gras; il voyait des ventres énormes, des cuisses bouffies, des bras ronds et forts. Il ne savait plus, il restait frissonnant en face de ces haillons verdâtres qui semblaient se moquer avec des grimaces horribles.

Un matin, il fut pris d'une véritable épouvante. Il regardait depuis quelques minutes un noyé, petit de taille, atrocement défiguré. Les chairs de ce noyé étaient tellement molles et dissoutes, que l'eau courante qui les lavait les emportait brin à brin. Le jet qui tombait sur la face creusait un trou à gauche du nez. Et, brusquement, le nez s'aplatit, les lèvres se détachèrent, montrant des dents blanches. La tête du noyé éclata de rire.

Chaque fois qu'il croyait reconnaître Camille, Laurent ressentait une brûlure au cœur. Il désirait ardemment retrouver le corps de sa victime, et des lâchetés le prenaient, lorsqu'il s'imaginait que ce corps était devant lui. Ses visites à la Morgue l'emplissaient de cauchemars, de frissons qui le faisaient haleter. Il secouait ses peurs, il se traitait d'enfant, il voulait être fort; mais, malgré lui, sa chair se révoltait, le dégoût et l'effroi s'emparaient de son être, dès qu'il se trouvait dans l'humidité et l'odeur fade de la salle.

Quand il n'y avait pas de noyés sur la dernière rangée de dalles, il respirait à l'aise; ses répugnances étaient moindres. Il devenait alors un simple curieux, il prenait un plaisir étrange à regarder la mort violente en face, dans ses attitudes lugubrement bizarres et grotesques. Ce spectacle l'amusait, surtout lorsqu'il y avait des femmes étalant leur gorge nue. Ces nudités brutalement étendues, tachées de sang, trouées par endroits, l'attiraient et le retenaient. Il vit, une fois, une jeune femme de vingt ans, une fille du peuple, large et forte, qui semblait dormir sur la pierre; son corps frais et gras blanchissait avec des douceurs de teinte d'une grande délicatesse; elle souriait à demi, la tête un peu penchée, et tendait la poitrine d'une façon provocante; on aurait dit une courtisane vautrée, si elle n'avait eu au cou une raie noire qui lui mettait comme un collier d'ombre; c'était une fille qui venait de se pendre par désespoir d'amour. Laurent la regarda longtemps, promenant ses regards sur sa chair, absorbé dans une sorte de désir peureux.

Chaque matin, pendant qu'il était là, il entendait derrière lui le va-et-vient du public qui entrait et qui sortait.

La Morgue est un spectacle à la portée de toutes les bourses, que se payent gratuitement les passants pauvres ou riches. La porte est ouverte, entre qui veut. Il y a des amateurs qui font un détour pour ne pas manquer une de ces représentations de la mort. Lorsque les dalles sont nues, les gens sortent désappointés, volés, murmurant entre leurs dents. Lorsque les dalles sont bien garnies, lorsqu'il y a un bel étalage de chair humaine, les visiteurs se pressent, se donnent des émotions à bon marché, s'épouvantent, plaisantent, applaudissent ou sifflent, comme au théâtre, et se retirent satisfaits, en déclarant que la Morgue est réussie, ce jour-là.

Laurent connut vite le public de l'endroit, public mêlé et disparate qui s'apitoyait et ricanait en commun. Des ouvriers entraient, en allant à leur ouvrage, avec un pain et des outils sous le bras; ils trouvaient la mort drôle. Parmi eux se rencontraient des loustics d'atelier qui faisaient sourire la galerie en disant un mot plaisant sur la grimace de chaque cadavre; ils appelaient les incendiés des charbonniers; les pendus, les assassinés, les noyés, les cadavres troués ou broyés excitaient leur verve goguenarde, et leur voix, qui tremblait un peu, balbutiait des phrases comiques dans le silence frissonnant de la salle. Puis venaient de petits rentiers, des vieillards maigres et secs, des flâneurs qui entraient par désœuvrement et qui regardaient les corps avec des yeux bêtes et des moues d'hommes paisibles et délicats. Les femmes étaient en grand nombre; il y avait de jeunes ouvrières toutes roses, le linge blanc, les jupes propres, qui allaient d'un bout à l'autre du vitrage, lestement, en ouvrant de grands yeux attentifs, comme devant l'étalage d'un magasin de nouveautés; il y avait encore des femmes du peuple, hébétées, prenant des airs lamentables, et des dames bien mises, traînant nonchalamment leur robe de soie.

Un jour, Laurent vit une de ces dernières qui se tenait plantée à quelques pas du vitrage, en appuyant un mouchoir de batiste sur ses narines. Elle portait une délicieuse jupe de soie grise, avec un grand mantelet de dentelle noire; une voilette lui couvrait le visage, et ses mains gantées paraissaient toutes petites et toutes fines. Autour d'elle traînait une senteur douce de violette. Elle regardait un cadavre. Sur une pierre, à quelques pas, était allongé le corps d'un grand gaillard, d'un maçon qui venait de se tuer net en tombant d'un échafaudage; il avait une poitrine carrée, des muscles gros et courts, une chair blanche et grasse; la mort en avait fait un marbre. La dame l'examinait, le retournait en quelque sorte du regard, le pesait, s'absorbait dans le spectacle de cet homme. Elle leva un coin de sa voilette, regarda encore, puis s'en alla.

Par moments, arrivaient des bandes de gamins, des

enfants de douze à quinze ans, qui couraient le long du vitrage, ne s'arrêtant que devant les cadavres de femmes. Ils appuyaient leurs mains aux vitres et promenaient des regards effrontés sur les poitrines nues. Ils se poussaient du coude, ils faisaient des remarques brutales, ils apprenaient le vice à l'école de la mort. C'est à la Morgue que les jeunes voyous ont leur première maîtresse.

Au bout d'une semaine, Laurent était écœuré. La nuit, il rêvait les cadavres qu'il avait vus le matin. Cette souffrance, ce dégoût de chaque jour qu'il s'imposait, finit par le troubler à un tel point qu'il résolut de ne plus faire que deux visites. Le lendemain, comme il entrait à la Morgue, il reçut un coup violent dans la poitrine : en face de lui, sur une dalle, Camille le regardait, étendu sur le dos, la tête levée, les yeux entrouverts.

Le meurtrier s'approcha lentement du vitrage, comme attiré, ne pouvant détacher ses regards de sa victime. Il ne souffrait pas; il éprouvait seulement un grand froid intérieur et de légers picotements à fleur de peau. Il aurait cru trembler davantage. Il resta immobile, pendant cinq grandes minutes, perdu dans une contemplation inconsciente, gravant malgré lui au fond de sa mémoire toutes les lignes horribles, toutes les couleurs sales du tableau qu'il avait sous les yeux.

Camille était ignoble. Il avait séjourné quinze jours dans l'eau. Sa face paraissait encore ferme et rigide; les traits s'étaient conservés, la peau avait seulement pris une teinte jaunâtre et boueuse. La tête, maigre, osseuse, légèrement tuméfiée, grimaçait; elle se penchait un peu, les cheveux collés aux tempes, les paupières levées, montrant le globe blafard des yeux; les lèvres tordues, tirées vers un des coins de la bouche, avaient un ricanement atroce; un bout de langue noirâtre apparaissait dans la blancheur des dents. Cette tête, comme tannée et étirée, en gardant une apparence humaine, était restée plus effrayante de douleur et d'épouvante. Le corps semblait un tas de chairs dissoutes; il avait souffert horriblement. On sentait que les bras ne tenaient plus; les clavicules perçaient la peau des épaules. Sur la poitrine verdâtre, les côtes faisaient des bandes noires; le flanc gauche, crevé, ouvert, se creusait au milieu de lambeaux d'un rouge sombre. Tout le torse pourrissait. Les jambes, plus fermes, s'allongeaient, plaquées de taches immondes. Les pieds tombaient.

Laurent regardait Camille. Il n'avait pas encore vu un

noyé si épouvantable. Le cadavre avait, en outre, un air étriqué, une allure maigre et pauvre; il se ramassait dans sa pourriture; il faisait un tout petit tas. On aurait deviné que c'était là un employé à douze cents francs, bête et maladif, que sa mère avait nourri de tisanes. Ce pauvre corps, grandi entre des couvertures chaudes, grelottait sur la dalle froide.

Quand Laurent put enfin s'arracher à la curiosité poignante qui le tenait immobile et béant, il sortit, il se mit à marcher rapidement sur le quai. Et, tout en marchant, il répétait : « Voilà ce que j'en ai fait. Il est ignoble. » Il lui semblait qu'une odeur âcre le suivait, l'odeur que devait exhaler ce corps en putréfaction.

Il alla chercher le vieux Michaud et lui dit qu'il venait de reconnaître Camille sur une dalle de la Morgue. Les formalités furent remplies, on enterra le noyé, on dressa un acte de décès. Laurent, tranquille désormais, se jeta avec volupté dans l'oubli de son crime et des scènes fâcheuses et pénibles qui avaient suivi le meurtre.

XIV

La boutique du passage du Pont-Neuf resta fermée pendant trois jours. Lorsqu'elle s'ouvrit de nouveau, elle parut plus sombre et plus humide. L'étalage, jauni par la poussière, semblait porter le deuil de la maison; tout traînait à l'abandon dans les vitrines sales. Derrière les bonnets de linge pendus aux tringles rouillées, le visage de Thérèse avait une pâleur plus mate, plus terreuse, une immobilité d'un calme sinistre.

Dans le passage, toutes les commères s'apitoyaient. La marchande de bijoux faux montrait à chacune de ses clientes le profil amaigri de la jeune veuve comme une curiosité intéressante et lamentable.

Pendant trois jours, Mme Raquin et Thérèse étaient restées dans leur lit sans se parler, sans même se voir. La vieille mercière, assise sur son séant, appuyée contre des oreillers, regardait vaguement devant elle avec des yeux d'idiote. La mort de son fils lui avait donné un grand coup sur la tête, et elle était tombée comme assommée. Elle demeurait, des heures entières, tranquille et inerte, absorbée au fond du néant de son désespoir; puis des crises la prenaient parfois, elle pleurait, elle criait, elle délirait. Thérèse, dans la chambre voisine, semblait dormir; elle avait tourné la face contre la muraille et tiré la couverture sur ses yeux; elle s'allongeait ainsi, roide et muette, sans qu'un sanglot de son corps soulevât le drap qui la couvrait. On eût dit qu'elle cachait dans l'ombre de l'alcôve les pensées qui la tenaient rigide. Suzanne, qui gardait les deux femmes, allait mollement de l'une à l'autre, traînant les pieds avec douceur, penchant son visage de cire sur les deux couches, sans parvenir à faire retourner Thérèse, qui avait de brusques mouvements d'impatience, ni à consoler Mme Raquin, dont les pleurs coulaient dès qu'une voix la tirait de son abattement.

Le troisième jour, Thérèse repoussa la couverture, s'assit sur le lit, rapidement, avec une sorte de décision fiévreuse. Elle écarta ses cheveux, en se prenant les tempes, et resta ainsi un moment, les mains au front, les yeux fixes, semblant réfléchir encore. Puis elle sauta sur le tapis. Ses membres étaient frissonnants et rouges de fièvre; de larges plaques livides marbraient sa peau qui se plissait par endroits comme vide de chair. Elle était vieillie.

Suzanne, qui entrait, resta toute surprise de la trouver levée; elle lui conseilla, d'un ton placide et traînard, de se recoucher, de se reposer encore. Thérèse ne l'écoutait pas; elle cherchait et mettait ses vêtements avec des gestes pressés et tremblants. Lorsqu'elle fut habillée, elle alla se regarder dans une glace, frotta ses yeux, passa ses mains sur son visage, comme pour effacer quelque chose. Puis, sans prononcer une parole, elle traversa vivement la salle à manger et entra chez Mme Raquin.

L'ancienne mercière était dans un moment de calme hébété. Quand Thérèse entra, elle tourna la tête et suivit du regard la jeune veuve, qui vint se placer devant elle, muette et oppressée. Les deux femmes se contemplèrent pendant quelques secondes, la nièce avec une anxiété qui grandissait, la tante avec des efforts pénibles de mémoire. Se souvenant enfin, Mme Raquin tendit ses bras tremblants, et, prenant Thérèse par le cou, s'écria :

— Mon pauvre enfant, mon pauvre Camille!

Elle pleurait, et ses larmes séchaient sur la peau brûlante de la veuve, qui cachait ses yeux secs dans les plis du drap. Thérèse demeura ainsi courbée, laissant la vieille mère épuiser ses pleurs. Depuis le meurtre, elle redoutait cette première entrevue; elle était restée couchée pour en retarder le moment, pour réfléchir à l'aise au rôle terrible qu'elle avait à jouer.

Quand elle vit Mme Raquin plus calme, elle s'agita autour d'elle, elle lui conseilla de se lever, de descendre à la boutique. La vieille mercière était presque tombée en enfance. L'apparition brusque de sa nièce avait amené en elle une crise favorable qui venait de lui rendre la mémoire et la conscience des choses et des êtres qui l'entouraient. Elle remercia Suzanne de ses soins, elle parla, affaiblie, ne délirant plus, pleine d'une tristesse qui l'étouffait par moments. Elle regardait marcher Thérèse avec des larmes soudaines; alors, elle l'appelait auprès d'elle, l'embrassait en sanglotant encore, lui disait en suffoquant qu'elle n'avait plus qu'elle au monde.

Le soir, elle consentit à se lever, à essayer de manger. Thérèse put voir alors quel terrible coup avait reçu sa tante. Les jambes de la pauvre vieille s'étaient alourdies. Il lui fallut une canne pour se traîner dans la salle à manger, et là il lui sembla que les murs vacillaient autour d'elle.

Dès le lendemain, elle voulut cependant qu'on ouvrît la boutique. Elle craignait de devenir folle en restant seule dans sa chambre. Elle descendit pesamment l'escalier de bois, en posant les deux pieds sur chaque marche, et vint s'asseoir derrière le comptoir. A partir de ce jour, elle y resta clouée dans une douleur sereine.

A côté d'elle, Thérèse songeait et attendait. La boutique reprit son calme noir.

XV

Laurent revint parfois, le soir, tous les deux ou trois jours. Il restait dans la boutique, causant avec Mme Raquin pendant une demi-heure. Puis il s'en allait, sans avoir regardé Thérèse en face. La vieille mercière le considérait comme le sauveur de sa nièce, comme un noble cœur qui avait tout fait pour lui rendre son fils. Elle l'accueillait avec une bonté attendrie.

Un jeudi soir, Laurent se trouvait là, lorsque le vieux Michaud et Grivet entrèrent. Huit heures sonnaient. L'employé et l'ancien commissaire avaient jugé chacun de leur côté qu'ils pouvaient reprendre leurs chères habitudes, sans se montrer importuns, et ils arrivaient à la même minute, comme poussés par le même ressort. Derrière eux, Olivier et Suzanne firent leur entrée.

On monta dans la salle à manger. Mme Raquin, qui n'attendait personne, se hâta d'allumer la lampe et de faire du thé. Lorsque tout le monde se fut assis autour de la table, chacun devant sa tasse, lorsque la boîte de dominos eut été vidée, la pauvre mère, subitement ramenée dans le passé, regarda ses invités et éclata en sanglots. Il y avait une place vide, la place de son fils.

Ce désespoir glaça et ennuya la société. Tous les visages avaient un air de béatitude égoïste. Ces gens se trouvèrent gênés, n'ayant plus dans le cœur le moindre souvenir vivant de Camille.

— Voyons, chère dame, s'écria le vieux Michaud avec une légère impatience, il ne faut pas vous désespérer comme cela. Vous vous rendrez malade.

— Nous sommes tous mortels, affirma Grivet.

— Vos pleurs ne vous rendront pas votre fils, dit sentencieusement Olivier.

— Je vous en prie, murmura Suzanne, ne nous faites pas de la peine.

Et comme Mme Raquin sanglotait plus fort, ne pouvant arrêter ses larmes :

— Allons, allons, reprit Michaud, un peu de courage. Vous comprenez bien que nous venons ici pour vous distraire. Que diable ! ne nous attristons pas, tâchons d'oublier... Nous jouons à deux sous la partie. Hein ! qu'en dites-vous ?

La mercière rentra ses pleurs, dans un effort suprême. Peut-être eut-elle conscience de l'égoïsme heureux de ses hôtes. Elle essuya ses yeux, encore toute secouée. Les dominos tremblaient dans ses pauvres mains, et les larmes restées sous ses paupières l'empêchaient de voir.

On joua.

Laurent et Thérèse avaient assisté à cette courte scène d'un air grave et impassible. Le jeune homme était enchanté de voir revenir les soirées du jeudi. Il les souhaitait ardemment, sachant qu'il aurait besoin de ces réunions pour atteindre son but. Puis, sans se demander pourquoi, il se sentait plus à l'aise au milieu de ces quelques personnes qu'il connaissait, il osait regarder Thérèse en face.

La jeune femme, vêtue de noir, pâle et recueillie, lui parut avoir une beauté qu'il ignorait encore. Il fut heureux de rencontrer ses regards et de les voir s'arrêter sur les siens avec une fixité courageuse. Thérèse lui appartenait toujours, chair et cœur.

XVI

Quinze mois se passèrent. Les âpretés des premières heures s'adoucirent; chaque jour amena une tranquillité, un affaissement de plus; la vie reprit son cours avec une langueur lasse, elle eut cette stupeur monotone qui suit les grandes crises. Et, dans les commencements, Laurent et Thérèse se laissèrent aller à l'existence nouvelle qui les transformait; il se fit en eux un travail sourd qu'il faudrait analyser avec une délicatesse extrême, si l'on voulait en marquer toutes les phases.

Laurent revint bientôt chaque soir à la boutique, comme par le passé. Mais il n'y mangeait plus, il ne s'y établissait plus pendant des soirées entières. Il arrivait à neuf heures et demie, et s'en allait après avoir fermé le magasin. On eût dit qu'il accomplissait un devoir en venant se mettre au service des deux femmes. S'il négligeait un jour sa corvée, il s'excusait le lendemain avec des humilités de valet. Le jeudi, il aidait Mme Raquin à allumer le feu, à faire les honneurs de la maison. Il avait des prévenances tranquilles qui charmaient la vieille mercière.

Thérèse le regardait paisiblement s'agiter autour d'elle. La pâleur de son visage s'en était allée; elle paraissait mieux portante, plus souriante, plus douce. A peine si parfois sa bouche, en se pinçant dans une contraction nerveuse, creusait deux plis profonds qui donnaient à sa face une expression étrange de douleur et d'effroi.

Les deux amants ne cherchèrent plus à se voir en particulier. Jamais ils ne se demandèrent un rendez-vous, jamais ils n'échangèrent furtivement un baiser. Le meurtre avait comme apaisé pour un moment les fièvres voluptueuses de leur chair; ils étaient parvenus à contenter, en tuant Camille, ces désirs fougueux et insatiables qu'ils n'avaient pu assouvir en se brisant dans les bras l'un de l'autre. Le crime leur semblait une jouissance aiguë qui les écœurait et les dégoûtait de leurs embrassements.

Ils auraient eu cependant mille facilités pour mener cette vie libre d'amour dont le rêve les avait poussés à l'assassinat. Mme Raquin, impotente, hébétée, n'était pas un obstacle. La maison leur appartenait, ils pouvaient sortir, aller où bon leur semblait. Mais l'amour ne les tentait plus, leurs appétits s'en étaient allés; ils restaient là, causant avec calme, se regardant sans rougeurs et sans frissons, paraissant avoir oublié les étreintes folles qui avaient meurtri leur chair et fait craquer leurs os. Ils évitaient même de se rencontrer seul à seul; dans l'intimité, ils ne trouvaient rien à se dire, ils craignaient tous deux de montrer trop de froideur. Lorsqu'ils échangeaient une poignée de main, ils éprouvaient une sorte de malaise en sentant leur peau se toucher.

D'ailleurs, ils croyaient s'expliquer chacun ce qui les tenait ainsi indifférents et effrayés en face l'un de l'autre. Ils mettaient leur attitude froide sur le compte de la prudence. Leur calme, leur abstinence, selon eux, étaient œuvres de haute sagesse. Ils prétendaient vouloir cette tranquillité de leur chair, ce sommeil de leur cœur. D'autre part, ils regardaient la répugnance, le malaise qu'ils ressentaient comme un reste d'effroi, comme une peur sourde du châtiment. Parfois, ils se forçaient à l'espérance, ils cherchaient à reprendre les rêves brûlants d'autrefois, et ils demeuraient tout étonnés, en voyant que leur imagination était vide. Alors ils se cramponnaient à l'idée de leur prochain mariage; arrivés à leur but, n'ayant plus aucune crainte, livrés l'un à l'autre, ils retrouveraient leur passion, ils goûteraient les délices rêvées. Cet espoir les calmait, les empêchait de descendre au fond du néant qui s'était creusé en eux. Ils se persuadaient qu'ils s'aimaient comme par le passé, ils attendaient l'heure qui devait les rendre parfaitement heureux en les liant pour toujours.

Jamais Thérèse n'avait eu l'esprit si calme. Elle devenait certainement meilleure. Toutes les volontés implacables de son être se détendaient.

La nuit, seule dans son lit, elle se trouvait heureuse; elle ne sentait plus à son côté la face maigre, le corps chétif de Camille qui exaspérait sa chair et la jetait dans des désirs inassouvis. Elle se croyait petite fille, vierge sous les rideaux blancs, paisible au milieu du silence et de l'ombre. Sa chambre, vaste, un peu froide, lui plaisait, avec son plafond élevé, ses coins obscurs, ses senteurs de cloître. Elle finissait même par aimer la grande muraille noire qui montait devant sa fenêtre; pendant tout un été, chaque soir, elle resta des heures entières à regarder les pierres grises de cette muraille et les nappes étroites de ciel étoilé que découpaient les cheminées et les toits. Elle ne pensait à Laurent que lorsqu'un cauchemar l'éveillait en sursaut; alors, assise sur son séant, tremblante, les yeux agrandis, se serrant dans sa chemise, elle se disait qu'elle n'éprouverait pas ces peurs brusques, si elle avait un homme couché à côté d'elle. Elle songeait à son amant comme à un chien qui l'eût gardée et protégée; sa peau fraîche et calme n'avait pas un frisson de désir.

Le jour, dans la boutique, elle s'intéressait aux choses extérieures; elle sortait d'elle-même, ne vivant plus sourdement révoltée, repliée en pensées de haine et de vengeance. La rêverie l'ennuyait; elle avait le besoin d'agir et de voir. Du matin au soir, elle regardait les gens qui traversaient le passage; ce bruit, ce va-et-vient l'amusaient. Elle devenait curieuse et bavarde, femme en un mot, car jusque-là elle n'avait eu que des actes et des idées d'homme.

Dans l'espionnage qu'elle établit, elle remarqua un jeune homme, un étudiant, qui habitait un hôtel garni du voisinage et qui passait plusieurs fois par jour devant la boutique. Ce garçon avait une beauté pâle, avec de grands cheveux de poète et une moustache d'officier. Thérèse le trouva distingué. Elle en fut amoureuse pendant une semaine, amoureuse comme une pensionnaire. Elle lut des romans, elle compara le jeune homme à Laurent, et trouva ce dernier bien épais, bien lourd. La lecture lui ouvrit des horizons romanesques qu'elle ignorait encore; elle n'avait aimé qu'avec son sang et ses nerfs, elle se mit à aimer avec sa tête. Puis, un jour, l'étudiant disparut; il avait sans doute déménagé. Thérèse l'oublia en quelques heures.

Elle s'abonna à un cabinet littéraire et se passionna pour tous les héros des contes qui lui passèrent sous les yeux. Ce subit amour de la lecture eut une grande influence sur son tempérament. Elle acquit une sensibilité nerveuse qui la faisait rire ou pleurer sans motif. L'équilibre, qui tendait à s'établir en elle, fut rompu. Elle tomba dans une sorte de rêverie vague. Par moments, la pensée de Camille la secouait, et elle songeait à Laurent avec de nouveaux désirs, pleins d'effroi et de défiance. Elle fut ainsi rendue à ses angoisses; tantôt elle cherchait un moyen pour épouser son amant à l'instant même, tantôt elle songeait à se sauver, à ne jamais le revoir. Les romans, en lui parlant de chasteté et d'honneur, mirent comme un obstacle entre ses instincts et sa volonté. Elle resta la bête indomptable qui voulait lutter avec la Seine et qui s'était jetée violemment dans l'adultère; mais elle eut conscience de la bonté et de la douceur, elle comprit le visage mou et l'attitude morte de la femme d'Olivier, elle sut qu'on pouvait ne pas tuer son mari et être heureuse. Alors elle ne se vit plus bien elle-même, elle vécut dans une indécision cruelle.

De son côté, Laurent passa par différentes phases de calme et de fièvre. Il goûta d'abord une tranquillité profonde; il était comme soulagé d'un poids énorme. Par moments, il s'interrogeait avec étonnement, il croyait avoir fait un mauvais rêve, il se demandait s'il était bien vrai qu'il eût jeté Camille à l'eau et qu'il eût revu son cadavre sur une dalle de la Morgue. Le souvenir de son crime le surprenait étrangement; jamais il ne se serait cru capable d'un assassinat; toute sa prudence, toute sa lâcheté frissonnait, il lui montait au front des sueurs glacées, lorsqu'il songeait qu'on aurait pu découvrir son crime et le guillotiner. Alors il sentait à son cou le froid du couteau. Tant qu'il avait agi, il était allé droit devant lui, avec un entêtement et un aveuglement de brute. Maintenant il se retournait, et, à voir l'abîme qu'il venait de franchir, des défaillances d'épouvante le prenaient.

— Sûrement, j'étais ivre, pensait-il; cette femme m'avait soûlé de caresses. Bon Dieu! ai-je été bête et fou! Je risquais la guillotine, avec une pareille histoire... Enfin, tout s'est bien passé. Si c'était à refaire, je ne recommencerais pas.

Laurent s'affaissa, devint mou, plus lâche et plus prudent que jamais. Il engraissa et s'avachit. Quelqu'un qui aurait étudié ce grand corps, tassé sur lui-même, et qui ne paraissait avoir ni os ni nerfs, n'aurait jamais songé à l'accuser de violence et de cruauté.

Il reprit ses anciennes habitudes. Il fut pendant plusieurs mois un employé modèle, faisant sa besogne avec un abrutissement exemplaire. Le soir, il mangeait dans une crémerie de la rue Saint-Victor, coupant son pain par petites tranches, mâchant avec lenteur, faisant traîner son repas le plus possible; puis il se renversait, il s'adossait au mur, et fumait sa pipe. On aurait dit un bon gros père. Le jour, il ne pensait à rien; la nuit, il dormait d'un sommeil lourd et sans rêves. Le visage rose et gras, le ventre plein, le cerveau vide, il était heureux.

Sa chair semblait morte, il ne songeait guère à Thérèse. Il pensait parfois à elle, comme on pense à une femme qu'on doit épouser plus tard, dans un avenir indéterminé. Il attendait l'heure de son mariage avec patience, oubliant la femme, rêvant à la nouvelle position qu'il aurait alors. Il quitterait son bureau, il peindrait en amateur, il flânerait. Ces espoirs le ramenaient, chaque soir, à la boutique du passage, malgré le vague malaise qu'il éprouvait en y entrant.

Un dimanche, s'ennuyant, ne sachant que faire, il alla chez son ancien ami de collège, chez le jeune peintre avec lequel il avait logé pendant longtemps. L'artiste travaillait à un tableau qu'il comptait envoyer au Salon et qui représentait une Bacchante nue, vautrée sur un lambeau d'étoffe. Dans le fond de l'atelier, un modèle, une femme était couchée, la tête ployée en arrière, le torse tordu, la hanche haute. Cette femme riait par moments et tendait la poitrine, allongeant les bras, s'étirant, pour se délasser. Laurent, qui s'était assis en face d'elle, la regardait, en fumant et en causant avec son ami. Son sang battit, ses nerfs s'irritèrent dans cette contemplation. Il resta jusqu'au soir, il emmena la femme chez lui. Pendant près d'un an, il la garda pour maîtresse. La pauvre fille s'était mise à l'aimer, le trouvant bel homme. Le matin, elle partait, allait poser tout le jour, et revenait régulièrement chaque soir à la même heure; elle se nourrissait, s'habillait, s'entretenait avec l'argent qu'elle gagnait, ne coûtant ainsi pas un sou à Laurent, qui ne s'inquiétait nullement d'où elle venait ni de ce qu'elle avait pu faire. Cette femme mit un équilibre de plus dans sa vie; il l'accepta comme un objet utile et nécessaire qui maintenait son corps en paix et en santé; il ne sut jamais s'il l'aimait, et jamais il ne lui vint à la pensée qu'il était infidèle à Thérèse. Il se sentait plus gras et plus heureux. Voilà tout.

Cependant le deuil de Thérèse était fini. La jeune femme s'habillait de robes claires, et il arriva qu'un soir Laurent la trouva rajeunie et embellie. Mais il éprouvait toujours un certain malaise devant elle; depuis quelque temps, elle lui paraissait fiévreuse, pleine de caprices étranges, riant et s'attristant sans raison. L'indécision où il la voyait l'effrayait, car il devinait en partie ses luttes et ses troubles. Il se mit à hésiter, ayant une peur atroce de compromettre sa tranquillité; lui, il vivait paisible, dans un contentement sage de ses appétits, il craignait de risquer l'équilibre de sa vie en se liant à une femme nerveuse dont la passion l'avait déjà rendu fou. D'ailleurs, il ne raisonnait pas ces choses, il sentait d'instinct les angoisses que la possession de Thérèse devait mettre en lui.

Le premier choc qu'il reçut et qui le secoua dans son affaissement fut la pensée qu'il lui fallait enfin songer à son mariage. Il y avait près de quinze mois que Camille était mort. Un instant, Laurent pensa à ne pas se marier du tout, à planter là Thérèse, et à garder le modèle, dont l'amour complaisant et à bon marché lui suffisait. Puis, il se dit qu'il ne pouvait avoir tué un homme pour rien; en se rappelant le crime, les efforts terribles qu'il avait faits pour posséder à lui seul cette femme qui le troublait maintenant, il sentit que le meurtre deviendrait inutile et atroce, s'il ne se mariait pas avec elle. Jeter un homme à l'eau afin de lui voler sa veuve, attendre quinze mois, et se décider ensuite à vivre avec une petite fille qui traînait son corps dans tous les ateliers, lui parut ridicule et le fit sourire. D'ailleurs, n'était-il pas lié à Thérèse par un lien de sang et d'horreur? il la sentait vaguement crier et se tordre en lui, il lui appartenait. Il avait peur de sa complice; peut-être, s'il ne l'épousait pas, irait-elle tout dire à la justice, par vengeance et jalousie. Ces idées battaient dans sa tête. La fièvre le reprit.

Sur ces entrefaites, le modèle le quitta brusquement. Un dimanche, cette fille ne rentra pas; elle avait sans doute trouvé un gîte plus chaud et plus confortable. Laurent fut médiocrement affligé; seulement, il s'était habitué à avoir, la nuit, une femme couchée à son côté, et il éprouva un vide subit dans son existence. Huit jours après ses nerfs se révoltèrent. Il revint s'établir, pendant des soirées entières, dans la boutique du passage, regardant de nouveau Thérèse avec des yeux où luisaient des lueurs rapides. La jeune femme, qui sortait toute frissonnante des longues lectures qu'elle faisait, s'alanguissait et s'abandonnait sous ses regards.

Ils en étaient ainsi revenus tous deux à l'angoisse et au désir, après une longue année d'attente écœurée et indifférente. Un soir Laurent, en fermant la boutique, retint un instant Thérèse dans le passage.

XVII

Laurent quitta le passage, l'esprit tendu, la chair inquiète. L'haleine chaude, le consentement de Thérèse, venaient de remettre en lui les âpretés d'autrefois. Il prit les quais, et marcha, son chapeau à la main, pour recevoir au visage tout l'air du ciel.

Lorsqu'il fut arrivé rue Saint-Victor, à la porte de son hôtel, il eut peur de monter, d'être seul. Un effroi d'enfant, inexplicable, imprévu, lui fit craindre de trouver un homme caché dans sa mansarde. Jamais il n'avait été sujet à de pareilles poltronneries. Il n'essaya même pas de raisonner le frisson étrange qui le prenait; il entra chez un marchand de vin et y resta pendant une heure, jusqu'à minuit, immobile et muet à une table, buvant machinalement de grands verres de vin. Il songeait à Thérèse, il s'irritait contre la jeune femme, qui n'avait pas voulu le recevoir le soir même dans sa chambre, et il pensait qu'il n'aurait pas eu peur avec elle.

On ferma la boutique, on le mit à la porte. Il rentra pour demander des allumettes. Le bureau de l'hôtel se trouvait au premier étage. Laurent avait une longue allée à suivre et quelques marches à monter, avant de pouvoir prendre sa bougie. Cette allée, ce bout d'escalier, d'un noir terrible, l'épouvantaient. D'ordinaire, il traversait gaillardement ces ténèbres. Ce soir-là, il n'osait sonner, il se disait qu'il y avait peut-être, dans un certain renfoncement formé par l'entrée de la cave, des assassins qui lui sauteraient brusquement à la gorge quand il passerait. Enfin, il sonna, il alluma une allumette et se décida à s'engager dans l'allée. L'allumette s'éteignit. Il resta immobile, haletant, n'osant s'enfuir, frottant les allumettes sur le mur humide avec une anxiété qui faisait trembler sa main. Il lui semblait entendre des voix, des bruits de pas devant lui. Les allumettes se brisaient entre ses doigts. Il réussit à en allumer une. Le soufre se mit à bouillir, à enflammer le bois avec une lenteur qui redoubla les angoisses de Laurent; dans la clarté pâle et bleuâtre du soufre, dans les lueurs vacillantes qui couraient, il crut distinguer des formes monstrueuses. Puis l'allumette pétilla, la lumière devint blanche et claire. Laurent, soulagé, s'avança avec précaution, en ayant soin de ne pas manquer de lumière. Lorsqu'il lui fallut passer devant la cave, il se serra contre le mur opposé; il y avait là une masse d'ombre qui l'effrayait. Il gravit ensuite vivement les quelques marches qui le séparaient du bureau de l'hôtel, et se crut sauvé lorsqu'il tint sa bougie. Il monta les autres étages plus doucement, en élevant la bougie, en éclairant tous les coins devant lesquels il devait passer. Les grandes ombres bizarres qui vont et viennent, lorsqu'on se trouve dans un escalier avec une lumière le remplissaient d'un vague malaise, en se dressant et en s'effaçant brusquement devant lui.

Quand il fut en haut, il ouvrit sa porte et s'enferma, rapidement. Son premier soin fut de regarder sous son lit, de faire une visite minutieuse dans la chambre, pour voir si personne ne s'y trouvait caché. Il ferma la fenêtre du toit, en pensant que quelqu'un pourrait bien descendre par là. Quand il eut pris ces dispositions, il se sentit plus calme, il se déshabilla, en s'étonnant de sa poltronnerie. Il finit par sourire, par se traiter d'enfant. Il n'avait jamais été peureux et ne pouvait s'expliquer cette crise subite de terreur.

Il se coucha. Lorsqu'il fut dans la tiédeur des draps, il songea de nouveau à Thérèse, que ses frayeurs lui avaient fait oublier. Les yeux fermés obstinément, cherchant le sommeil, il sentait malgré lui ses pensées travailler, s'imposer, se lier les unes aux autres, lui présenter toujours les avantages qu'il aurait à se marier au plus vite. Par moments, il se retournait, il se disait : « Ne pensons plus, dormons; il faut que je me lève à huit heures demain pour aller à mon bureau. » Et il faisait effort pour se laisser glisser au sommeil. Mais les idées revenaient une à une; le travail sourd de ses raisonnements recommençait; il se retrouvait bientôt dans une sorte de rêverie aiguë, qui étalait au fond de son cerveau les nécessités de son mariage, les arguments que ses désirs et sa prudence donnaient tour à tour pour et contre la possession de Thérèse.

Alors, voyant qu'il ne pouvait dormir, que l'insomnie tenait sa chair irritée, il se mit sur le dos, il ouvrit les yeux tout grands, il laissa son cerveau s'emplir du souvenir de la jeune femme. L'équilibre était rompu, la fièvre chaude de jadis le secouait de nouveau. Il eut l'idée de se lever, de retourner au passage du Pont-Neuf. Il se ferait ouvrir la grille, il irait frapper à la petite porte de l'escalier, et Thérèse le recevrait. A cette pensée, le sang montait à son cou.

Sa rêverie avait une lucidité étonnante. Il se voyait dans les rues, marchant vite, le long des maisons, et il se disait : « Je prends ce boulevard, je traverse ce carrefour, pour être plus tôt arrivé. » Puis la grille du passage grinçait, il suivait l'étroite galerie, sombre et déserte, en se félicitant de pouvoir monter chez Thérèse sans être vu de la marchande de bijoux faux; puis il s'imaginait être dans l'allée, dans le petit escalier par où il avait passé si souvent. Là, il éprouvait les joies cuisantes de jadis, il se rappelait les terreurs délicieuses, les voluptés poignantes de l'adultère. Ses souvenirs devenaient des réalités qui impressionnaient tous ses sens : il sentait l'odeur fade du couloir, il touchait les murs gluants, il voyait l'ombre sale qui traînait. Et il montait chaque marche, haletant, prêtant l'oreille, contentant déjà ses désirs dans cette approche craintive de la femme désirée. Enfin il grattait à la porte, la porte s'ouvrait, Thérèse était là qui l'attendait, en jupon, toute blanche.

Ses pensées se déroulaient devant lui en spectacles réels. Les yeux fixés sur l'ombre, il voyait. Lorsque, au bout de sa course dans les rues, après être entré dans le passage et avoir gravi le petit escalier, il crut apercevoir Thérèse, ardente et pâle, il sauta vivement de son lit, en murmurant : « Il faut que j'y aille, elle m'attend. » Le brusque mouvement qu'il venait de faire chassa l'hallucination : il sentit le froid du carreau, il eut peur. Il resta un instant immobile, les pieds nus, écoutant. Il lui semblait entendre du bruit sur le carré. S'il allait chez Thérèse, il lui faudrait passer de nouveau devant la porte de la cave, en bas; cette pensée lui fit courir un grand frisson froid dans le dos. L'épouvante le reprit, une épouvante bête et écrasante. Il regarda avec défiance dans sa chambre, il y vit traîner des lambeaux blanchâtres de clarté; alors, doucement, avec des précautions pleines d'une hâte anxieuse, il remonta sur son lit, et, là, se pelotonna, se cacha, comme pour se dérober à une arme, à un couteau qui l'aurait menacé.

Le sang s'était porté violemment à son cou, et son cou le brûlait. Il y porta la main, il sentit sous ses doitgs la cicatrice de la morsure de Camille. Il avait presque oublié cette morsure. Il fut terrifié en la retrouvant sur sa peau, il crut qu'elle lui mangeait la chair. Il avait vivement retiré la main pour ne plus la sentir, et il la sentait toujours, dévorante, trouant son cou. Alors, il voulut la gratter délicatement, du bout de l'ongle; la terrible cuisson redoubla. Pour ne pas s'arracher la peau, il serra les deux mains entre ses genoux repliés. Roidi, irrité, il resta là, le cou rongé, les dents claquant de peur.

Maintenant ses idées s'attachaient à Camille, avec une fixité effrayante. Jusque-là, le noyé n'avait pas troublé les nuits de Laurent. Et voilà que la pensée de Thérèse amenait le spectre de son mari. Le meurtrier n'osait plus ouvrir les yeux; il craignait d'apercevoir sa victime dans un coin de la chambre. A un moment, il lui sembla que sa couche était étrangement secouée; il s'imagina que Camille se trouvait caché sous le lit, et que c'était lui qui le remuait ainsi, pour le faire tomber et le mordre. Hagard, les cheveux dressés sur la tête, il se cramponna à son matelas, croyant que les secousses devenaient de plus en plus violentes.

Puis, il s'aperçut que le lit ne remuait pas. Il y eut une réaction en lui. Il se mit sur son séant, alluma sa bougie, en se traitant d'imbécile. Pour apaiser sa fièvre, il avala un grand verre d'eau.

— J'ai eu tort de boire chez ce marchand de vin, pensait-il... Je ne sais ce que j'ai, cette nuit. C'est bête. Je serai éreinté aujourd'hui à mon bureau. J'aurais dû dormir tout de suite, en me mettant au lit, et ne pas penser à un tas de choses : c'est cela qui m'a donné l'insomnie... Dormons.

Il souffla de nouveau la lumière, il enfonça la tête dans l'oreiller, un peu rafraîchi, bien décidé à ne plus penser, à ne plus avoir peur. La fatigue commençait à détendre ses nerfs.

Il ne s'endormit pas de son sommeil ordinaire, lourd et accablé; il glissa lentement à une somnolence vague. Il était comme simplement engourdi, comme plongé dans un abrutissement doux et voluptueux. Il sentait son corps en sommeillant; son intelligence restait éveillée dans sa chair morte. Il avait chassé les pensées qui venaient, il s'était défendu contre la veille. Puis, quand il fut assoupi, quand les forces lui manquèrent et que la volonté lui échappa, les pensées revinrent doucement, une à une, reprenant possession de son être défaillant. Ses rêveries recommencèrent. Il refit le chemin qui le séparait de Thérèse : il descendit, passa devant la cave en courant et se trouva dehors; il suivit toutes les rues qu'il avait déjà suivies auparavant, lorsqu'il rêvait les yeux ouverts; il entra dans le passage du Pont-Neuf, monta le petit escalier et gratta à la porte. Mais au lieu de Thérèse, au lieu de la jeune femme en jupon, la gorge nue, ce fut Camille qui lui ouvrit, Camille tel qu'il l'avait vu à la Morgue, verdâtre, atrocement défiguré. Le cadavre lui tendait les bras, avec un rire ignoble, en montrant un bout de langue noirâtre dans la blancheur des dents.

Laurent poussa un cri et se réveilla en sursaut. Il était trempé d'une sueur glacée. Il ramena la couverture sur ses yeux, en s'injuriant, en se mettant en colère contre lui-même. Il voulut se rendormir.

Il se rendormit comme précédemment, avec lenteur; le même accablement le prit, et dès que la volonté lui eut de nouveau échappé dans la langueur du demi-sommeil, il se remit en marche, il retourna où le conduisait son idée fixe, il courut pour voir Thérèse, et ce fut encore le noyé qui lui ouvrit la porte.

Terrifié, le misérable se mit sur son séant. Il aurait voulu pour tout au monde chasser ce rêve implacable. Il souhaitait un sommeil de plomb qui écrasât ses pensées. Tant qu'il se tenait éveillé, il avait assez d'énergie pour chasser le fantôme de sa victime; mais dès qu'il n'était plus maître de son esprit, son esprit le conduisait à l'épouvante en le conduisant à la volupté.

Il tenta encore le sommeil. Alors ce fut une succession d'assoupissements voluptueux et de réveils brusques et déchirants. Dans son entêtement furieux, toujours il allait vers Thérèse, toujours il se heurtait contre le corps de Camille. A plus de dix reprises, il refit le chemin, il partit la chair brûlante, suivit le même itinéraire, eut les mêmes sensations, accomplit les mêmes actes, avec une exactitude minutieuse, et, à plus de dix reprises, il vit le noyé s'offrir à son embrassement, lorsqu'il étendait les bras pour saisir et étreindre sa maîtresse. Ce même dénouement sinistre qui le réveillait chaque fois, haletant et éperdu, ne décourageait pas son désir; quelques minutes après, dès qu'il se rendormait, son désir oubliait le cadavre ignoble qui l'attendait, et courait chercher de nouveau le corps chaud et souple d'une femme. Pendant une heure, Laurent vécut dans cette suite de cauchemars, dans ce mauvais rêve sans cesse répété et sans cesse imprévu, qui, à chaque sursaut, le brisait d'une épouvante plus aiguë.

Une des secousses, la dernière, fut si violente, si douloureuse, qu'il se décida à se lever, à ne pas lutter davantage. Le jour venait; une lueur grise et morne entrait par la fenêtre du toit qui coupait dans le ciel un carré blanchâtre couleur de cendre.

Laurent s'habilla lentement, avec une irritation sourde. Il était exaspéré de n'avoir pas dormi, exaspéré de s'être laissé prendre par une peur qu'il traitait maintenant d'enfantillage. Tout en mettant son pantalon, il s'étirait, il se frottait les membres, il se passait les mains sur son visage battu et brouillé par une nuit de fièvre. Et il répétait :

— Je n'aurais pas dû penser à tout ça, j'aurais dormi, je serais frais et dispos, à cette heure... Ah! si Thérèse avait bien voulu, hier soir, si Thérèse avait couché avec moi...

Cette idée, que Thérèse l'aurait empêché d'avoir peur, le tranquillisa un peu. Au fond, il redoutait de passer d'autres nuits semblables à celle qu'il venait d'endurer.

Il se jeta de l'eau à la face, puis se donna un coup de peigne. Ce bout de toilette rafraîchit sa tête et dissipa ses dernières terreurs. Il raisonnait librement, il ne sentait plus qu'une grande fatigue dans tous ses membres.

— Je ne suis pourtant pas poltron, se disait-il en achevant de se vêtir, je ne me moque pas mal de Camille... C'est absurde de croire que ce pauvre diable est sous mon lit. Maintenant, je vais peut-être croire cela toutes les nuits... Décidément il faut que je me marie au plus tôt. Quand Thérèse me tiendra dans ses bras, je ne penserai guère à Camille. Elle m'embrassera sur le cou, et je ne sentirai plus l'atroce cuisson que j'ai éprouvée... Voyons donc cette morsure.

Il s'approcha de son miroir, tendit le cou et regarda. La cicatrice était d'un rose pâle. Laurent, en distinguant la marque des dents de sa victime, éprouva une certaine émotion, le sang lui monta à la tête, et il s'aperçut alors d'un étrange phénomène. La cicatrice fut empourprée par le flot qui montait, elle devint vive et sanglante, elle se détacha, toute rouge, sur le cou gras et blanc. En même temps, Laurent ressentit des picotements aigus, comme si l'on eût enfoncé des aiguilles dans la plaie. Il se hâta de relever le col de sa chemise.

— Bah! reprit-il, Thérèse guérira cela... Quelques baisers suffiront... Que je suis bête de songer à ces choses!

Il mit son chapeau et descendit. Il avait besoin de prendre l'air, besoin de marcher. En passant devant la porte de la cave, il sourit; il s'assura cependant de la solidité du crochet qui fermait cette porte. Dehors, il marcha à pas lents, dans l'air frais du matin, sur les trottoirs déserts. Il était environ cinq heures.

Laurent passa une journée atroce. Il dut lutter contre le sommeil accablant qui le saisit dans l'après-midi à son bureau. Sa tête, lourde et endolorie, se penchait malgré lui, et il la relevait brusquement, dès qu'il entendait le pas d'un de ses chefs. Cette lutte, ces secousses achevèrent de briser ses membres, en lui causant des anxiétés intolérables.

Le soir, malgré sa lassitude, il voulut aller voir Thérèse. Il la trouva fiévreuse, accablée, lasse comme lui.

— Notre pauvre Thérèse a passé une mauvaise nuit, lui dit Mme Raquin, lorsqu'il se fut assis. Il paraît qu'elle a eu des cauchemars, une insomnie terrible... A plusieurs reprises, je l'ai entendue crier. Ce matin, elle était toute malade.

Pendant que sa tante parlait, Thérèse regardait fixement Laurent. Sans doute, ils devinèrent leurs communes terreurs, car un même frisson nerveux courut sur leurs visages. Ils restèrent en face l'un de l'autre jusqu'à dix heures, parlant de banalités, se comprenant, se conjurant tous deux du regard de hâter le moment où ils pourraient s'unir contre le noyé.

XVIII

Thérèse, elle aussi, avait été visitée par le spectre de Camille, pendant cette nuit de fièvre.

La proposition brûlante de Laurent, demandant un rendez-vous, après plus d'une année d'indifférence, l'avait brusquement fouettée. La chair s'était mise à lui cuire, lorsque, seule et couchée, elle avait songé que le mariage devait avoir bientôt lieu. Alors, au milieu des secousses de l'insomnie, elle avait vu se dresser le noyé; elle s'était, comme Laurent, tordue dans le désir et dans l'épouvante, et, comme lui, elle s'était dit qu'elle n'aurait plus peur, qu'elle n'éprouverait plus de telles souffrances, lorsqu'elle tiendrait son amant entre ses bras.

Il y avait eu, à la même heure, chez cette femme et chez cet homme, une sorte de détraquement nerveux qui les rendait, pantelants et terrifiés, à leurs terribles amours. Une parenté de sang et de volupté s'était établie entre eux. Ils frissonnaient des mêmes frissons; leurs cœurs, dans une espèce de fraternité poignante, se serraient aux mêmes angoisses. Ils eurent dès lors un seul corps et une seule âme pour jouir et pour souffrir. Cette communauté, cette pénétration mutuelle est un fait de psychologie et de physiologie qui a souvent lieu chez les êtres que de grandes secousses nerveuses heurtent violemment l'un à l'autre.

Pendant plus d'une année, Thérèse et Laurent portèrent légèrement la chaîne rivée à leurs membres, qui les unissait; dans l'affaissement succédant à la crise aiguë du meurtre, dans les dégoûts et les besoins de calme et d'oubli qui avaient suivi, ces deux forçats purent croire qu'ils étaient libres, qu'un lien de fer ne les liait plus; la chaîne détendue traînait à terre; eux, ils se reposaient, ils se trouvaient frappés d'une sorte de stupeur heureuse, ils cherchaient à aimer ailleurs, à vivre avec un sage équilibre. Mais le jour où, poussés par les faits, ils en étaient venus à échanger de nouveau des paroles ardentes, la chaîne se tendit violemment, ils reçurent une secousse telle, qu'ils se sentirent à jamais attachés l'un à l'autre.

Dès le lendemain, Thérèse se mit à l'œuvre, travailla sourdement à amener son mariage avec Laurent. C'était là une tâche difficile, pleine de périls. Les amants tremblaient de commettre une imprudence, d'éveiller les soupçons, de montrer trop brusquement l'intérêt qu'ils avaient eu à la mort de Camille. Comprenant qu'ils ne pouvaient parler de mariage, ils arrêtèrent un plan fort sage qui consistait à se faire offrir ce qu'ils n'osaient demander, par Mme Raquin elle-même et par les invités du jeudi. Il ne s'agissait plus que de donner l'idée de remarier Thérèse à ces braves gens, surtout de leur faire accroire que cette idée venait d'eux et leur appartenait en propre.

La comédie fut longue et délicate à jouer. Thérèse et Laurent avaient pris chacun le rôle qui leur convenait; ils avançaient avec une prudence extrême, calculant le moindre geste, la moindre parole. Au fond, ils étaient dévorés par une impatience qui roidissait et tendait leurs nerfs. Ils vivaient au milieu d'une irritation continuelle, il leur fallait toute leur lâcheté pour s'imposer des airs souriants et paisibles.

S'ils avaient hâte d'en finir, c'est qu'ils ne pouvaient plus rester séparés et solitaires. Chaque nuit, le noyé les visitait, l'insomnie les couchait sur un lit de charbons ardents et les retournait avec des pinces de feu. L'état d'énervement dans lequel ils vivaient activait encore chaque soir la fièvre de leur sang, en dressant devant eux des hallucinations atroces. Thérèse, lorsque le crépuscule était venu, n'osait plus monter dans sa chambre; elle éprouvait des angoisses vives, quand il lui fallait s'enfermer jusqu'au matin dans cette grande pièce, qui s'éclairait de lueurs étranges et se peuplait de fantômes, dès que la lumière était éteinte. Elle finit par laisser sa bougie allumée, par ne plus vouloir dormir, afin de tenir toujours ses yeux grands ouverts. Et quand la fatigue baissait ses paupières, elle voyait Camille dans le noir, elle rouvrait les yeux en sursaut. Le matin, elle se traînait, brisée, n'ayant sommeillé que quelques heures, au jour. Quant à Laurent, il était devenu décidément poltron depuis le soir où il avait eu peur en passant devant la porte de la cave; auparavant, il vivait avec des confiances de brute; maintenant, au moindre bruit, il tremblait, il pâlissait, comme un petit garçon. Un frisson d'effroi avait brusquement secoué ses membres, et ne l'avait plus quitté. La nuit, il souffrait plus encore que Thérèse; la peur, dans ce grand corps mou et lâche, amenait des déchirements profonds. Il voyait tomber le jour avec des appréhensions cruelles. Il lui arriva, à plusieurs reprises, de ne pas vouloir rentrer, de passer des nuits entières à marcher au milieu des rues désertes. Une fois, il resta jusqu'au matin sous un pont, par une pluie battante; là, accroupi, glacé, n'osant se lever pour remonter sur le quai, il regarda, pendant près de six heures, couler l'eau sale dans l'ombre blanchâtre; par moments, des terreurs l'aplatissaient contre la terre humide : il lui semblait voir, sous l'arche du pont, passer de longues traînées de noyés qui descendaient au fil du courant. Lorsque la lassitude le poussait chez lui, il s'y enfermait à double tour, il s'y débattait jusqu'à l'aube, au milieu d'accès effrayants de fièvre. Le même cauchemar revenait avec persistance : il croyait tomber des bras ardents et passionnés de Thérèse entre les bras froids et gluants de Camille; il rêvait que sa maîtresse l'étouffait dans une étreinte chaude, et il rêvait ensuite que le noyé le serrait contre sa poitrine pourrie, dans un embrassement glacial; ces sensations brusques et alternées de volupté et de dégoût, ces contacts successifs de chair brûlante d'amour et de chair froide, amollie par la vase, le faisaient haleter et frissonner, râler d'angoisse.

Et, chaque jour, l'épouvante des amants grandissait, chaque jour leurs cauchemars les écrasaient, les affolaient davantage. Ils ne comptaient plus que sur leurs baisers pour tuer l'insomnie. Par prudence, ils n'osaient se donner des rendez-vous, ils attendaient le jour du mariage comme un jour de salut qui serait suivi d'une nuit heureuse.

C'est ainsi qu'ils voulaient leur union de tout le désir qu'ils éprouvaient de dormir un sommeil calme. Pendant les heures d'indifférence, ils avaient hésité, oubliant chacun les raisons égoïstes et passionnées qui s'étaient comme évanouies, après les avoir tous deux poussés au meurtre. La fièvre les brûlant de nouveau, ils retrouvaient, au fond de leur passion et de leur égoïsme, ces raisons premières qui les avaient décidés à tuer Camille, pour goûter ensuite les joies que, selon eux, leur assurait un mariage légitime. D'ailleurs, c'était avec un vague désespoir qu'ils prenaient la résolution suprême de s'unir ouvertement. Tout au fond d'eux, il y avait de la crainte. Leurs désirs frissonnaient. Ils étaient penchés, en quelque sorte, l'un sur l'autre, comme sur un abîme dont l'horreur les attirait; ils se courbaient mutuellement, au-dessus de leur être, cramponnés, muets, tandis que des vertiges, d'une volupté cuisante, alanguissaient leurs membres, leur donnaient la folie de la chute. Mais en face du moment présent, de leur attente anxieuse et de leurs désirs peureux, ils sentaient l'impérieuse nécessité de s'aveugler, de rêver un avenir de félicités amoureuses et de jouissances paisibles. Plus ils tremblaient l'un devant l'autre, plus ils devinaient l'horreur du gouffre au fond duquel ils allaient se jeter, et plus ils cherchaient à se faire à eux-mêmes des promesses de bonheur, à étaler devant eux les faits invincibles qui les amenaient fatalement au mariage.

Thérèse désirait uniquement se marier parce qu'elle avait peur et que son organisme réclamait les caresses violentes de Laurent. Elle était en proie à une crise nerveuse qui la rendait comme folle. A vrai dire, elle ne raisonnait guère, elle se jetait dans la passion, l'esprit détraqué par les romans qu'elle venait de lire, la chair irritée par les insomnies cruelles qui la tenaient éveillée depuis plusieurs semaines.

Laurent, d'un tempérament plus épais, tout en cédant à ses terreurs et à ses désirs, entendait raisonner sa décision. Pour se bien prouver que son mariage était nécessaire et qu'il allait enfin être parfaitement heureux, pour dissiper les craintes vagues qui le prenaient, il refaisait tous ses calculs d'autrefois. Son père, le paysan de Jeufosse, s'entêtant à ne pas mourir, il se disait que l'héritage pouvait se faire longtemps attendre; il craignait même que cet héritage ne lui échappât et n'allât dans les poches d'un de ses cousins, grand gaillard qui piochait la terre à la vive satisfaction du vieux Laurent. Et lui, il serait toujours pauvre, il vivrait sans femme, dans un grenier, dormant mal, mangeant plus mal encore. D'ailleurs, il comptait ne pas travailler toute sa vie; il commençait à s'ennuyer singulièrement à son bureau; la légère besogne qui lui était confiée devenait accablante pour sa paresse. Le résultat de ses réflexions était toujours que le suprême bonheur consiste à ne rien faire. Alors il se rappelait qu'il avait noyé Camille pour épouser Thérèse et ne plus rien faire ensuite. Certes, le désir de posséder à lui seul sa maîtresse était entré pour beaucoup dans la pensée de son crime, mais il avait été conduit au meurtre peut-être plus encore par l'espérance de se mettre à la place de Camille, de se faire soigner comme lui, de goûter une béatitude de toutes les heures; si la passion seule l'eût poussé, il n'aurait pas montré tant de lâcheté, tant de prudence; la vérité était qu'il avait cherché à assurer, par un assassinat, le calme et l'oisiveté de sa vie, le contentement durable de ses appétits. Toutes ces pensées, avouées ou inconscientes, lui revenaient. Il se répétait, pour s'encourager, qu'il était temps de tirer le profit attendu de la mort de Camille. Et il étalait devant lui les avantages, les bonheurs de son existence future : il quitterait son bureau, il vivrait dans une paresse délicieuse; il mangerait, il boirait, il dormirait son soûl; il aurait sans cesse sous la main une femme ardente qui rétablirait l'équilibre de son sang et de ses nerfs; bientôt il hériterait des quarante et quelques mille francs de Mme Raquin, car la pauvre vieille se mourait un peu chaque jour; enfin, il se créerait une vie de brute heureuse, il oublierait tout. A chaque heure, depuis que leur mariage était décidé entre Thérèse et lui, Laurent se disait ces choses; il cherchait encore d'autres avantages, et il était tout joyeux, lorsqu'il croyait avoir trouvé un nouvel argument, puisé dans son égoïsme, qui l'obligeait à épouser la veuve du noyé. Mais il avait beau se forcer à l'espérance, il avait beau rêver un avenir gras de paresse et de volupté, il sentait toujours de brusques frissons lui glacer la peau, il éprouvait toujours, par moments, une anxiété qui étouffait la joie dans sa gorge.

XIX

Cependant, le travail sourd de Thérèse et de Laurent amenait des résultats. Thérèse avait pris une attitude morne et désespérée, qui, au bout de quelques jours, inquiéta Mme Raquin. La vieille mercière voulut savoir ce qui attristait ainsi sa nièce. Alors, la jeune femme joua son rôle de veuve inconsolée avec une habileté exquise; elle parla d'ennui, d'affaissement, de douleurs nerveuses, vaguement, sans rien préciser. Lorsque sa tante la pressait de questions, elle répondait qu'elle se portait bien, qu'elle ignorait ce qui l'accablait ainsi, qu'elle pleurait sans savoir pourquoi. Et c'étaient des étouffements continus, des sourires pâles et navrants, des silences écrasants de vide et de désespérance. Devant cette jeune femme, pliée sur elle-même, qui semblait mourir lentement d'un mal inconnu, Mme Raquin finit par s'alarmer sérieusement; elle n'avait plus au monde que sa nièce, elle priait Dieu chaque soir de lui conserver cette enfant pour lui fermer les yeux. Un peu d'égoïsme se mêlait à ce dernier amour de sa vieillesse. Elle se sentit frappée dans les faibles consolations qui l'aidaient encore à vivre, lorsqu'il lui vint à la pensée qu'elle pouvait perdre Thérèse et mourir seule au fond de la boutique humide du passage. Dès lors, elle ne quitta plus sa nièce du regard, elle étudia avec épouvante les tristesses de la jeune femme, elle se demanda ce qu'elle pourrait bien faire pour la guérir de ses désespoirs muets.

En de si graves circonstances, elle crut devoir prendre l'avis de son vieil ami Michaud. Un jeudi soir, elle le retint dans la boutique et lui dit ses craintes.

— Pardieu, lui répondit le vieillard avec la brutalité franche de ses anciennes fonctions, je m'aperçois depuis longtemps que Thérèse boude, et je sais bien pourquoi elle a ainsi la figure toute jaune et toute chagrine.

— Vous savez pourquoi ? dit la mercière. Parlez vite. Si nous pouvions la guérir !

— Oh ! le traitement est facile, reprit Michaud en riant. Votre nièce s'ennuie, parce qu'elle est seule, le soir, dans sa chambre, depuis bientôt deux ans. Elle a besoin d'un mari ; cela se voit dans ses yeux.

La franchise brutale de l'ancien commissaire frappa douloureusement Mme Raquin. Elle pensait que la blessure qui saignait toujours en elle, depuis l'affreux accident de Saint-Ouen, était tout aussi vive, tout aussi cruelle au fond du cœur de la jeune veuve. Son fils mort, il lui semblait qu'il ne pouvait plus exister de mari pour sa nièce. Et voilà que Michaud affirmait, avec un gros rire, que Thérèse était malade par besoin de mari.

— Mariez-la au plus tôt, dit-il en s'en allant, si vous ne voulez pas la voir se dessécher entièrement. Tel est mon avis, chère dame, et il est bon, croyez-moi.

Mme Raquin ne put s'habituer tout de suite à la pensée que son fils était déjà oublié. Le vieux Michaud n'avait pas même prononcé le nom de Camille, et il s'était mis à plaisanter en parlant de la prétendue maladie de Thérèse. La pauvre mère comprit qu'elle gardait seule, au fond de son être, le souvenir vivant de son cher enfant. Elle pleura, il lui sembla que Camille venait de mourir une seconde fois. Puis, quand elle eut bien pleuré, qu'elle fut lasse de regrets, elle songea malgré elle aux paroles de Michaud, elle s'accoutuma à l'idée d'acheter un peu de bonheur au prix d'un mariage qui, dans les délicatesses de sa mémoire, tuait de nouveau son fils. Des lâchetés lui venaient, lorsqu'elle se trouvait seule en face de Thérèse, morne et accablée, au milieu du silence glacial de la boutique. Elle n'était pas un de ces esprits roides et secs qui prennent une joie âpre à vivre d'un désespoir éternel ; il y avait en elle des souplesses, des dévouements, des effusions, tout un tempérament de bonne dame, grasse et affable, qui la poussait à vivre dans une tendresse active. Depuis que sa nièce ne parlait plus et restait là, pâle et affaiblie, l'existence devenait intolérable pour elle, la boutique lui paraissait un tombeau ; elle aurait voulu une affection chaude autour d'elle, de la vie, des caresses, quelque chose de doux et de gai qui l'aidât à attendre paisiblement la mort. Ces désirs inconscients lui firent accepter le projet de remarier Thérèse ; elle oublia même un peu son fils ; il y eut, dans l'existence morte qu'elle menait, comme un réveil, comme des volontés et des occupations nouvelles d'esprit. Elle cherchait un mari pour sa nièce, et cela emplissait sa tête. Ce choix d'un mari était une grande affaire; la pauvre vieille songeait encore plus à elle qu'à Thérèse; elle voulait la marier de façon à être heureuse elle-même, car elle craignait vivement que le nouvel époux de la jeune femme ne vînt troubler les dernières heures de sa vieillesse. La pensée qu'elle allait introduire un étranger dans son existence de chaque jour l'épouvantait; cette pensée seule l'arrêtait, l'empêchait de causer mariage avec sa nièce, ouvertement.

Pendant que Thérèse jouait, avec cette hypocrisie parfaite que son éducation lui avait donnée, la comédie de l'ennui et de l'accablement, Laurent avait pris le rôle d'homme sensible et serviable. Il était aux petits soins pour les deux femmes, surtout pour Mme Raquin, qu'il comblait d'attentions délicates. Peu à peu, il se rendit indispensable dans la boutique; lui seul mettait un peu de gaieté au fond de ce trou noir. Quand il n'était pas là, le soir, la vieille mercière cherchait autour d'elle, mal à l'aise, comme s'il lui manquait quelque chose, ayant presque peur de se trouver en tête à tête avec les désespoirs de Thérèse. D'ailleurs, Laurent ne s'absentait une soirée que pour mieux asseoir sa puissance; il venait tous les jours à la boutique en sortant de son bureau, il y restait jusqu'à la fermeture du passage. Il faisait les commissions, il donnait à Mme Raquin, qui ne marchait qu'avec peine, les menus objets dont elle avait besoin. Puis il s'asseyait, il causait. Il avait trouvé une voix d'acteur, douce et pénétrante, qu'il employait pour flatter les oreilles et le cœur de la bonne vieille. Surtout, il semblait s'inquiéter beaucoup de la santé de Thérèse, en ami, en homme tendre dont l'âme souffre de la souffrance d'autrui. A plusieurs reprises, il prit Mme Raquin à part, il la terrifia en paraissant très effrayé lui-même des changements, des ravages qu'il disait voir sur le visage de la jeune femme.

— Nous la perdrons bientôt, murmurait-il avec des larmes dans la voix. Nous ne pouvons nous dissimuler qu'elle est bien malade. Ah! notre pauvre bonheur, nos bonnes et tranquilles soirées!

Mme Raquin l'écoutait avec angoisse. Laurent poussait même l'audace jusqu'à parler de Camille.

— Voyez-vous, disait-il encore à la mercière, la mort

de mon pauvre ami a été un coup terrible pour elle. Elle se meurt depuis deux ans, depuis le jour funeste où elle a perdu Camille. Rien ne la consolera, rien ne la guérira. Il faut nous résigner.

Ces mensonges impudents faisaient pleurer la vieille dame à chaudes larmes. Le souvenir de son fils la troublait et l'aveuglait. Chaque fois qu'on prononçait le nom de Camille, elle éclatait en sanglots, elle s'abandonnait, elle aurait embrassé la personne qui nommait son pauvre enfant. Laurent avait remarqué l'effet de trouble et d'attendrissement que ce nom produisait sur elle. Il pouvait la faire pleurer à volonté, la briser d'une émotion qui lui ôtait la vue nette des choses, et il abusait de son pouvoir pour la tenir toujours souple et endolorie dans sa main. Chaque soir, malgré les révoltes sourdes de ses entrailles qui tressaillaient, il mettait la conversation sur les rares qualités, sur le cœur tendre et l'esprit de Camille; il vantait sa victime avec une impudence parfaite. Par moments, lorsqu'il rencontrait les regards de Thérèse fixés étrangement sur les siens, il frissonnait, il finissait par croire lui-même tout le bien qu'il disait du noyé; alors il se taisait, pris brusquement d'une atroce jalousie, craignant que la veuve n'aimât l'homme qu'il avait jeté à l'eau et qu'il vantait maintenant avec une conviction d'halluciné. Pendant toute la conversation, Mme Raquin était dans les larmes, ne voyant rien autour d'elle. Tout en pleurant, elle songeait que Laurent était un cœur aimant et généreux; lui seul se souvenait de son fils, lui seul en parlait encore d'une voix tremblante et émue. Elle essuyait ses larmes, elle regardait le jeune homme avec une tendresse infinie, elle l'aimait comme son propre enfant.

Un jeudi soir, Michaud et Grivet se trouvaient déjà dans la salle à manger, lorsque Laurent entra et s'approcha de Thérèse, lui demandant avec une inquiétude douce des nouvelles de sa santé. Il s'assit un instant à côté d'elle, jouant, pour les personnes qui étaient là, son rôle d'ami affectueux et effrayé. Comme les jeunes gens étaient près l'un de l'autre, échangeant quelques mots, Michaud, qui les regardait, se pencha et dit tout bas à la vieille mercière, en lui montrant Laurent :

— Tenez, voilà le mari qu'il faut à votre nièce. Arrangez vite ce mariage. Nous vous aiderons, s'il est nécessaire.

Michaud souriait d'un air de gaillardise; dans sa pensée, Thérèse devait avoir besoin d'un mari vigoureux. Mme Raquin fut comme frappée d'un trait de lumière; elle vit d'un coup tous les avantages qu'elle retirerait personnellement du mariage de Thérèse et de Laurent. Ce mariage ne ferait que resserrer les liens qui les unissaient déjà, elle et sa nièce, à l'ami de son fils, à l'excellent cœur qui venait les distraire, le soir. De cette façon, elle n'introduirait pas un étranger chez elle, elle ne courrait pas le risque d'être malheureuse; au contraire, tout en donnant un soutien à Thérèse, elle mettrait une joie de plus autour de sa vieillesse, elle trouverait un second fils dans ce garçon qui depuis trois ans lui témoignait une affection filiale. Puis il lui semblait que Thérèse serait moins infidèle au souvenir de Camille en épousant Laurent. Les religions du cœur ont des délicatesses étranges. Mme Raquin, qui aurait pleuré en voyant un inconnu embrasser la jeune veuve, ne sentait en elle aucune révolte à la pensée de la livrer aux embrassements de l'ancien camarade de son fils. Elle pensait, comme on dit, que cela ne sortait pas de la famille.

Pendant toute la soirée, tandis que ses invités jouaient aux dominos, la vieille mercière regarda le couple avec des attendrissements qui firent deviner au jeune homme et à la jeune femme que leur comédie avait réussi et que le dénouement était proche. Michaud, avant de se retirer, eut une courte conversation à voix basse avec Mme Raquin; puis il prit avec affectation le bras de Laurent et déclara qu'il allait l'accompagner un bout de chemin. Laurent, en s'éloignant, échangea un rapide regard avec Thérèse, un regard plein de recommandations pressantes.

Michaud s'était chargé de tâter le terrain. Il trouva le jeune homme très dévoué pour ces dames, mais très surpris du projet d'un mariage entre Thérèse et lui. Laurent ajouta, d'une voix émue, qu'il aimait comme une sœur la veuve de son pauvre ami, et qu'il croirait commettre un véritable sacrilège en l'épousant. L'ancien commissaire de police insista; il donna cent bonnes raisons pour obtenir un consentement, il parla même de dévouement, il alla jusqu'à dire au jeune homme que son devoir lui dictait de rendre un fils à Mme Raquin et un époux à Thérèse. Peu à peu, Laurent se laissa vaincre; il feignit de céder à l'émotion, d'accepter la pensée de mariage, comme une pensée tombée du ciel, dictée par le dévouement et le devoir, ainsi que le disait le vieux

Michaud. Quand celui-ci eut obtenu un oui formel, il quitta son compagnon, en se frottant les mains; il venait, croyait-il, de remporter une grande victoire, il s'applaudissait d'avoir eu le premier l'idée de ce mariage qui rendrait aux soirées du jeudi toute leur ancienne joie.

Pendant que Michaud causait ainsi avec Laurent, en suivant lentement les quais, Mme Raquin avait une conversation presque semblable avec Thérèse. Au moment où sa nièce, pâle et chancelante comme toujours, allait se retirer, la vieille mercière la retint un instant. Elle la questionna d'une voix tendre, elle la supplia d'être franche, de lui avouer les causes de cet ennui qui la pliait. Puis, comme elle n'obtenait que des réponses vagues, elle parla des vides du veuvage, elle en vint peu à peu à préciser l'offre d'un nouveau mariage, elle finit par demander nettement à Thérèse si elle n'avait pas le secret désir de se remarier. Thérèse se récria, dit qu'elle ne songeait pas à cela et qu'elle resterait fidèle à Camille. Mme Raquin se mit à pleurer. Elle plaida contre son cœur, elle fit entendre que le désespoir ne peut être éternel; enfin, en réponse à un cri de la jeune femme disant que jamais elle ne remplacerait Camille, elle nomma brusquement Laurent. Alors, elle s'étendit avec un flot de paroles sur la convenance, sur les avantages d'une pareille union; elle vida son âme, répéta tout haut ce qu'elle avait pensé durant la soirée; elle peignit, avec un naïf égoïsme, le tableau de ses derniers bonheurs, entre ses deux chers enfants. Thérèse l'écoutait, la tête basse, résignée et docile, prête à contenter ses moindres souhaits.

— J'aime Laurent comme un frère, dit-elle douloureusement, lorsque sa tante se tut. Puisque vous le désirez, je tâcherai de l'aimer comme un époux. Je veux vous rendre heureuse... J'espérais que vous me laisseriez pleurer en paix, mais j'essuierai mes larmes, puisqu'il s'agit de votre bonheur.

Elle embrassa la vieille dame, qui demeura surprise et effrayée d'avoir été la première à oublier son fils. En se mettant au lit, Mme Raquin sanglota amèrement en s'accusant d'être moins forte que Thérèse, de vouloir par égoïsme un mariage que la jeune veuve acceptait par simple abnégation.

Le lendemain matin, Michaud et sa vieille amie eurent une courte conversation dans le passage, devant la porte de la boutique. Ils se communiquèrent le résultat de leurs démarches, et convinrent de mener les choses rondement, en forçant les jeunes gens à se fiancer, le soir même.

Le soir, à cinq heures, Michaud était déjà dans le magasin, lorsque Laurent entra. Dès que le jeune homme fut assis, l'ancien commissaire de police lui dit à l'oreille :

— Elle accepte.

Ce mot brutal fut entendu de Thérèse, qui resta pâle, les yeux impudemment fixés sur Laurent. Les deux amants se regardèrent pendant quelques secondes, comme pour se consulter. Ils comprirent tous deux qu'il fallait accepter la position sans hésiter et en finir d'un coup. Laurent, se levant, alla prendre la main de Mme Raquin, qui faisait tous ses efforts pour retenir ses larmes.

— Chère mère, lui dit-il en souriant, j'ai causé de votre bonheur avec M. Michaud, hier soir. Vos enfants veulent vous rendre heureuse.

La pauvre vieille, en s'entendant appeler « chère mère », laissa couler ses larmes. Elle saisit vivement la main de Thérèse et la mit dans celle de Laurent, sans pouvoir parler.

Les deux amants eurent un frisson en sentant leur peau se toucher. Ils restèrent les doigts serrés et brûlants, dans une étreinte nerveuse. Le jeune homme reprit d'une voix hésitante :

— Thérèse, voulez-vous que nous fassions à votre tante une existence gaie et paisible ?

— Oui, répondit la jeune femme faiblement, nous avons une tâche à remplir.

Alors Laurent se tourna vers Mme Raquin et ajouta, très pâle :

— Lorsque Camille est tombé à l'eau, il m'a crié : « Sauve ma femme, je te la confie. » Je crois accomplir ses derniers vœux en épousant Thérèse.

Thérèse lâcha la main de Laurent, en entendant ces mots. Elle avait reçu comme un coup dans la poitrine. L'impudence de son amant l'écrasa. Elle le regarda avec des yeux hébétés, tandis que Mme Raquin, que les sanglots étouffaient, balbutiait :

— Oui, oui, mon ami, épousez-la, rendez-la heureuse, mon fils vous remerciera du fond de sa tombe.

Laurent sentit qu'il fléchissait, il s'appuya sur le dossier d'une chaise. Michaud, qui, lui aussi, était ému aux larmes, le poussa vers Thérèse, en disant :

— Embrassez-vous, ce seront vos fiançailles.

Le jeune homme fut pris d'un étrange malaise en

posant ses lèvres sur les joues de la veuve, et celle-ci se recula brusquement, comme brûlée par les deux baisers de son amant. C'étaient les premières caresses que cet homme lui faisait devant témoins; tout son sang lui monta à la face, elle se sentit rouge et ardente, elle qui ignorait la pudeur et qui n'avait jamais rougi dans les hontes de ses amours.

Après cette crise, les deux meurtriers respirèrent. Leur mariage était décidé, ils touchaient enfin au but qu'ils poursuivaient depuis si longtemps. Tout fut réglé le soir même. Le jeudi suivant, le mariage fut annoncé à Grivet, à Olivier et à sa femme. Michaud, en donnant cette nouvelle, était ravi; il se frottait les mains et répétait :

— C'est moi qui ai pensé à cela, c'est moi qui les ai mariés... Vous verrez le joli couple!

Suzanne vint embrasser silencieusement Thérèse. Cette pauvre créature, toute morte et toute blanche, s'était prise d'amitié pour la jeune veuve, sombre et roide. Elle l'aimait en enfant, avec une sorte de terreur respectueuse. Olivier complimenta la tante et la nièce, Grivet hasarda quelques plaisanteries épicées qui eurent un succès médiocre. En somme, la compagnie se montra enchantée, ravie, et déclara que tout était pour le mieux; à vrai dire, la compagnie se voyait déjà à la noce.

L'attitude de Thérèse et de Laurent resta digne et savante. Ils se témoignaient une amitié tendre et prévenante, simplement. Ils avaient l'air d'accomplir un acte de dévouement suprême. Rien dans leur physionomie ne pouvait faire soupçonner les terreurs, les désirs qui les secouaient. Mme Raquin les regardait avec de pâles sourires, avec des bienveillances molles et reconnaissantes.

Il y avait quelques formalités à remplir. Laurent dut écrire à son père pour lui demander son consentement. Le vieux paysan de Jeufosse, qui avait presque oublié qu'il eût un fils à Paris, lui répondit, en quatre lignes, qu'il pouvait se marier et se faire pendre, s'il voulait; il lui fit comprendre que, résolu à ne jamais lui donner un sou, il le laissait maître de son corps et l'autorisait à commettre toutes les folies du monde. Une autorisation ainsi accordée inquiéta singulièrement Laurent.

Mme Raquin, après avoir lu la lettre de ce père dénaturé, eut un élan de bonté qui la poussa à faire une sottise. Elle mit sur la tête de sa nièce les quarante et quelques mille francs qu'elle possédait, elle se dépouilla entièrement pour les nouveaux époux, se confiant à leur bon cœur, voulant tenir d'eux toute sa félicité. Laurent n'apportait rien à la communauté; il fit même entendre qu'il ne garderait pas toujours son emploi et qu'il se remettrait peut-être à la peinture. D'ailleurs, l'avenir de la petite famille était assuré; les rentes des quarante et quelques mille francs, jointes aux bénéfices du commerce de mercerie, devaient faire vivre aisément trois personnes. Ils auraient tout juste assez pour être heureux.

Les préparatifs de mariage furent pressés. On abrégea les formalités autant qu'il fut possible. On eût dit que chacun avait hâte de pousser Laurent dans la chambre de Thérèse. Le jour désiré vint enfin.

XX

Le matin, Laurent et Thérèse, chacun dans sa chambre, s'éveillèrent avec la même pensée de joie profonde : tous deux se dirent que leur dernière nuit de terreur était finie. Ils ne coucheraient plus seuls, ils se défendraient mutuellement contre le noyé.

Thérèse regarda autour d'elle et eut un étrange sourire en mesurant des yeux son grand lit. Elle se leva, puis s'habilla lentement, en attendant Suzanne qui devait venir l'aider à faire sa toilette de mariée.

Laurent se mit sur son séant. Il resta ainsi quelques minutes, faisant ses adieux à son grenier qu'il trouvait ignoble. Enfin, il allait quitter ce chenil et avoir une femme à lui. On était en décembre. Il frissonnait. Il sauta sur le carreau, en se disant qu'il aurait chaud le soir.

Mme Raquin, sachant combien il était gêné, lui avait glissé dans la main, huit jours auparavant, une bourse contenant cinq cents francs, toutes ses économies. Le jeune homme avait accepté carrément et s'était fait habiller de neuf. L'argent de la vieille mercière lui avait en outre permis de donner à Thérèse les cadeaux d'usage.

Le pantalon noir, l'habit, ainsi que le gilet blanc, la chemise et la cravate de fine toile, étaient étalés sur deux chaises. Laurent se savonna, se parfuma le corps avec un flacon d'eau de Cologne, puis il procéda minutieusement à sa toilette. Il voulait être beau. Comme il attachait son faux col, un faux col haut et roide, il éprouva une souffrance vive au cou; le bouton du faux col lui échappait des doigts, il s'impatientait, et il lui semblait que l'étoffe amidonnée lui coupait la chair. Il voulut voir, il leva le menton : alors, il aperçut la morsure de Camille toute rouge; le faux col avait légèrement écorché la cicatrice. Laurent serra les lèvres et devint pâle; la vue de cette tache, qui lui marbrait le cou, l'effraya et l'irrita, à cette heure. Il froissa le faux col, en choisit un autre qu'il mit avec mille précautions. Puis il acheva de s'habiller. Quand il descendit, ses vêtements neufs le tenaient tout roide; il n'osait tourner la tête, le cou emprisonné dans des toiles gommées. A chaque mouvement qu'il faisait, un pli de ces toiles pinçait la plaie que les dents du noyé avaient creusée dans sa chair. Ce fut en souffrant de ces sortes de piqûres aiguës qu'il monta en voiture et alla chercher Thérèse pour la conduire à la mairie et à l'église.

Il prit en passant un employé du chemin de fer d'Orléans et le vieux Michaud, qui devaient lui servir de témoins. Lorsqu'ils arrivèrent à la boutique, tout le monde était prêt : il y avait là Grivet et Olivier, témoins de Thérèse, et Suzanne, qui regardaient la mariée comme les petites filles regardent les poupées qu'elles viennent d'habiller. Mme Raquin, bien que ne pouvant plus marcher, voulut accompagner partout ses enfants. On la hissa dans une voiture, et l'on partit.

Tout se passa convenablement à la mairie et à l'église. L'attitude calme et modeste des époux fut remarquée et approuvée. Ils prononcèrent le oui sacramentel avec une émotion qui attendrit Grivet lui-même. Ils étaient comme dans un rêve. Tandis qu'ils restaient assis ou agenouillés côte à côte, tranquillement, des pensées furieuses les traversaient malgré eux et les déchiraient. Ils évitèrent de se regarder en face. Quand ils remontèrent en voiture, il leur sembla qu'ils étaient plus étrangers l'un à l'autre qu'auparavant.

Il avait été décidé que le repas se ferait en famille, dans un petit restaurant, sur les hauteurs de Belleville. Les Michaud et Grivet étaient seuls invités. En attendant six heures, la noce se promena en voiture tout le long des boulevards; puis elle se rendit à la gargote où une table de sept couverts était dressée dans un cabinet peint en jaune, qui puait la poussière et le vin.

Le repas fut d'une gaieté médiocre. Les époux étaient graves, pensifs. Ils éprouvaient depuis le matin des sensations étranges, dont ils ne cherchaient pas eux-mêmes à se rendre compte. Ils s'étaient trouvés étourdis, dès les premières heures, par la rapidité des formalités et de la cérémonie qui venaient de les lier à jamais. Puis, la longue promenade sur les boulevards les avait comme bercés et endormis; il leur semblait que cette promenade avait duré des mois entiers; d'ailleurs, ils s'étaient laissés aller sans impatience dans la monotonie des rues, regardant les boutiques et les passants avec des yeux morts, pris d'un engourdissement qui les hébétait et qu'ils tâchaient de secouer en essayant des éclats de rire. Quand ils étaient entrés dans le restaurant, une fatigue accablante pesait à leurs épaules, une stupeur croissante les envahissait.

Placés à table en face l'un de l'autre, ils souriaient d'un air contraint et retombaient toujours dans une rêverie lourde; ils mangeaient, ils répondaient, ils remuaient les membres comme des machines. Au milieu de la lassitude paresseuse de leur esprit, une même série de pensées fuyantes revenaient sans cesse. Ils étaient mariés et ils n'avaient pas conscience d'un nouvel état; cela les étonnait profondément. Ils s'imaginaient qu'un abîme les séparait encore; par moments, ils se demandaient comment ils pourraient franchir cet abîme. Ils croyaient être avant le meurtre, lorsqu'un obstacle matériel se dressait entre eux. Puis, brusquement, ils se rappelaient qu'ils coucheraient ensemble, le soir, dans quelques heures; alors ils se regardaient, étonnés, ne comprenant plus pourquoi cela leur serait permis. Ils ne sentaient pas leur union, ils rêvaient au contraire qu'on venait de les écarter violemment et de les jeter loin l'un de l'autre.

Les invités, qui ricanaient bêtement autour d'eux, ayant voulu les entendre se tutoyer, pour dissiper toute gêne, ils balbutièrent, ils rougirent, ils ne purent jamais se résoudre à se traiter en amants, devant le monde.

Dans l'attente leurs désirs s'étaient usés, tout le passé avait disparu. Ils perdaient leurs violents appétits de volupté, ils oubliaient même leur joie du matin, cette joie profonde qui les avait pris à la pensée qu'ils n'auraient plus peur désormais. Ils étaient simplement las et ahuris de tout ce qui se passait; les faits de la journée tournaient dans leur tête, incompréhensibles et monstrueux. Ils restaient là, muets, souriants, n'attendant rien, n'espérant rien. Au fond de leur accablement, s'agitait une anxiété vaguement douloureuse.

Et Laurent, à chaque mouvement de son cou, éprouvait une cuisson ardente qui lui mordait la chair; son faux col coupait et pinçait la morsure de Camille. Pendant que le maire lui lisait le code, pendant que le prêtre lui parlait de Dieu, à toutes les minutes de cette longue journée, il avait senti les dents du noyé qui lui entraient dans la peau. Il s'imaginait par moments qu'un filet de sang lui coulait sur la poitrine et allait tacher de rouge la blancheur de son gilet.

Mme Raquin fut intérieurement reconnaissante aux époux de leur gravité; une joie bruyante aurait blessé la pauvre mère; pour elle, son fils était là, invisible, remettant Thérèse entre les mains de Laurent. Grivet n'avait pas les mêmes idées; il trouvait la noce triste, il cherchait vainement à l'égayer, malgré les regards de Michaud et d'Olivier. qui le clouaient sur sa chaise toutes les fois qu'il voulait se dresser pour dire quelque sottise. Il réussit cependant à se lever une fois. Il porta un toast.

— Je bois aux enfants de monsieur et de madame, dit-il d'un ton égrillard.

Il fallut trinquer. Thérèse et Laurent étaient devenus extrêmement pâles, en entendant la phrase de Grivet. Ils n'avaient jamais songé qu'ils auraient peut-être des enfants. Cette pensée les traversa comme un frisson glacial. Ils choquèrent leur verre d'un mouvement nerveux, ils s'examinèrent, surpris, effrayés d'être là, face à face.

On se leva de table de bonne heure. Les invités voulurent accompagner les époux jusqu'à la chambre nuptiale. Il n'était guère plus de neuf heures et demie lorsque la noce rentra dans la boutique du passage. La marchande de bijoux faux se trouvait encore au fond de son armoire, devant la boîte garnie de velours bleu. Elle leva curieusement la tête, regardant les nouveaux mariés avec un sourire. Ceux-ci surprirent son regard, et en furent terrifiés. Peut-être cette vieille femme avait-elle eu connaissance de leurs rendez-vous, autrefois, en voyant Laurent se glisser dans la petite allée.

Thérèse se retira presque sur-le-champ, avec Mme Raquin et Suzanne. Les hommes restèrent dans la salle à manger, tandis que la mariée faisait sa toilette de nuit. Laurent, mou et affaissé, n'éprouvait pas la moindre impatience; il écoutait complaisamment les grosses plaisanteries du vieux Michaud et de Grivet, qui s'en donnaient à cœur joie, maintenant que les dames n'étaient plus là. Lorsque Suzanne et Mme Raquin sortirent de la chambre nuptiale, et que la vieille mercière dit d'une voix émue au jeune homme que sa femme l'attendait, il tressaillit, il resta un instant effaré; puis il serra fiévreusement les mains qu'on lui tendait, et il entra chez Thérèse en se tenant à la porte, comme un homme ivre.

XXI

Laurent ferma soigneusement la porte derrière lui, et demeura un instant appuyé contre cette porte, regardant dans la chambre d'un air inquiet et embarrassé.

Un feu clair flambait dans la cheminée, jetant de larges clartés jaunes qui dansaient au plafond et sur les murs. La pièce était ainsi éclairée d'une lueur vive et vacillante; la lampe, posée sur une table, pâlissait au milieu de cette lueur. Mme Raquin avait voulu arranger coquettement la chambre, qui se trouvait toute blanche et toute parfumée, comme pour servir de nid à de jeunes et fraîches amours; elle s'était plu à ajouter au lit quelques bouts de dentelle et à garnir de gros bouquets de roses les vases de la cheminée. Une chaleur douce, des senteurs tièdes traînaient. L'air était recueilli et apaisé, pris d'une sorte d'engourdissement voluptueux. Au milieu du silence frissonnant, les pétillements du foyer jetaient de petits bruits secs. On eût dit un désert heureux, un coin ignoré, chaud et sentant bon, fermé à tous les cris du dehors, un de ces coins faits et apprêtés pour les sensualités et les besoins de mystère de la passion.

Thérèse était assise sur une chaise basse, à droite de la cheminée. Le menton dans la main, elle regardait les flammes vives, fixement. Elle ne tourna pas la tête quand Laurent entra. Vêtue d'un jupon et d'une camisole bordés de dentelle, elle était d'une blancheur crue sous l'ardente clarté du foyer. Sa camisole glissait, et un bout d'épaule passait, rose, à demi caché par une mèche noire de cheveux.

Laurent fit quelques pas sans parler. Il ôta son habit et son gilet. Quand il fut en manches de chemise, il regarda de nouveau Thérèse qui n'avait pas bougé. Il semblait hésiter. Puis il aperçut le bout d'épaule, et il se baissa en frémissant pour coller ses lèvres à ce morceau de peau nue. La jeune femme retira son épaule en se retournant brusquement. Elle fixa sur Laurent un regard si étrange de répugnance et d'effroi, qu'il recula, troublé et mal à l'aise, comme pris lui-même de terreur et de dégoût.

Laurent s'assit en face de Thérèse, de l'autre côté de la cheminée. Ils restèrent ainsi, muets, immobiles, pendant cinq grandes minutes. Par instants, des jets de flammes rougeâtres s'échappaient du bois, et alors des reflets sanglants couraient sur le visage des meurtriers.

Il y avait près de deux ans que les amants ne s'étaient trouvés enfermés dans la même chambre, sans témoins, pouvant se livrer l'un à l'autre. Ils n'avaient plus eu de rendez-vous d'amour depuis le jour où Thérèse était venue rue Saint-Victor, apportant à Laurent l'idée du meurtre avec elle. Une pensée de prudence avait sevré leur chair. A peine s'étaient-ils permis de loin en loin un serrement de main, un baiser furtif. Après le meurtre de Camille, lorsque de nouveaux désirs les avaient brûlés, ils s'étaient contenus, attendant le soir des noces, se promettant des voluptés folles, lorsque l'impunité leur serait assurée. Et le soir des noces venait enfin d'arriver, et ils restaient face à face, anxieux, pris d'un malaise subit. Ils n'avaient qu'à allonger les bras pour se presser dans une étreinte passionnée, et leurs bras semblaient mous, comme déjà las et rassasiés d'amour. L'accablement de la journée les écrasait de plus en plus. Ils se regardaient sans désir, avec un embarras peureux, souffrant de rester ainsi silencieux et froids. Leurs rêves brûlants aboutissaient à une étrange réalité : il suffisait qu'ils eussent réussi à tuer Camille et à se marier ensemble, il suffisait que la bouche de Laurent eût effleuré l'épaule de Thérèse, pour que leur luxure fût contentée jusqu'à l'écœurement et à l'épouvante.

Ils se mirent à chercher désespérément en eux un peu de cette passion qui les brûlait jadis. Il leur semblait que leur peau était vide de muscles, vide de nerfs. Leur embarras, leur inquiétude croissaient; ils avaient une mauvaise honte de rester ainsi muets et mornes en face l'un de l'autre. Ils auraient voulu avoir la force de s'étreindre et de se briser, afin de ne point passer à leurs propres yeux pour des imbéciles. Hé quoi! ils s'appartenaient, ils avaient tué un homme et joué une atroce comédie pour pouvoir se vautrer avec impudence dans un assouvissement de toutes les heures, et ils se tenaient là, aux deux coins d'une cheminée, roides, épuisés, l'esprit troublé, la chair morte. Un tel dénouement finit par leur paraître d'un ridicule horrible et cruel. Alors Laurent essaya de parler d'amour, d'évoquer les souvenirs d'autrefois, faisant appel à son imagination pour ressusciter ses tendresses.

— Thérèse, dit-il en se penchant vers la jeune femme, te souviens-tu de nos après-midi dans cette chambre ?... Je venais par cette porte... Aujourd'hui, je suis entré par celle-ci... Nous sommes libres, nous allons pouvoir nous aimer en paix.

Il parlait d'une voix hésitante, mollement. La jeune femme, accroupie sur la chaise basse, regardait toujours la flamme, songeuse, n'écoutant pas. Laurent continua :

— Te rappelles-tu ? J'avais un rêve, je voulais passer une nuit entière avec toi, m'endormir dans tes bras et me réveiller le lendemain sous tes baisers. Je vais contenter ce rêve.

Thérèse fit un mouvement, comme surprise d'entendre une voix qui balbutiait à ses oreilles; elle se tourna vers Laurent sur le visage duquel le foyer envoyait en ce moment un large reflet rougeâtre; elle regarda ce visage sanglant, et frissonna.

Le jeune homme reprit, plus troublé, plus inquiet :

— Nous avons réussi, Thérèse, nous avons brisé tous les obstacles, et nous nous appartenons... L'avenir est à nous, n'est-ce pas ? un avenir de bonheur tranquille, d'amour satisfait... Camille n'est plus là...

Laurent s'arrêta, la gorge sèche, étranglant, ne pouvant continuer. Au nom de Camille, Thérèse avait reçu un choc aux entrailles. Les deux meurtriers se contemplèrent, hébétés, pâles et tremblants. Les clartés jaunes du foyer dansaient toujours au plafond et sur les murs, l'odeur tiède des roses traînait, les pétillements du bois jetaient de petits bruits secs dans le silence.

Les souvenirs étaient lâchés. Le spectre de Camille évoqué venait de s'asseoir entre les nouveaux époux, en face du feu qui flambait. Thérèse et Laurent retrouvaient la senteur froide et humide du noyé dans l'air chaud qu'ils respiraient; ils se disaient qu'un cadavre était là, près d'eux, et ils s'examinaient l'un l'autre, sans oser bouger. Alors toute la terrible histoire de leur crime se déroula au fond de leur mémoire. Le nom de leur victime suffit pour les emplir du passé, pour les obliger à vivre de nouveau les angoisses de l'assassinat. Ils n'ouvrirent pas les lèvres, ils se regardèrent, et tous deux eurent à la fois le même cauchemar, tous deux entamèrent mutuellement des yeux la même histoire cruelle. Cet échange de regards terrifiés, ce récit muet qu'ils allaient se faire du meurtre, leur causa une appréhension aiguë, intolérable. Leurs nerfs qui se tendaient les menaçaient d'une crise; ils pouvaient crier, se battre peut-être. Laurent, pour chasser les souvenirs, s'arracha violemment à l'extase épouvantée qui le tenait sous le regard de Thérèse; il fit quelques pas dans la chambre; il retira ses bottes et mit des pantoufles; puis il revint s'asseoir au coin de la cheminée, il essaya de parler de choses indifférentes.

Thérèse comprit son désir. Elle s'efforça de répondre à ses questions. Ils causèrent de la pluie et du beau temps. Ils voulurent se forcer à une causerie banale. Laurent déclara qu'il faisait chaud dans la chambre, Thérèse dit que cependant des courants d'air passaient sous la petite porte de l'escalier. Et ils se retournèrent vers la petite porte avec un frémissement subit. Le jeune homme se hâta de parler des roses, du feu, de tout ce qu'il voyait; la jeune femme faisait effort, trouvait des monosyllabes, pour ne pas laisser tomber la conversation. Ils s'étaient reculés l'un de l'autre; ils prenaient des airs dégagés; ils tâchaient d'oublier qui ils étaient et de se traiter comme des étrangers qu'un hasard quelconque aurait mis face à face.

Et malgré eux, par un étrange phénomène, tandis qu'ils prononçaient des mots vides, ils devinaient mutuellement les pensées qu'ils cachaient sous la banalité de leurs paroles. Ils songeaient invinciblement à Camille. Leurs yeux se continuaient le récit du passé; ils tenaient toujours du regard une conversation suivie et muette, sous leur conversation à haute voix qui se traînait au hasard. Les mots qu'ils jetaient çà et là ne signifiaient rien, ne se liaient pas entre eux, se démentaient; tout leur être s'employait à l'échange silencieux de leurs souvenirs épouvantés. Lorsque Laurent parlait des roses ou du feu, d'une chose ou d'une autre, Thérèse entendait parfaitement qu'il lui rappelait la lutte dans la barque, la chute sourde de Camille; et, lorsque Thérèse répondait un oui ou un non à une question insignifiante, Laurent comprenait qu'elle disait se souvenir ou ne pas se souvenir d'un détail du crime. Ils causaient ainsi, à cœur ouvert, sans avoir besoin de mots, parlant d'autre chose.

N'ayant d'ailleurs pas conscience des paroles qu'ils prononçaient, ils suivaient leurs pensées secrètes, phrase à phrase; ils auraient pu brusquement continuer leurs confidences à voix haute, sans cesser de se comprendre. Cette sorte de divination, cet entêtement de leur mémoire à leur présenter sans cesse l'image de Camille les affolaient peu à peu; ils voyaient bien qu'ils se devinaient, et que, s'ils ne se taisaient pas, les mots allaient monter d'eux-mêmes à leur bouche, nommer le noyé, décrire l'assassinat. Alors ils serrèrent fortement les lèvres, ils cessèrent leur causerie.

Et dans le silence accablant qui se fit, les deux meurtriers s'entretinrent encore de leur victime. Il leur sembla que leurs regards pénétraient mutuellement leur chair et enfonçaient en eux des phrases nettes et aiguës. Par moments, ils croyaient s'entendre parler à voix haute; leurs sens se faussaient, la vue devenait une sorte d'ouïe, étrange et délicate; ils lisaient si nettement leurs pensées sur leurs visages, que ces pensées prenaient un son étrange, éclatant, qui secouait tout leur organisme. Ils ne se seraient pas mieux entendus s'ils s'étaient crié d'une voix déchirante : « Nous avons tué Camille, et son cadavre est là, étendu entre nous, glaçant nos membres. » Et les terribles confidences allaient toujours, plus visibles, plus retentissantes, dans l'air calme et moite de la chambre.

Laurent et Thérèse avaient commencé le récit muet au jour de leur première entrevue dans la boutique. Puis les souvenirs étaient venus un à un, en ordre; ils s'étaient conté les heures de volupté, les moments d'hésitation et de colère, le terrible instant du meurtre. C'est alors qu'ils avaient serré les lèvres, cessant de causer de ceci et de cela, par crainte de nommer tout à coup Camille sans le vouloir. Et leurs pensées, ne s'arrêtant pas, les avaient promenés ensuite dans les angoisses, dans l'attente peureuse qui avait suivi l'assassinat. Ils arrivèrent ainsi à songer au cadavre du noyé étalé sur une dalle de la Morgue. Laurent, dans un regard, dit toute son épouvante à Thérèse, et Thérèse poussée à bout, obligée par une main de fer de desserrer les lèvres, continua brusquement la conversation à voix haute :

— Tu l'as vu à la Morgue ? demanda-t-elle à Laurent, sans nommer Camille.

Laurent paraissait s'attendre à cette question. Il la lisait depuis un moment sur le visage blanc de la jeune femme.

— Oui, répondit-il d'une voix étranglée.

Les meurtriers eurent un frisson. Ils se rapprochèrent du feu; ils étendirent leurs mains devant la flamme, comme si un souffle glacé eût subitement passé dans la chambre chaude. Ils gardèrent un instant le silence, pelotonnés, accroupis. Puis Thérèse reprit sourdement :

— Paraissait-il avoir beaucoup souffert ?

Laurent ne put répondre. Il fit un geste d'effroi, comme pour écarter une vision ignoble. Il se leva, alla vers le lit, et revint avec violence, les bras ouverts, s'avançant vers Thérèse.

— Embrasse-moi, lui dit-il en tendant le cou.

Thérèse s'était levée, toute pâle dans sa toilette de nuit; elle se renversait à demi, le coude posé sur le marbre de la cheminée. Elle regarda le cou de Laurent. Sur la blancheur de la peau, elle venait d'apercevoir une tache rose. Le flot de sang qui montait, agrandit cette tache, qui devint d'un rouge ardent.

— Embrasse-moi, embrasse-moi, répétait Laurent, le visage et le cou en feu.

La jeune femme renversa la tête davantage, pour éviter un baiser, et, appuyant le bout de son doigt sur la morsure de Camille, elle demanda à son mari :

— Qu'as-tu là ? je ne te connaissais pas cette blessure.

Il sembla à Laurent que le doigt de Thérèse lui trouait la gorge. Au contact de ce doigt, il eut un brusque mouvement de recul, en poussant un léger cri de douleur.

— Ça, dit-il en balbutiant, ça...

Il hésita, mais il ne put mentir, il dit la vérité malgré lui.

— C'est Camille qui m'a mordu, tu sais, dans la barque. Ce n'est rien, c'est guéri... Embrasse-moi, embrasse-moi.

Et le misérable tendait son cou qui le brûlait. Il désirait que Thérèse le baisât sur la cicatrice, il comptait que le baiser de cette femme apaiserait les mille piqûres qui lui déchiraient la chair. Le menton levé, le cou en avant, il s'offrait. Thérèse, presque couchée sur le marbre de la cheminée, fit un geste de suprême dégoût et s'écria d'une voix suppliante :

— Oh! non, pas là... Il y a du sang.

Elle retomba sur la chaise basse, frémissante, le front entre les mains. Laurent resta stupide. Il abaissa le menton, il regarda vaguement Thérèse. Puis, tout d'un coup, avec une étreinte de bête fauve, il lui prit la tête dans ses larges mains, et, de force, lui appliqua les lèvres sur son cou, sur la morsure de Camille. Il garda, il écrasa un instant cette tête de femme contre sa peau. Thérèse s'était abandonnée, elle poussait des plaintes sourdes, elle étouffait sur le cou de Laurent. Quand elle se fut dégagée de ses doigts, elle s'essuya violemment la bouche, elle cracha dans le foyer. Elle n'avait pas prononcé une parole.

Laurent, honteux de sa brutalité, se mit à marcher lentement, allant du lit à la fenêtre. La souffrance seule, l'horrible cuisson lui avait fait exiger un baiser de Thérèse, et, quand les lèvres de Thérèse s'étaient trouvées froides sur la cicatrice brûlante, il avait souffert davantage. Ce baiser obtenu par la violence venait de le briser. Pour rien au monde, il n'aurait voulu en recevoir un second, tant le choc avait été douloureux. Et il regardait la femme avec laquelle il devait vivre et qui frissonnait, pliée devant le feu, lui tournant le dos; il se répétait qu'il n'aimait plus cette femme et que cette femme ne l'aimait plus. Pendant près d'une heure, Thérèse resta affaissée, Laurent se promena de long en large, silencieusement. Tous deux s'avouaient avec terreur que leur passion était morte, qu'ils avaient tué leurs désirs en tuant Camille. Le feu se mourait doucement; un grand brasier rose luisait sur les cendres. Peu à peu la chaleur était devenue étouffante dans la chambre; les fleurs se fanaient, alanguissant l'air épais de leurs senteurs lourdes.

Tout à coup Laurent crut avoir une hallucination. Comme il se tournait, revenant de la fenêtre au lit, il vit Camille dans un coin plein d'ombre, entre la cheminée et l'armoire à glace. La face de sa victime était verdâtre et convulsionnée, telle qu'il l'avait aperçue sur une dalle de la Morgue. Il demeura cloué sur le tapis, défaillant, s'appuyant contre un meuble. Au râle sourd qu'il poussa, Thérèse leva la tête.

— Là, là, disait Laurent d'une voix terrifiée.

Le bras tendu, il montrait le coin d'ombre dans lequel il apercevait le visage sinistre de Camille. Thérèse, gagnée par l'épouvante, vint se serrer contre lui.

— C'est son portrait, murmura-t-elle à voix basse, comme si la figure peinte de son ancien mari eût pu l'entendre.

— Son portrait, répéta Laurent dont les cheveux se dressaient.

— Oui, tu sais, la peinture que tu as faite. Ma tante

devait le prendre chez elle, à partir d'aujourd'hui. Elle aura oublié de le décrocher.

— Bien sûr, c'est son portrait...

Le meurtrier hésitait à reconnaître la toile. Dans son trouble, il oubliait qu'il avait lui-même dessiné ces traits heurtés, étalé ces teintes sales qui l'épouvantaient. L'effroi lui faisait voir le tableau tel qu'il était, ignoble, mal bâti, boueux, montrant sur un fond noir une face grimaçante de cadavre. Son œuvre l'étonnait et l'écrasait par sa laideur atroce; il y avait surtout les deux yeux blancs flottant dans les orbites molles et jaunâtres, qui lui rappelaient exactement les yeux pourris du noyé de la Morgue. Il resta un moment haletant, croyant que Thérèse mentait pour le rassurer. Puis il distingua le cadre, il se calma peu à peu.

— Va le décrocher, dit-il tout bas à la jeune femme.

— Oh! non, j'ai peur, répondit celle-ci avec un frisson.

Laurent se remit à trembler. Par instants, le cadre disparaissait, il ne voyait plus que les deux yeux blancs qui se fixaient sur lui longuement.

— Je t'en prie, reprit-il en suppliant sa compagne, va le décrocher.

— Non, non.

— Nous le tournerons contre le mur, nous n'aurons plus peur.

— Non, je ne puis pas.

Le meurtrier, lâche et humble, poussait la jeune femme vers la toile, se cachait derrière elle, pour se dérober aux regards du noyé. Elle s'échappa, et il voulut payer d'audace; il s'approcha du tableau, levant la main, cherchant le clou. Mais le portrait eut un regard si écrasant, si ignoble, si long, que Laurent, après avoir voulu lutter de fixité avec lui, fut vaincu et recula, accablé, en murmurant :

— Non, tu as raison, Thérèse, nous ne pouvons pas... Ta tante le décrochera demain.

Il reprit sa marche de long en large, baissant la tête, sentant que le portrait le regardait, le suivait des yeux. Il ne pouvait s'empêcher, par instants, de jeter un coup d'œil du côté de la toile; alors, au fond de l'ombre, il apercevait toujours les regards ternes et morts du noyé. La pensée que Camille était là, dans un coin, le guettant, assistant à sa nuit de noces, les examinant, Thérèse et lui, acheva de rendre Laurent fou de terreur et de désespoir.

Un fait, dont tout autre aurait souri, lui fit perdre

entièrement la tête. Comme il se trouvait devant la cheminée, il entendit une sorte de grattement. Il pâlit, il s'imagina que ce grattement venait du portrait, que Camille descendait de son cadre. Puis il comprit que le bruit avait lieu à la petite porte donnant sur l'escalier. Il regarda Thérèse que la peur reprenait.

— Il y a quelqu'un dans l'escalier, murmura-t-il. Qui peut venir par-là ?

La jeune femme ne répondit pas. Tous deux songeaient au noyé, une sueur glacée mouillait leurs tempes. Ils se réfugièrent au fond de la chambre, s'attendant à voir la porte s'ouvrir brusquement en laissant tomber sur le carreau le cadavre de Camille. Le bruit continuant plus sec, plus irrégulier, ils pensèrent que leur victime écorchait le bois avec ses ongles pour entrer. Pendant près de cinq minutes, ils n'osèrent bouger. Enfin un miaulement se fit entendre. Laurent, en s'approchant, reconnut le chat tigré de Mme Raquin, qui avait été enfermé par mégarde dans la chambre, et qui tentait d'en sortir en secouant la petite porte avec ses griffes. François eut peur de Laurent; d'un bond, il sauta sur une chaise; le poil hérissé, les pattes roidies, il regardait son nouveau maître en face, d'un air dur et cruel. Le jeune homme n'aimait pas les chats, François l'effrayait presque. Dans cette heure de fièvre et de crainte, il crut que le chat allait lui sauter au visage pour venger Camille. Cette bête devait tout savoir : il y avait des pensées dans ses yeux ronds, étrangement dilatés. Laurent baissa les paupières, devant la fixité de ces regards de brute. Comme il allait donner un coup de pied à François :

— Ne lui fais pas de mal, s'écria Thérèse.

Ce cri lui causa une étrange impression. Une idée absurde lui emplit la tête.

— Camille est entré dans ce chat, pensa-t-il. Il faudra que je tue cette bête... Elle a l'air d'une personne.

Il ne donna pas le coup de pied, craignant d'entendre François lui parler avec le son de voix de Camille. Puis il se rappela les plaisanteries de Thérèse, aux temps de leurs voluptés, lorsque le chat était témoin des baisers qu'ils échangeaient. Il se dit alors que cette bête en savait trop et qu'il fallait la jeter par la fenêtre. Mais il n'eut pas le courage d'accomplir son dessein. François gardait une attitude de guerre; les griffes allongées, le dos soulevé par une irritation sourde, il suivait les moindres mouvements de son ennemi avec une tranquillité superbe. Laurent fut gêné par l'éclat métallique de ses yeux; il se hâta de lui ouvrir la porte de la salle à manger, et le chat s'enfuit en poussant un miaulement aigu.

Thérèse s'était assise de nouveau devant le foyer éteint. Laurent reprit sa marche du lit à la fenêtre. C'est ainsi qu'ils attendirent le jour. Ils ne songèrent pas à se coucher; leur chair et leur cœur étaient bien morts. Un seul désir les tenait, le désir de sortir de cette chambre où ils étouffaient. Ils éprouvaient un véritable malaise à être enfermés ensemble, à respirer le même air; ils auraient voulu qu'il y eût là quelqu'un pour rompre leur tête-à-tête, pour les tirer de l'embarras cruel où ils étaient, en restant l'un devant l'autre sans parler, sans pouvoir ressusciter leur passion. Leurs longs silences les torturaient; ces silences étaient lourds de plaintes amères et désespérées, de reproches muets, qu'ils entendaient distinctement dans l'air tranquille.

Le jour vint enfin, sale et blanchâtre, amenant avec lui un froid pénétrant.

Lorsqu'une clarté pâle eut empli la chambre, Laurent qui grelottait se sentit plus calme. Il regarda en face le portrait de Camille, et le vit tel qu'il était, banal et puéril; il le décrocha en haussant les épaules, en se traitant de bête. Thérèse s'était levée et défaisait le lit pour tromper sa tante, pour faire croire à une nuit heureuse.

— Ah ça, lui dit brutalement Laurent, j'espère que nous dormirons ce soir ?... Ces enfantillages-là ne peuvent durer.

Thérèse lui jeta un coup d'œil grave et profond.

— Tu comprends, continua-t-il, je ne me suis pas marié pour passser des nuits blanches... Nous sommes des enfants... C'est toi qui m'as troublé, avec tes airs de l'autre monde. Ce soir, tu tâcheras d'être gaie et de ne pas m'effrayer.

Il se força à rire, sans savoir pourquoi il riait.

— Je tâcherai, reprit sourdement la jeune femme.

Telle fut la nuit de noces de Thérèse et de Laurent.

XXII

Les nuits suivantes furent encore plus cruelles. Les meurtriers avaient voulu être deux, la nuit, pour se défendre contre le noyé, et, par un étrange effet, depuis qu'ils se trouvaient ensemble, ils frissonnaient davantage. Ils s'exaspéraient, ils irritaient leurs nerfs, ils subissaient des crises atroces de souffrance et de terreur, en échangeant une simple parole, un simple regard. A la moindre conversation qui s'établissait entre eux, au moindre tête-à-tête qu'ils avaient, ils voyaient rouge, ils déliraient.

La nature sèche et nerveuse de Thérèse avait agi d'une façon bizarre sur la nature épaisse et sanguine de Laurent. Jadis, aux jours de passion, leur différence de tempérament avait fait de cet homme et de cette femme un couple puissamment lié, en établissant entre eux une sorte d'équilibre, en complétant pour ainsi dire leur organisme. L'amant donnait de son sang, l'amante de ses nerfs, et ils vivaient l'un dans l'autre, ayant besoin de leurs baisers pour régulariser le mécanisme de leur être. Mais un détraquement venait de se produire; les nerfs surexcités de Thérèse avaient dominé. Laurent s'était trouvé tout d'un coup jeté en plein éréthisme nerveux; sous l'influence ardente de la jeune femme, son tempérament était devenu peu à peu celui d'une fille secouée par une névrose aiguë. Il serait curieux d'étudier les changements qui se produisent parfois dans certains organismes, à la suite de circonstances déterminées. Ces changements, qui partent de la chair, ne tardent pas à se communiquer au cerveau, à tout l'individu.

Avant de connaître Thérèse, Laurent avait la lourdeur, le calme prudent, la vie sanguine d'un fils de paysan. Il dormait, mangeait, buvait en brute. A toute heure, dans tous les faits de l'existence journalière, il respirait d'un souffle large et épais, content de lui, un peu abêti par sa graisse. A peine, au fond de sa chair alourdie, sentait-il parfois des chatouillements. C'étaient ces chatouillements que Thérèse avait développés en horribles secousses. Elle avait fait pousser dans ce grand corps, gras et mou, un système nerveux d'une sensibilité étonnante. Laurent qui, auparavant, jouissait de la vie plus par le sang que par les nerfs eut des sens moins grossiers. Une existence nerveuse, poignante et nouvelle pour lui, lui fut brusquement révélée, aux premiers baisers de sa maîtresse. Cette existence décupla ses voluptés, donna un caractère si aigu à ses joies, qu'il en fut d'abord comme affolé; il s'abandonna éperdument à ses crises d'ivresse que jamais son sang ne lui avait procurées. Alors eut lieu en lui un étrange travail; les nerfs se développèrent, l'emportèrent sur l'élément sanguin, et ce fait seul modifia sa nature. Il perdit son calme, sa lourdeur, il ne vécut plus une vie endormie. Un moment arriva où les nerfs et le sang se tinrent en équilibre; ce fut là un moment de jouissance profonde, d'existence parfaite. Puis les nerfs dominèrent et il tomba dans les angoisses qui secouent les corps et les esprits détraqués.

C'est ainsi que Laurent s'était mis à trembler devant un coin d'ombre, comme un enfant poltron. L'être frissonnant et hagard, le nouvel individu qui venait de se dégager en lui du paysan épais et abruti, éprouvait les peurs, les anxiétés des tempéraments nerveux. Toutes les circonstances, les caresses fauves de Thérèse, la fièvre du meurtre, l'attente épouvantée de la volupté, l'avaient rendu comme fou, en exaltant ses sens, en frappant à coups brusques et répétés sur ses nerfs. Enfin l'insomnie était venue fatalement, apportant avec elle l'hallucination. Dès lors, Laurent avait roulé dans la vie intolérable, dans l'effroi éternel où il se débattait.

Ses remords étaient purement physiques. Son corps, ses nerfs irrités et sa chair tremblante avaient seuls peur du noyé. Sa conscience n'entrait pour rien dans ses terreurs, il n'avait pas le moindre regret d'avoir tué Camille; lorsqu'il était calme, lorsque le spectre ne se trouvait pas là, il aurait commis de nouveau le meurtre, s'il avait pensé que son intérêt l'exigeât. Pendant le jour, il se raillait de ses effrois, il se promettait d'être fort, il gourmandait Thérèse, qu'il accusait de le troubler; selon lui, c'était Thérèse qui frissonnait, c'était Thérèse seule qui amenait des scènes épouvantables, le soir, dans la chambre. Et, dès que la nuit tombait, dès qu'il était enfermé avec sa femme, des sueurs glacées montaient à sa peau, des effrois d'enfant le secouaient. Il subissait ainsi des crises périodiques, des crises de nerfs qui revenaient tous les soirs, qui détraquaient ses sens, en lui montrant la face verte et ignoble de sa victime. On eût dit les accès d'une effrayante maladie, d'une sorte d'hystérie du meurtre. Le nom de maladie, d'affection nerveuse était réellement le seul qui convînt aux épouvantes de Laurent. Sa face se convulsionnait, ses membres se roidissaient; on voyait que les nerfs se nouaient en lui. Le corps souffrait horriblement, l'âme restait absente. Le misérable n'éprouvait pas un repentir; la passion de Thérèse lui avait communiqué un mal effroyable, et c'était tout.

Thérèse se trouvait, elle aussi, en proie à des secousses profondes. Mais, chez elle, la nature première n'avait fait que s'exalter outre mesure. Depuis l'âge de dix ans, cette femme était troublée par des désordres nerveux, dus en partie à la façon dont elle grandissait dans l'air tiède et nauséabond de la chambre où râlait le petit Camille. Il s'amassait en elle des orages, des fluides puissants qui devaient éclater plus tard en véritables tempêtes. Laurent avait été pour elle ce qu'elle avait été pour Laurent, une sorte de choc brutal. Dès la première étreinte d'amour, son tempérament sec et voluptueux s'était développé avec une énergie sauvage; elle n'avait plus vécu que pour la passion. S'abandonnant de plus en plus aux fièvres qui la brûlaient, elle en était arrivée à une sorte de stupeur maladive. Les faits l'écrasaient, tout la poussait à la folie. Dans ses effrois, elle se montrait plus femme que son nouveau mari; elle avait de vagues remords, des regrets inavoués; il lui prenait des envies de se jeter à genoux et d'implorer le spectre de Camille, de lui demander grâce en lui jurant de l'apaiser par son repentir. Peut-être Laurent s'apercevait-il de ces lâchetés de Thérèse. Lorsqu'une épouvante commune les agitait, il s'en prenait à elle, il la traitait avec brutalité.

Les premières nuits, ils ne purent se coucher. Ils attendirent le jour, assis devant le feu, se promenant de long en large, comme le jour des noces. La pensée de s'étendre côte à côte sur le lit leur causait une sorte de répugnance effrayée. D'un accord tacite, ils évitèrent de s'embrasser, ils ne regardèrent même pas la couche que Thérèse défaisait le matin. Quand la fatigue les accablait, ils s'endormaient pendant une ou deux heures dans des fauteuils, pour s'éveiller en sursaut, sous le coup du dénouement sinistre de quelque cauchemar. Au réveil, les membres roidis et brisés, le visage marbré de taches livides, tout grelottants de malaise et de froid, ils se contemplaient avec stupeur, étonnés de se voir là, ayant vis-à-vis l'un de l'autre des pudeurs étranges, des hontes de montrer leur écœurement et leur terreur.

Ils luttaient d'ailleurs contre le sommeil autant qu'ils pouvaient. Ils s'asseyaient aux deux coins de la cheminée et causaient de mille riens, ayant grand soin de ne pas laisser tomber la conversation. Il y avait un large espace entre eux, en face du foyer. Quand ils tournaient la tête, ils s'imaginaient que Camille avait approché un siège et qu'il occupait cet espace, se chauffant les pieds d'une façon lugubrement goguenarde. Cette vision qu'ils avaient eue le soir des noces revenait chaque nuit. Ce cadavre qui assistait, muet et railleur, à leurs entretiens, ce corps horriblement défiguré qui se tenait toujours là, les accablait d'une continuelle anxiété. Ils n'osaient bouger, ils s'aveuglaient à regarder les flammes ardentes, et, lorsque invinciblement ils jetaient un coup d'œil craintif à côté d'eux, leurs yeux, irrités par les charbons ardents, créaient la vision et lui donnaient des reflets rougeâtres.

Laurent finit par ne plus vouloir s'asseoir, sans avouer à Thérèse la cause de ce caprice. Thérèse comprit que Laurent devait voir Camille, comme elle le voyait; elle déclara à son tour que la chaleur lui faisait mal, qu'elle serait mieux à quelques pas de la cheminée. Elle poussa son fauteuil au pied du lit et y resta affaissée, tandis que son mari reprenait ses promenades dans la chambre. Par moments, il ouvrait la fenêtre, il laissait les nuits froides de janvier emplir la pièce de leur souffle glacial. Cela calmait sa fièvre.

Pendant une semaine, les nouveaux époux passèrent ainsi les nuits entières. Ils s'assoupissaient, ils se reposaient un peu dans la journée, Thérèse derrière le comptoir de la boutique, Laurent à son bureau. La nuit, ils appartenaient à la douleur et à la crainte. Et le fait le plus étrange était encore l'attitude qu'ils gardaient vis-à-vis l'un de l'autre. Ils ne prononçaient pas un mot d'amour, ils feignaient d'avoir oublié le passé; ils semblaient s'accepter, se tolérer, comme des malades éprouvant une pitié secrète pour leurs souffrances communes.

Tous les deux avaient l'espérance de cacher leurs dégoûts et leurs peurs, et aucun des deux ne paraissait songer à l'étrangeté des nuits qu'ils passaient, et qui devaient les éclairer mutuellement sur l'état véritable de leur être. Lorsqu'ils restaient debout jusqu'au matin, se parlant à peine, pâlissant au moindre bruit, ils avaient l'air de croire que tous les nouveaux époux se conduisent ainsi, les premiers jours de leur mariage. C'était l'hypocrisie maladroite de deux fous.

La lassitude les écrasa bientôt à tel point qu'ils se décidèrent, un soir, à se coucher sur le lit. Ils ne se déshabillèrent pas, ils se jetèrent tout vêtus sur le couvre-pied, craignant que leur peau ne vînt à se toucher. Il leur semblait qu'ils recevraient une secousse douloureuse au moindre contact. Puis, lorsqu'ils eurent sommeillé ainsi, pendant deux nuits, d'un sommeil inquiet, ils se hasardèrent à quitter leurs vêtements et à se couler entre les draps. Mais ils restèrent écartés l'un de l'autre, ils prirent des précautions pour ne point se heurter. Thérèse montait la première et allait se mettre au fond, contre le mur. Laurent attendait qu'elle se fût bien étendue; alors il se risquait à s'étendre lui-même sur le devant du lit, tout au bord. Il y avait entre eux une large place. Là couchait le cadavre de Camille.

Lorsque les deux meurtriers étaient allongés sous le même drap, et qu'ils fermaient les yeux, ils croyaient sentir le corps humide de leur victime, couché au milieu du lit, qui leur glaçait la chair. C'était comme un obstacle ignoble qui les séparait. La fièvre, le délire les prenait, et cet obstacle devenait matériel pour eux; ils touchaient le corps, ils le voyaient étalé, pareil à un lambeau verdâtre et dissous, ils respiraient l'odeur infecte de ce tas de pourriture humaine; tous leurs sens s'hallucinaient, donnant une acuité intolérable à leurs sensations. La présence de cet immonde compagnon de lit les tenait immobiles, silencieux, éperdus d'angoisse. Laurent songeait parfois à prendre violemment Thérèse dans ses bras; mais il n'osait bouger, il se disait qu'il ne pouvait allonger la main sans saisir une poignée de la chair molle de Camille. Il pensait alors que le noyé venait se coucher entre eux, pour les empêcher de s'étreindre. Il finit par comprendre que le noyé était jaloux.

Parfois, cependant, ils cherchaient à échanger un baiser timide pour voir ce qui arriverait. Le jeune homme raillait sa femme en lui ordonnant de l'embrasser. Mais leurs lèvres étaient si froides, que la mort semblait s'être placée entre leurs bouches. Des nausées leur venaient, Thérèse avait un frisson d'horreur, et Laurent, qui entendait ses dents claquer, s'emportait contre elle.

— Pourquoi trembles-tu ? lui criait-il. Aurais-tu peur de Camille ?... Va, le pauvre homme ne sent plus ses os, à cette heure.

Ils évitaient tous deux de se confier la cause de leurs frissons. Quand une hallucination dressait devant l'un d'eux le masque blafard du noyé, il fermait les yeux, il se renfermait dans sa terreur, n'osant parler à l'autre de sa vision, par crainte de déterminer une crise encore plus terrible. Lorsque Laurent, poussé à bout, dans une rage de désespoir, accusait Thérèse d'avoir peur de Camille, ce nom, prononcé tout haut, amenait un redoublement d'angoisse. Le meurtrier délirait.

— Oui, oui, balbutiait-il en s'adressant à la jeune femme, tu as peur de Camille... Je le vois bien, parbleu!... Tu es une sotte, tu n'as pas pour deux sous de courage. Eh! dors tranquillement. Crois-tu que ton premier mari va venir te tirer par les pieds, parce que je suis couché avec toi...

Cette pensée, cette supposition que le noyé pouvait venir leur tirer les pieds, faisait dresser les cheveux de Laurent. Il continuait, avec plus de violence, en se déchirant lui-même :

— Il faudra que je te mène une nuit au cimetière... Nous ouvrirons la bière de Camille, et tu verras quel tas de pourriture! Alors tu n'auras plus peur, peut-être... Va, il ne sait pas que nous l'avons jeté à l'eau.

Thérèse, la tête dans les draps, poussait des plaintes étouffées.

— Nous l'avons jeté à l'eau parce qu'il nous gênait, reprenait son mari... Nous l'y jetterions encore, n'est-ce pas ?... Ne fais donc pas l'enfant comme ça. Sois forte. C'est bête de troubler notre bonheur... Vois-tu, ma bonne, quand nous serons morts, nous ne nous trouverons ni plus ni moins heureux dans la terre, parce que nous avons lancé un imbécile à la Seine, et nous aurons joui librement de notre amour, ce qui est un avantage... Voyons, embrasse-moi.

La jeune femme l'embrassait, glacée, folle, et il était tout aussi frémissant qu'elle.

Laurent, pendant plus de quinze jours, se demanda comment il pourrait bien faire pour tuer de nouveau

Camille. Il l'avait jeté à l'eau, et voilà qu'il n'était pas assez mort, qu'il revenait toutes les nuits se coucher dans le lit de Thérèse. Lorsque les meurtriers croyaient avoir achevé l'assassinat et pouvoir se livrer en paix aux douceurs de leurs tendresses, leur victime ressuscitait pour glacer leur couche. Thérèse n'était pas veuve, Laurent se trouvait être l'époux d'une femme qui avait déjà pour mari un noyé.

XXIII

Peu à peu, Laurent en vint à la folie furieuse. Il résolut de chasser Camille de son lit. Il s'était d'abord couché tout habillé, puis il avait évité de toucher la peau de Thérèse. Par rage, par désespoir, il voulut enfin prendre sa femme sur sa poitrine, et l'écraser plutôt que de la laisser au spectre de sa victime. Ce fut une révolte superbe de brutalité.

En somme, l'espérance que les baisers de Thérèse le guériraient de ses insomnies l'avait seule amené dans la chambre de la jeune femme. Lorsqu'il s'était trouvé dans cette chambre, en maître, sa chair, déchirée par des crises plus atroces, n'avait même plus songé à tenter la guérison. Et il était resté comme écrasé pendant trois semaines, ne se rappelant pas qu'il avait tout fait pour posséder Thérèse, et ne pouvant la toucher sans accroître ses souffrances, maintenant qu'il la possédait.

L'excès de ses angoisses le fit sortir de cet abrutissement. Dans le premier moment de stupeur, dans l'étrange accablement de la nuit de noces, il avait pu oublier les raisons qui venaient de le pousser au mariage. Mais sous les coups répétés de ses mauvais rêves, une irritation sourde l'envahit, qui triompha de ses lâchetés et lui rendit la mémoire. Il se souvint qu'il s'était marié pour chasser ses cauchemars, en serrant sa femme étroitement. Alors il prit brusquement Thérèse entre ses bras, une nuit, au risque de passer sur le corps du noyé, et la tira à lui avec violence.

La jeune femme était poussée à bout, elle aussi; elle se serait jetée dans la flamme, si elle eût pensé que la flamme purifiât sa chair et la délivrât de ses maux. Elle rendit à Laurent son étreinte, décidée à être brûlée par les caresses de cet homme ou à trouver en elles un soulagement.

Et ils se serrèrent dans un embrassement horrible. La douleur et l'épouvante leur tinrent lieu de désirs. Quand leurs membres se touchèrent, ils crurent qu'ils étaient tombés sur un brasier. Ils poussèrent un cri et se pressèrent davantage, afin de ne pas laisser entre leur chair de place pour le noyé. Et ils sentaient toujours des lambeaux de Camille, qui s'écrasait ignoblement entre eux, glaçant leur peau par endroits, tandis que le reste de leur corps brûlait.

Leurs baisers furent affreusement cruels. Thérèse chercha des lèvres la morsure de Camille sur le cou gonflé et roidi de Laurent, et elle y colla sa bouche avec emportement. Là était la plaie vive; cette blessure guérie, les meurtriers dormiraient en paix. La jeune femme comprenait cela, elle tentait de cautériser le mal sous le feu de ses caresses. Mais elle se brûla les lèvres, et Laurent la repoussa violemment, en jetant une plainte sourde; il lui semblait qu'on lui appliquait un fer rouge sur le cou. Thérèse, affolée, revint, voulut baiser encore la cicatrice; elle éprouvait une volupté âcre à poser sa bouche sur cette peau où s'étaient enfoncées les dents de Camille. Un instant, elle eut la pensée de mordre son mari à cet endroit, d'arracher un large morceau de chair, de faire une nouvelle blessure, plus profonde, qui emporterait les marques de l'ancienne. Et elle se disait qu'elle ne pâlirait plus alors en voyant l'empreinte de ses propres dents. Mais Laurent défendait son cou contre ses baisers; il éprouvait des cuissons trop dévorantes, il la repoussait chaque fois qu'elle allongeait les lèvres. Ils luttèrent ainsi, râlant, se débattant dans l'horreur de leurs caresses.

Ils sentaient bien qu'ils ne faisaient qu'augmenter leurs souffrances. Ils avaient beau se briser dans des étreintes terribles, ils criaient de douleur, ils se brûlaient et se meurtrissaient, mais ils ne pouvaient apaiser leurs nerfs épouvantés. Chaque embrassement ne donnait que plus d'acuité à leurs dégoûts. Tandis qu'ils échangeaient ces baisers affreux, ils étaient en proie à d'effrayantes hallucinations; ils s'imaginaient que le noyé les tirait par les pieds et imprimait au lit de violentes secousses.

Ils se lâchèrent un moment. Ils avaient des répugnances, des révoltes nerveuses invincibles. Puis ils ne voulurent pas être vaincus; ils se reprirent dans une nouvelle étreinte et furent encore obligés de se lâcher, comme si des pointes rougies étaient entrées dans leurs membres. A plusieurs fois, ils tentèrent ainsi de triompher de leurs dégoûts, de tout oublier en lassant, en brisant leurs nerfs. Et, chaque fois, leurs nerfs s'irritèrent et se tendirent en leur causant des exaspérations telles qu'ils seraient peut-être morts d'énervement s'ils étaient restés dans les bras l'un de l'autre. Ce combat contre leur propre corps les avait exaltés jusqu'à la rage; ils s'entêtaient, ils voulaient l'emporter. Enfin une crise plus aiguë les brisa; ils reçurent un choc d'une violence inouïe et crurent qu'ils allaient tomber du haut mal.

Rejetés aux deux bords de la couche, brûlés et meurtris, ils se mirent à sangloter.

Et, dans leurs sanglots, il leur sembla entendre les rires de triomphe du noyé, qui se glissait de nouveau sous le drap avec des ricanements. Ils n'avaient pu le chasser du lit; ils étaient vaincus. Camille s'étendit doucement entre eux, tandis que Laurent pleurait son impuissance et que Thérèse tremblait qu'il ne prît au cadavre la fantaisie de profiter de sa victoire pour la serrer à son tour entre ses bras pourris, en maître légitime. Ils avaient tenté un moyen suprême; devant leur défaite, ils comprenaient que, désormais, ils n'oseraient plus échanger le moindre baiser. La crise de l'amour fou qu'ils avaient essayé de déterminer pour tuer leurs terreurs venait de les plonger plus profondément dans l'épouvante. En sentant le froid du cadavre, qui, maintenant, devait les séparer à jamais, ils versaient des larmes de sang, ils se demandaient avec angoisse ce qu'ils allaient devenir.

XXIV

Ainsi que l'espérait le vieux Michaud en travaillant au mariage de Thérèse et de Laurent, les soirées du jeudi reprirent leur ancienne gaieté, dès le lendemain de la noce. Ces soirées avaient couru un grand péril, lors de la mort de Camille. Les invités ne s'étaient plus présentés que craintivement dans cette maison en deuil; chaque semaine, ils tremblaient de recevoir un congé définitif. La pensée que la porte de la boutique finirait sans doute par se fermer devant eux épouvantait Michaud et Grivet, qui tenaient à leurs habitudes avec l'instinct et l'entêtement des brutes. Ils se disaient que la vieille mère et la jeune veuve s'en iraient un beau matin pleurer leur défunt à Vernon ou ailleurs, et qu'ils se trouveraient ainsi sur le pavé, le jeudi soir, ne sachant que faire; ils se voyaient dans le passage, errant d'une façon lamentable, rêvant à des parties de dominos gigantesques. En attendant ces mauvais jours, ils jouissaient timidement de leurs derniers bonheurs, ils venaient d'un air inquiet et doucereux à la boutique, en se répétant chaque fois qu'ils n'y reviendraient peut-être plus. Pendant plus d'un an, ils eurent ces craintes, ils n'osèrent s'étaler et rire en face des larmes de Mme Raquin et des silences de Thérèse. Ils ne se sentaient plus chez eux, comme au temps de Camille; ils semblaient, pour ainsi dire, voler chaque soirée qu'ils passaient autour de la table de la salle à manger. C'est dans ces circonstances désespérées que l'égoïsme du vieux Michaud le poussa à faire un coup de maître en mariant la veuve du noyé.

Le jeudi qui suivit le mariage, Grivet et Michaud firent une entrée triomphale. Ils avaient vaincu. La salle à manger leur appartenait de nouveau, ils ne craignaient plus qu'on les en congédiât. Ils entrèrent en gens heureux, ils s'étalèrent, ils dirent à la file leurs anciennes plaisanteries. A leur attitude béate et confiante, on voyait que, pour eux, une révolution venait de s'accomplir. Le souvenir de Camille n'était plus là; le mari mort, ce spectre qui les glaçait, avait été chassé par le mari vivant. Le passé ressuscitait avec ses joies. Laurent remplaçait Camille, toute raison de s'attrister disparaissait, les invités pouvaient rire sans chagriner personne, et même ils devaient rire pour égayer l'excellente famille qui voulait bien les recevoir. Dès lors, Grivet et Michaud, qui depuis près de dix-huit mois venaient sous prétexte de consoler Mme Raquin, purent mettre leur petite hypocrisie de côté et venir franchement pour s'endormir l'un en face de l'autre, au bruit sec des dominos.

Et chaque semaine ramena un jeudi soir, chaque semaine réunit une fois autour de la table ces têtes mortes et grotesques qui exaspéraient Thérèse jadis. La jeune femme parla de mettre ces gens à la porte; ils l'irritaient avec leurs éclats de rire bêtes, avec leurs réflexions sottes. Mais Laurent lui fit comprendre qu'un pareil congé serait une faute; il fallait autant que possible que le présent ressemblât au passé; il fallait surtout conserver l'amitié de la police, de ces imbéciles qui les protégeaient contre tout soupçon. Thérèse plia; les invités, bien reçus, virent avec béatitude s'étendre une longue suite de soirées tièdes devant eux.

Ce fut vers cette époque que la vie des époux se dédoubla en quelque sorte.

Le matin, lorsque le jour chassait les effrois de la nuit, Laurent s'habillait en toute hâte. Il n'était à son aise, il ne reprenait son calme égoïste que dans la salle à manger, attablé devant un énorme bol de café au lait, que lui préparait Thérèse. Mme Raquin, impotente, pouvant à peine descendre à la boutique, le regardait manger avec des sourires maternels. Il avalait du pain grillé, il s'emplissait l'estomac, il se rassurait peu à peu. Après le café, il buvait un petit verre de cognac. Cela le remettait complètement. Il disait : « A ce soir » à Mme Raquin et à Thérèse, sans jamais les embrasser, puis il se rendait à son bureau en flânant. Le printemps venait; les arbres des quais se couvraient de feuilles, d'une légère dentelle d'un vert pâle. En bas, la rivière coulait avec des bruits caressants; en haut, les rayons des premiers soleils avaient des tiédeurs douces. Laurent se sentait renaître dans l'air frais; il respirait largement ces souffles de vie jeune qui descendent des cieux d'avril et de mai; il cherchait le soleil, s'arrêtait pour regarder les reflets d'argent qui moiraient la Seine, écoutait les bruits des quais, se laissait pénétrer par les senteurs âcres du matin, jouissait par tous ses sens de la matinée claire et heureuse. Certes, il ne songeait guère à Camille; quelquefois il lui arrivait de contempler machinalement la Morgue, de l'autre côté de l'eau; il pensait alors au noyé en homme courageux qui penserait à une peur bête qu'il aurait eue. L'estomac plein, le visage rafraîchi, il retrouvait sa tranquillité épaisse, il arrivait à son bureau et y passait la journée entière à bâiller, à attendre l'heure de la sortie. Il n'était plus qu'un employé comme les autres, abruti et ennuyé, ayant la tête vide. La seule idée qu'il eût alors était l'idée de donner sa démission et de louer un atelier; il rêvait vaguement une nouvelle existence de paresse, et cela suffisait pour l'occuper jusqu'au soir. Jamais le souvenir de la boutique du passage ne venait le troubler. Le soir, après avoir désiré l'heure de la sortie depuis le matin, il sortait avec regret, il reprenait les quais, sourdement troublé et inquiet. Il avait beau marcher lentement, il lui fallait enfin rentrer à la boutique. Là, l'épouvante l'attendait.

Thérèse éprouvait les mêmes sensations. Tant que Laurent n'était pas auprès d'elle, elle se trouvait à l'aise. Elle avait congédié la femme de ménage, disant que tout traînait, que tout était sale dans la boutique et dans l'appartement. Des idées d'ordre lui venaient. La vérité était qu'elle avait besoin de marcher, d'agir, de briser ses membres roidis. Elle tournait toute la matinée, balayant, époussetant, nettoyant les chambres, lavant la vaisselle, faisant des besognes qui l'auraient écœurée autrefois. Jusqu'à midi, ces soins de ménage la tenaient sur les jambes, active et muette, sans lui laisser le temps de songer à autre chose qu'aux toiles d'araignée qui pendaient du plafond et qu'à la graisse qui salissait les assiettes. Alors elle se mettait en cuisine, elle préparait le déjeuner. A table, Mme Raquin se désolait de la voir toujours se lever pour aller prendre les plats; elle était émue et fâchée de l'activité que déployait sa nièce; elle la grondait, et Thérèse répondait qu'il fallait faire des économies. Après le repas, la jeune femme s'habillait et se décidait enfin à rejoindre sa tante derrière le comptoir. Là, des somnolences la prenaient; brisée par les veilles, elle sommeillait, elle cédait à l'engourdissement voluptueux qui s'emparait d'elle, dès qu'elle était assise. Ce n'étaient que de légers assoupissements, pleins d'un charme vague, qui calmaient ses nerfs. La pensée de Camille s'en allait; elle goûtait ce repos profond des malades que leurs douleurs quittent tout d'un coup. Elle se sentait la chair assouplie, l'esprit libre, elle s'enfonçait dans une sorte de néant tiède et réparateur. Sans ces quelques moments de calme, son organisme aurait éclaté sous la tension de son système nerveux; elle y puisait les forces nécessaires pour souffrir encore et s'épouvanter la nuit suivante. D'ailleurs, elle ne s'endormait point, elle baissait à peine les paupières, perdue au fond d'un rêve de paix; lorsqu'une cliente entrait, elle ouvrait les yeux, elle servait les quelques sous de marchandise demandés, puis retombait dans sa rêverie flottante. Elle passait ainsi trois ou quatre heures, parfaitement heureuse, répondant par monosyllabes à sa tante, se laissant aller avec une véritable jouissance aux évanouissements qui lui ôtaient la pensée et qui l'affaissaient sur elle-même. Elle jetait à peine, de loin en loin, un coup d'œil dans le passage, se trouvant surtout à l'aise par les temps gris, lorsqu'il faisait noir et qu'elle cachait sa lassitude au fond de l'ombre. Le passage humide, ignoble, traversé par un peuple de pauvres diables mouillés, dont les parapluies s'égouttaient sur les dalles, lui semblait l'allée d'un mauvais lieu, une sorte de corridor sale et sinistre où personne ne viendrait la chercher et la troubler. Par moments, en voyant les lueurs terreuses qui traînaient autour d'elle, en sentant l'odeur âcre de l'humidité, elle s'imaginait qu'elle venait d'être enterrée vive; elle croyait se trouver dans la terre, au fond d'une fosse commune où grouillaient des morts. Et cette pensée la consolait, l'apaisait; elle se disait qu'elle était en sûreté maintenant, qu'elle allait mourir, qu'elle ne souffrirait plus. D'autres fois, il lui fallait tenir les yeux ouverts; Suzanne lui rendait visite et restait à broder auprès du comptoir toute l'après-midi. La femme d'Olivier, avec son visage mou, avec ses gestes lents, plaisait maintenant à Thérèse, qui éprouvait un étrange soulagement à regarder cette pauvre créature toute dissoute; elle en avait fait son amie, elle aimait à la voir à son côté, souriant d'un sourire pâle, vivant à demi, mettant dans la boutique une fade senteur de cimetière. Quand les yeux bleus de Suzanne, d'une transparence vitreuse, se fixaient sur les siens, elle éprouvait au fond de ses os un froid bienfaisant. Thérèse attendait ainsi quatre heures. A ce moment, elle se remettait en cuisine, elle cherchait de nouveau la fatigue, elle préparait le dîner de Laurent avec une hâte fébrile. Et quand son mari paraissait sur le seuil de la porte, sa gorge se serrait, l'angoisse tordait de nouveau tout son être.

Chaque jour, les sensations des époux étaient à peu près les mêmes. Pendant la journée, lorsqu'ils ne se trouvaient pas face à face, ils goûtaient des heures délicieuses de repos; le soir, dès qu'ils étaient réunis, un malaise poignant les envahissait.

C'étaient d'ailleurs de calmes soirées. Thérèse et Laurent, qui frissonnaient à la pensée de rentrer dans leur chambre, faisaient durer la veillée le plus longtemps possible. Mme Raquin, à demi couchée au fond d'un large fauteuil, était placée entre eux et causait de sa voix placide. Elle parlait de Vernon, pensant toujours à son fils, mais évitant de le nommer, par une sorte de pudeur; elle souriait à ses chers enfants, elle faisait pour eux des projets d'avenir. La lampe jetait sur sa face blanche des lueurs pâles; ses paroles prenaient une douceur extraordinaire dans l'air mort et silencieux. Et, à ses côtés, les deux meurtriers, muets, immobiles, semblaient l'écouter avec recueillement; à la vérité, ils ne cherchaient pas à suivre le sens des bavardages de la bonne vieille, ils étaient simplement heureux de ce bruit de paroles douces qui les empêchait d'entendre l'éclat de leurs pensées. Ils n'osaient se regarder, ils regardaient Mme Raquin pour avoir une contenance. Jamais ils ne parlaient de se coucher; ils seraient restés là jusqu'au matin, dans le radotage caressant de l'ancienne mercière, dans l'apaisement qu'elle mettait autour d'elle, si elle n'avait pas témoigné elle-même le désir de gagner son lit. Alors seulement ils quittaient la salle à manger et rentraient chez eux avec désespoir, comme on se jette au fond d'un gouffre.

A ces soirées intimes, ils préférèrent bientôt de beaucoup les soirées du jeudi. Quand ils étaient seuls avec Mme Raquin, ils ne pouvaient s'étourdir; le mince filet de voix de leur tante, sa gaieté attendrie n'étouffaient pas les cris qui les déchiraient. Ils sentaient venir l'heure du coucher, ils frémissaient lorsque, par hasard, ils rencontraient du regard la porte de leur chambre; l'attente de l'instant où ils seraient seuls devenait de plus en plus cruelle, à mesure que la soirée avançait. Le jeudi, au contraire, ils se grisaient de sottise, ils oubliaient mutuellement leur présence, ils souffraient moins. Thérèse elle-même finit par souhaiter ardemment les jours de réception. Si Michaud et Grivet n'étaient pas venus, elle serait allée les chercher. Lorsqu'il y avait des étrangers dans la salle à manger, entre elle et Laurent, elle se sentait plus calme ; elle aurait voulu qu'il y eût toujours là des invités, du bruit, quelque chose qui l'étourdît et l'isolât. Devant le monde, elle montrait une sorte de gaieté nerveuse. Laurent retrouvait, lui aussi, ses grosses plaisanteries de paysan, ses rires gras, ses farces d'ancien rapin. Jamais les réceptions n'avaient été si gaies ni si bruyantes.

C'est ainsi qu'une fois par semaine, Laurent et Thérèse pouvaient rester face à face sans frissonner.

Bientôt une crainte les prit. La paralysie gagnait peu à peu Mme Raquin, et ils prévirent le jour où elle serait clouée dans son fauteuil, impotente et hébétée. La pauvre vieille commençait à balbutier des lambeaux de phrase qui se cousaient mal les uns aux autres ; sa voix faiblissait, ses membres se mouraient un à un. Elle devenait une chose. Thérèse et Laurent voyaient avec effroi s'en aller cet être qui les séparait encore et dont la voix les tirait de leurs mauvais rêves. Quand l'intelligence aurait abandonné l'ancienne mercière et qu'elle resterait muette et roidie au fond de son fauteuil, ils se trouveraient seuls ; le soir, ils ne pourraient plus échapper à un tête-à-tête redoutable. Alors leur épouvante commencerait à six heures, au lieu de commencer à minuit ; ils en deviendraient fous.

Tous leurs efforts tendirent à conserver à Mme Raquin une santé qui leur était si précieuse. Ils firent venir des médecins, ils furent aux petits soins auprès d'elle, ils trouvèrent même dans ce métier de garde-malade un oubli, un apaisement qui les engagea à redoubler de zèle. Ils ne voulaient pas perdre un tiers qui leur rendait les soirées supportables ; ils ne voulaient pas que la salle à manger, que la maison tout entière devînt un lieu cruel et sinistre comme leur chambre. Mme Raquin fut singulièrement touchée des soins empressés qu'ils lui prodiguaient ; elle s'applaudissait, avec des larmes, de les avoir unis et de leur avoir abandonné ses quarante et quelques mille francs. Jamais, après la mort de son fils, elle n'avait compté sur une pareille affection à ses dernières heures ; sa vieillesse était tout attiédie par la tendresse de ses chers enfants. Elle ne sentait pas la paralysie implacable qui, malgré tout, la roidissait davantage chaque jour.

Cependant Thérèse et Laurent menaient leur double

existence. Il y avait en chacun d'eux comme deux êtres bien distincts : un être nerveux et épouvanté qui frissonnait dès que tombait le crépuscule, et un être engourdi et oublieux, qui respirait à l'aise dès que se levait le soleil. Ils vivaient deux vies, ils criaient d'angoisse, seul à seul, et ils souriaient paisiblement lorsqu'il y avait du monde. Jamais leur visage, en public, ne laissait deviner les souffrances qui venaient de les déchirer dans l'intimité; ils paraissaient calmes et heureux, ils cachaient instinctivement leurs maux.

Personne n'aurait soupçonné, à les voir si tranquilles pendant le jour, que des hallucinations les torturaient chaque nuit. On les eût pris pour un ménage béni du ciel, vivant en pleine félicité. Grivet les appelait galamment « les tourtereaux ». Lorsque leurs yeux étaient cernés par des veilles prolongées, il les plaisantait, il demandait à quand le baptême. Et toute la société riait. Laurent et Thérèse pâlissaient à peine, parvenaient à sourire; ils s'habituaient aux plaisanteries risquées du vieil employé. Tant qu'ils se trouvaient dans la salle à manger, ils étaient maîtres de leurs terreurs. L'esprit ne pouvait deviner l'effroyable changement qui se produisait en eux, lorsqu'ils s'enfermaient dans la chambre à coucher. Le jeudi soir surtout, ce changement était d'une brutalité si violente qu'il semblait s'accomplir dans un monde surnaturel. Le drame de leurs nuits, par son étrangeté, par ses emportements sauvages, dépassait toute croyance et restait profondément caché au fond de leur être endolori. Ils auraient parlé qu'on les eût crus fous.

— Sont-ils heureux, ces amoureux-là! disait souvent le vieux Michaud. Ils ne causent guère, mais ils n'en pensent pas moins. Je parie qu'ils se dévorent de caresses, quand nous ne sommes plus là.

Telle était l'opinion de toute la société. Il arriva que Thérèse et Laurent furent donnés comme un ménage modèle. Le passage du Pont-Neuf entier célébrait l'affection, le bonheur tranquille, la lune de miel éternelle des deux époux. Eux seuls savaient que le cadavre de Camille couchait entre eux; eux seuls sentaient, sous la chair calme de leur visage, les contractions nerveuses qui, la nuit, tiraient horriblement leurs traits et changeaient l'expression placide de leur physionomie en un masque ignoble et douloureux.

XXV

Au bout de quatre mois, Laurent songea à retirer les bénéfices qu'il s'était promis de son mariage. Il aurait abandonné sa femme et se serait enfui devant le spectre de Camille, trois jours après la noce, si son intérêt ne l'eût pas cloué dans la boutique du passage. Il acceptait ses nuits de terreur, il restait au milieu des angoisses qui l'étouffaient, pour ne pas perdre les profits de son crime. En quittant Thérèse, il retombait dans la misère, il était forcé de conserver son emploi ; en demeurant auprès d'elle, il pouvait au contraire contenter ses appétits de paresse, vivre grassement, sans rien faire, sur les rentes que Mme Raquin avait mises au nom de sa femme. Il est à croire qu'il se serait sauvé avec les quarante mille francs, s'il avait pu les réaliser ; mais la vieille mercière, conseillée par Michaud, avait eu la prudence de sauvegarder dans le contrat les intérêts de sa nièce. Laurent se trouvait ainsi attaché à Thérèse par un lien puissant. En dédommagement de ses nuits atroces, il voulut au moins se faire entretenir dans une oisiveté heureuse, bien nourri, chaudement vêtu, ayant en poche l'argent nécessaire pour contenter ses caprices. À ce prix seul, il consentait à coucher avec le cadavre du noyé.

Un soir, il annonça à Mme Raquin et à sa femme qu'il avait donné sa démission et qu'il quitterait son bureau à la fin de la quinzaine. Thérèse eut un geste d'inquiétude. Il se hâta d'ajouter qu'il allait louer un petit atelier où il se remettrait à faire de la peinture. Il s'étendit longuement sur les ennuis de son emploi, sur les larges horizons que l'art lui ouvrait ; maintenant qu'il avait quelques sous et qu'il pouvait tenter le succès, il voulait voir s'il n'était pas capable de grandes choses. La tirade qu'il déclama à ce propos cachait simplement une féroce envie de reprendre son ancienne vie d'atelier. Thérèse, les lèvres pincées, ne répondit pas; elle n'entendait point que Laurent lui dépensât la petite fortune qui assurait sa liberté. Lorsque son mari la pressa de questions, pour obtenir son consentement, elle fit quelques réponses sèches; elle lui donna à comprendre que, s'il quittait son bureau, il ne gagnerait plus rien et serait complètement à sa charge. Tandis qu'elle parlait, Laurent la regardait d'une façon aiguë qui la troubla et arrêta dans sa gorge le refus qu'elle allait formuler; elle crut lire dans les yeux de son complice cette pensée menaçante : « Je dis tout, si tu ne consens pas. » Elle se mit à balbutier. Mme Raquin s'écria alors que le désir de son cher fils était trop juste, et qu'il fallait lui donner les moyens de devenir un homme de talent. La bonne dame gâtait Laurent comme elle avait gâté Camille; elle était tout amollie par les caresses que lui prodiguait le jeune homme, elle lui appartenait et se rangeait toujours à son avis.

Il fut donc décidé que l'artiste louerait un atelier et qu'il toucherait cent francs par mois pour les divers frais qu'il aurait à faire. Le budget de la famille fut ainsi réglé : les bénéfices réalisés dans le commerce de mercerie payeraient le loyer de la boutique et de l'appartement, et suffiraient presque aux dépenses journalières du ménage; Laurent prendrait le loyer de son atelier et ses cent francs par mois sur les deux mille et quelques cents francs de rente; le reste de ces rentes serait appliqué aux besoins communs. De cette façon, on n'entamerait pas le capital. Thérèse se tranquillisa un peu. Elle fit jurer à son mari de ne jamais dépasser la somme qui lui était allouée. D'ailleurs, elle se disait que Laurent ne pouvait s'emparer des quarante mille francs sans avoir sa signature, et elle se promettait bien de ne signer aucun papier.

Dès le lendemain, Laurent loua, vers le bas de la rue Mazarine, un petit atelier qu'il convoitait depuis un mois. Il ne voulait pas quitter son emploi sans avoir un refuge pour passer tranquillement ses journées, loin de Thérèse. Au bout de la quinzaine, il fit ses adieux à ses collègues. Grivet fut stupéfait de son départ. Un jeune homme, disait-il, qui avait devant lui un si bel avenir, un jeune homme qui en était arrivé, en quatre années, au chiffre d'appointements que lui, Grivet, avait mis vingt ans à atteindre! Laurent le stupéfia encore davantage en lui disant qu'il allait se remettre tout entier à la peinture.

Enfin l'artiste s'installa dans son atelier. Cet atelier

était une sorte de grenier carré, long et large d'environ cinq ou six mètres; le plafond s'inclinait brusquement, en pente raide, percé d'une large fenêtre qui laissait tomber une lumière blanche et crue sur le plancher et sur les murs noirâtres. Les bruits de la rue ne montaient pas jusqu'à ces hauteurs. La pièce, silencieuse, blafarde, s'ouvrant en haut sur le ciel, ressemblait à un trou, à un caveau creusé dans une argile grise. Laurent meubla ce caveau tant bien que mal; il y apporta deux chaises dépaillées, une table qu'il appuya contre un mur pour qu'elle ne se laissât pas glisser à terre, un vieux buffet de cuisine, sa boîte à couleurs et son ancien chevalet; tout le luxe du lieu consista en un vaste divan qu'il acheta trente francs chez un brocanteur.

Il resta quinze jours sans songer seulement à toucher à ses pinceaux. Il arrivait entre huit et neuf heures, fumait, se couchait sur le divan, attendait midi, heureux d'être au matin et d'avoir encore devant lui de longues heures de jour. A midi, il allait déjeuner, puis il se hâtait de revenir, pour être seul, pour ne plus voir le visage pâle de Thérèse. Alors il digérait, il dormait, il se vautrait jusqu'au soir. Son atelier était un lieu de paix où il ne tremblait pas. Un jour sa femme lui demanda à visiter son cher refuge. Il refusa, et comme, malgré son refus, elle vint frapper à sa porte, il n'ouvrit pas; il lui dit le soir qu'il avait passé la journée au musée du Louvre. Il craignait que Thérèse n'introduisît avec elle le spectre de Camille.

L'oisiveté finit par lui peser. Il acheta une toile et des couleurs, il se mit à l'œuvre. N'ayant pas assez d'argent pour payer des modèles, il résolut de peindre au gré de sa fantaisie, sans se soucier de la nature. Il entreprit une tête d'homme.

D'ailleurs, il ne se cloîtra plus autant; il travailla pendant deux ou trois heures chaque matin et employa ses après-midi à flâner ici et là, dans Paris et dans la banlieue. Ce fut en rentrant d'une de ces longues promenades qu'il rencontra, devant l'Institut, son ancien ami de collège, qui avait obtenu un joli succès de camaraderie au dernier Salon.

— Comment, c'est toi! s'écria le peintre. Ah! mon pauvre Laurent, je ne t'aurais jamais reconnu. Tu as maigri.

— Je me suis marié, répondit Laurent d'un ton embarrassé.

— Marié, toi! Ça ne m'étonne plus de te voir tout drôle... Et que fais-tu maintenant?

— J'ai loué un petit atelier; je peins un peu, le matin.

Laurent conta son mariage en quelques mots; puis il exposa ses projets d'avenir d'une voix fiévreuse. Son ami le regardait d'un air étonné qui le troublait et l'inquiétait. La vérité était que le peintre ne retrouvait pas dans le mari de Thérèse le garçon épais et commun qu'il avait connu autrefois. Il lui semblait que Laurent prenait des allures distinguées; le visage s'était aminci et avait des pâleurs de bon goût, le corps entier se tenait plus digne et plus souple.

— Mais tu deviens joli garçon, ne put s'empêcher de s'écrier l'artiste, tu as une tenue d'ambassadeur. C'est du dernier chic. A quelle école es-tu donc?

L'examen qu'il subissait pesait beaucoup à Laurent. Il n'osait s'éloigner d'une façon brusque.

— Veux-tu monter un instant à mon atelier, demanda-t-il enfin à son ami, qui ne le quittait pas.

— Volontiers, répondit celui-ci.

Le peintre, ne se rendant pas compte des changements qu'il observait, était désireux de visiter l'atelier de son ancien camarade. Certes, il ne montait pas cinq étages pour voir les nouvelles œuvres de Laurent, qui allaient sûrement lui donner des nausées; il avait la seule envie de contenter sa curiosité.

Quand il fut monté et qu'il eut jeté un coup d'œil sur les toiles accrochées aux murs, son étonnement redoubla. Il y avait là cinq études, deux têtes de femme et trois têtes d'homme, peintes avec une véritable énergie; l'allure en était grasse et solide, chaque morceau s'enlevait par taches magnifiques sur les fonds d'un gris clair. L'artiste s'approcha vivement, et, stupéfait, ne cherchant même pas à cacher sa surprise :

— C'est toi qui as fait cela? demanda-t-il à Laurent.

— Oui, répondit celui-ci. Ce sont des esquisses qui me serviront pour un grand tableau que je prépare.

— Voyons, pas de blague, tu es vraiment l'auteur de ces machines-là?

— Eh! oui. Pourquoi n'en serais-je pas l'auteur?

Le peintre n'osa répondre : « Parce que ces toiles sont d'un artiste, et que tu n'as jamais été qu'un ignoble maçon. » Il resta longtemps en silence devant les études. Certes, ces études étaient gauches, mais elles avaient une étrangeté, un caractère si puissant qu'elles annonçaient un sens artistique des plus développés. On eût dit de la peinture vécue. Jamais l'ami de Laurent n'avait vu des ébauches si pleines de hautes promesses. Quand il eut bien examiné les toiles, il se tourna vers l'auteur :

— Là, franchement, lui dit-il, je ne t'aurais pas cru capable de peindre ainsi. Où diable as-tu appris à avoir du talent ? Ça ne s'apprend pas d'ordinaire.

Et il considérait Laurent, dont la voix lui semblait plus douce, dont chaque geste avait une sorte d'élégance. Il ne pouvait deviner l'effroyable secousse qui avait changé cet homme, en développant en lui des nerfs de femme, des sensations aiguës et délicates. Sans doute un phénomène étrange s'était accompli dans l'organisme du meurtrier de Camille. Il est difficile à l'analyse de pénétrer à de telles profondeurs. Laurent était peut-être devenu artiste comme il était devenu peureux, à la suite du grand détraquement qui avait bouleversé sa chair et son esprit. Auparavant, il étouffait sous le poids lourd de son sang, il restait aveuglé par l'épaisse vapeur de santé qui l'entourait; maintenant, maigri, frissonnant, il avait la verve inquiète, les sensations vives et poignantes des tempéraments nerveux. Dans la vie de terreur qu'il menait, sa pensée délirait et montait jusqu'à l'extase du génie; la maladie en quelque sorte morale, la névrose dont tout son être était secoué, développait en lui un sens artistique d'une lucidité étrange; depuis qu'il avait tué, sa chair s'était comme allégée, son cerveau éperdu lui semblait immense, et, dans ce brusque agrandissement de sa pensée, il voyait passer des créations exquises, des rêveries de poète. Et c'est ainsi que ses gestes avaient pris une distinction subite, c'est ainsi que ses œuvres étaient belles, rendues tout d'un coup personnelles et vivantes.

Son ami n'essaya pas davantage de s'expliquer la naissance de cet artiste. Il s'en alla avec son étonnement. Avant de partir, il regarda encore les toiles et dit à Laurent :

— Je n'ai qu'un reproche à te faire, c'est que toutes tes études ont un air de famille. Ces cinq têtes se ressemblent. Les femmes elles-mêmes prennent je ne sais quelle allure violente qui leur donne l'air d'hommes déguisés... Tu comprends, si tu veux faire un tableau avec ces ébauches-là, il faudra changer quelques-unes des physionomies; tes personnages ne peuvent pas être tous frères, cela ferait rire.

Il sortit de l'atelier, et ajouta sur le carré, en riant :

— Vrai, mon vieux, ça me fait plaisir de t'avoir vu. Maintenant je vais croire aux miracles... Bon Dieu! es-tu comme il faut!

Il descendit. Laurent rentra dans l'atelier, vivement troublé. Lorsque son ami lui avait fait l'observation que toutes ses têtes d'étude avaient un air de famille, il s'était brusquement tourné pour cacher sa pâleur. C'est que déjà cette ressemblance fatale l'avait frappé. Il revint lentement se placer devant les toiles; à mesure qu'il les contemplait, qu'il passait de l'une à l'autre, une sueur glacée lui mouillait le dos.

— Il a raison, murmura-t-il, ils se ressemblent tous... Ils ressemblent à Camille.

Il se recula, il s'assit sur le divan, sans pouvoir détacher les yeux des têtes d'étude. La première était une face de vieillard, avec une longue barbe blanche; sous cette barbe blanche, l'artiste devinait le menton maigre de Camille. La seconde représentait une jeune fille blonde, et cette jeune fille le regardait avec les yeux bleus de sa victime. Les trois autres figures avaient chacune quelque trait du noyé. On eût dit Camille grimé en vieillard, en jeune fille, prenant le déguisement qu'il plaisait au peintre de lui donner, mais gardant toujours le caractère général de sa physionomie. Il existait une autre ressemblance terrible entre ces têtes : elles paraissaient souffrantes et terrifiées, elles étaient comme écrasées sous le même sentiment d'horreur. Chacune avait un léger pli à gauche de la bouche, qui tirait les lèvres et les faisait grimacer. Ce pli, que Laurent se rappela avoir vu sur la face convulsionnée du noyé, les frappait d'un signe d'ignoble parenté.

Laurent comprit qu'il avait trop regardé Camille à la Morgue. L'image du cadavre s'était gravée profondément en lui. Maintenant, sa main, sans qu'il en eût conscience, traçait toujours les lignes de ce visage atroce dont le souvenir le suivait partout.

Peu à peu, le peintre, qui se renversait sur le divan, crut voir les figures s'animer. Et il eut cinq Camille devant lui, cinq Camille que ses propres doigts avaient puissamment créés, et qui, par une étrangeté effrayante, prenaient tous les âges et tous les sexes. Il se leva, il lacéra les toiles et les jeta dehors. Il se disait qu'il mourrait d'effroi dans son atelier, s'il le peuplait lui-même des portraits de sa victime.

Une crainte venait de le prendre : il redoutait de ne pouvoir plus dessiner une tête, sans dessiner celle du noyé. Il voulut savoir tout de suite s'il était maître de sa main. Il posa une toile blanche sur son chevalet; puis, avec un bout de fusain, il indiqua une figure en quelques traits. La figure ressemblait à Camille. Laurent effaça brusquement cette esquisse et en tenta une autre. Pendant une heure, il se débattit contre la fatalité qui poussait ses doigts. A chaque nouvel essai, il revenait à la tête du noyé. Il avait beau tendre sa volonté, éviter les lignes qu'il connaissait si bien; malgré lui, il traçait ces lignes, il obéissait à ses muscles, à ses nerfs révoltés. Il avait d'abord jeté les croquis rapidement; il s'appliqua ensuite à conduire le fusain avec lenteur. Le résultat fut le même : Camille, grimaçant et douloureux, apparaissait sans cesse sur la toile. L'artiste esquissa successivement les têtes les plus diverses, des têtes d'anges, de vierges avec des auréoles, de guerriers romains coiffés de leur casque, d'enfants blonds et roses, de vieux bandits couturés de cicatrices; toujours, toujours le noyé renaissait, il était tour à tour ange, vierge, guerrier, enfant et bandit. Alors Laurent se jeta dans la caricature, il exagéra les traits, il fit des profils monstrueux, il inventa des têtes grotesques, et il ne réussit qu'à rendre plus horribles les portraits frappants de sa victime. Il finit par dessiner des animaux, des chiens et des chats; les chiens et les chats ressemblaient vaguement à Camille.

Une rage sourde s'était emparée de Laurent. Il creva la toile d'un coup de poing, en songeant avec désespoir à son grand tableau. Maintenant il n'y fallait plus penser; il sentait bien que, désormais, il ne dessinerait plus que la tête de Camille, et, comme le lui avait dit son ami, des figures qui se ressembleraient toutes feraient rire. Il s'imaginait ce qu'aurait été son œuvre; il voyait sur les épaules de ses personnages, des hommes et des femmes, la face blafarde et épouvantée du noyé; l'étrange spectacle qu'il évoquait ainsi lui parut d'un ridicule atroce et l'exaspéra.

Ainsi il n'oserait plus travailler, il redouterait toujours de ressusciter sa victime au moindre coup de pinceau. S'il voulait vivre paisible dans son atelier, il devrait ne jamais y peindre. Cette pensée que ses doigts avaient la faculté fatale et inconsciente de reproduire sans cesse le portrait de Camille lui fit regarder sa main avec terreur. Il lui semblait que cette main ne lui appartenait plus.

XXVI

La crise dont Mme Raquin était menacée se déclara. Brusquement, la paralysie, qui depuis plusieurs mois rampait le long de ses membres, toujours près de l'étreindre, la prit à la gorge et lui lia le corps. Un soir, comme elle s'entretenait paisiblement avec Thérèse et Laurent, elle resta, au milieu d'une phrase, la bouche béante : il lui semblait qu'on l'étranglait. Quand elle voulut crier, appeler au secours, elle ne put balbutier que des sons rauques. Sa langue était devenue de pierre. Ses mains et ses pieds s'étaient roidis. Elle se trouvait frappée de mutisme et d'immobilité.

Thérèse et Laurent se levèrent, effrayés devant ce coup de foudre, qui tordit la vieille mercière en moins de cinq secondes. Quand elle fut roide et qu'elle fixa sur eux des regards suppliants, ils la pressèrent de questions pour connaître la cause de sa souffrance. Elle ne put répondre, elle continua à les regarder avec une angoisse profonde. Ils comprirent alors qu'ils n'avaient plus qu'un cadavre devant eux, un cadavre vivant à moitié qui les voyait et les entendait, mais qui ne pouvait leur parler. Cette crise les désespéra : au fond, ils se souciaient peu des douleurs de la paralytique, ils pleuraient sur eux, qui vivraient désormais dans un éternel tête-à-tête.

Dès ce jour, la vie des époux devint intolérable. Ils passèrent des soirées cruelles, en face de la vieille impotente qui n'endormait plus leur effroi de ses doux radotages. Elle gisait dans un fauteuil, comme un paquet, comme une chose, et ils restaient seuls, aux deux bouts de la table, embarrassés et inquiets. Ce cadavre ne les séparait plus; par moments, ils l'oubliaient, ils le confondaient avec les meubles. Alors leurs épouvantes de la nuit les prenaient, la salle à manger devenait, comme la chambre, un lieu terrible où se dressait le spectre de Camille. Ils souffrirent ainsi quatre ou cinq heures de plus par jour. Dès le crépuscule, ils frissonnaient, baissant l'abat-jour de la lampe pour ne pas se voir, tâchant de croire que Mme Raquin allait parler et leur rappeler ainsi sa présence. S'ils la gardaient, s'ils ne se débarrassaient pas d'elle, c'est que ses yeux vivaient encore, et qu'ils éprouvaient parfois quelque soulagement à les regarder se mouvoir et briller.

Ils plaçaient toujours la vieille impotente sous la clarté crue de la lampe, afin de bien éclairer son visage et de l'avoir sans cesse devant eux. Ce visage mou et blafard eût été un spectacle insoutenable pour d'autres, mais ils éprouvaient un tel besoin de compagnie, qu'ils y reposaient leurs regards avec une véritable joie. On eût dit le masque dissous d'une morte, au milieu duquel on aurait mis deux yeux vivants; ces yeux seuls bougeaient, roulant rapidement dans leur orbite; les joues, la bouche étaient comme pétrifiées, elles gardaient une immobilité qui épouvantait. Lorsque Mme Raquin se laissait aller au sommeil et baissait les paupières, sa face, alors toute blanche et toute muette, était vraiment celle d'un cadavre; Thérèse et Laurent, qui ne sentaient plus personne avec eux, faisaient du bruit jusqu'à ce que la paralytique eût relevé les paupières et les eût regardés. Ils l'obligeaient ainsi à rester éveillée.

Ils la considéraient comme une distraction qui les tirait de leurs mauvais rêves. Depuis qu'elle était infirme, il fallait la soigner ainsi qu'un enfant. Les soins qu'ils lui prodiguaient les forçaient à secouer leurs pensées. Le matin, Laurent la levait, la portait dans son fauteuil, et, le soir, il la remettait sur son lit; elle était lourde encore, il devait user de toute sa force pour la prendre délicatement entre ses bras et la transporter. C'était également lui qui roulait son fauteuil. Les autres soins regardaient Thérèse : elle habillait l'impotente, elle la faisait manger, elle cherchait à comprendre ses moindres désirs. Mme Raquin conserva pendant quelques jours l'usage de ses mains, elle put écrire sur une ardoise et demander ainsi ce dont elle avait besoin; puis ces mains moururent, il lui devint impossible de les soulever et de tenir un crayon; dès lors, elle n'eut plus que le langage du regard, il fallut que sa nièce devinât ce qu'elle désirait. La jeune femme se voua au rude métier de garde-malade; cela lui créa une occupation de corps et d'esprit qui lui fit grand bien.

Les époux, pour ne point rester face à face, roulaient dès le matin, dans la salle à manger, le fauteuil de la pauvre vieille. Ils l'apportaient entre eux, comme si elle eût été nécessaire à leur existence; ils la faisaient assister à leur repas, à toutes leurs entrevues. Ils feignaient de ne pas comprendre, lorsqu'elle témoignait le désir de passer dans sa chambre. Elle n'était bonne qu'à rompre leur tête-à-tête, elle n'avait pas le droit de vivre à part. A huit heures, Laurent allait à son atelier, Thérèse descendait à la boutique, la paralytique demeurait seule dans la salle à manger jusqu'à midi; puis, après le déjeuner, elle se trouvait seule de nouveau jusqu'à six heures. Souvent, pendant la journée, sa nièce montait et tournait autour d'elle, s'assurant si elle ne manquait de rien. Les amis de la famille ne savaient quels éloges inventer pour exalter les vertus de Thérèse et de Laurent.

Les réceptions du jeudi continuèrent, et l'impotente y assista, comme par le passé. On approchait son fauteuil de la table; de huit heures à onze heures, elle tenait les yeux ouverts, regardant tour à tour les invités avec des lueurs pénétrantes. Les premiers jours, le vieux Michaud et Grivet demeurèrent un peu embarrassés en face du cadavre de leur vieille amie; ils ne savaient quelle contenance tenir, ils n'éprouvaient qu'un chagrin médiocre, et ils se demandaient dans quelle juste mesure il était convenable de s'attrister. Fallait-il parler à cette face morte, fallait-il ne pas s'en occuper du tout ? Peu à peu, ils prirent le parti de traiter Mme Raquin comme si rien ne lui était arrivé. Ils finirent par feindre d'ignorer complètement son état. Ils causaient avec elle, faisant les demandes et les réponses, riant pour elle et pour eux, ne se laissant jamais démonter par l'expression rigide de son visage. Ce fut un étrange spectacle; ces hommes avaient l'air de parler raisonnablement à une statue, comme les petites filles parlent à leur poupée. La paralytique se tenait roide et muette devant eux, et ils bavardaient, et ils multipliaient les gestes, ayant avec elle des conversations très animées. Michaud et Grivet s'applaudirent de leur excellente tenue. En agissant ainsi, ils croyaient faire preuve de politesse; ils s'évitaient, en outre, l'ennui des condoléances d'usage. Mme Raquin devait être flattée de se voir traitée en personne bien portante, et, dès lors, il leur était permis de s'égayer en sa présence sans le moindre scrupule.

Grivet eut une manie. Il affirma qu'il s'entendait parfaitement avec Mme Raquin, qu'elle ne pouvait le regarder sans qu'il comprît sur-le-champ ce qu'elle désirait. C'était encore là une attention délicate. Seulement, à chaque fois, Grivet se trompait. Souvent, il interrompait la partie de dominos, il examinait la paralytique dont les yeux suivaient paisiblement le jeu, et il déclarait qu'elle demandait telle ou telle chose. Vérification faite, Mme Raquin ne demandait rien du tout ou demandait une chose toute différente. Cela ne décourageait pas Grivet, qui lançait un victorieux : « Quand je vous le disais ! » et qui recommençait quelques minutes plus tard. C'était une bien autre affaire lorsque l'impotente témoignait ouvertement un désir ; Thérèse, Laurent, les invités nommaient l'un après l'autre les objets qu'elle pouvait souhaiter. Grivet se faisait alors remarquer par la maladresse de ses offres. Il nommait tout ce qui lui passait par la tête, au hasard, offrant toujours le contraire de ce que Mme Raquin désirait. Ce qui ne lui empêchait pas de répéter :

— Moi, je lis dans ses yeux comme dans un livre. Tenez, elle me dit que j'ai raison... N'est-ce pas, chère dame... Oui, oui.

D'ailleurs, ce n'était pas une chose facile que de saisir les souhaits de la pauvre vieille. Thérèse seule avait cette science. Elle communiquait assez aisément avec cette intelligence murée, vivante encore et enterrée au fond d'une chair morte. Que se passait-il dans cette misérable créature qui vivait juste assez pour assister à la vie sans y prendre part ? Elle voyait, elle entendait, elle raisonnait sans doute d'une façon nette et claire, et elle n'avait plus le geste, elle n'avait plus la voix pour exprimer au-dehors les pensées qui naissaient en elle. Ses idées l'étouffaient peut-être. Elle n'aurait pu lever la main, ouvrir la bouche, quand même un de ses mouvements, une de ses paroles eût décidé des destinées du monde. Son esprit était comme un de ces vivants qu'on ensevelit par mégarde et qui se réveillent dans la nuit de la terre, à deux ou trois mètres au-dessous du sol ; ils crient, ils se débattent, et l'on passe sur eux sans entendre leurs atroces lamentations. Souvent, Laurent regardait Mme Raquin, les lèvres serrées, les mains allongées sur les genoux, mettant toute sa vie dans ses yeux vifs et rapides, et il se disait :

— Qui sait à quoi elle peut penser toute seule... Il doit se passer quelque drame cruel au fond de cette morte.

Laurent se trompait, Mme Raquin était heureuse, heureuse des soins et de l'affection de ses chers enfants. Elle avait toujours rêvé de finir comme cela, lentement, au milieu de dévouements et de caresses. Certes, elle aurait voulu conserver la parole pour remercier ses amis qui l'aidaient à mourir en paix. Mais elle acceptait son état sans révolte; la vie paisible et retirée qu'elle avait toujours menée, les douceurs de son tempérament lui empêchaient de sentir trop rudement les souffrances du mutisme et de l'immobilité. Elle était redevenue enfant, elle passait des journées sans ennui, à regarder devant elle, à songer au passé. Elle finit même par goûter des charmes à rester bien sage dans son fauteuil, comme une petite fille.

Ses yeux prenaient chaque jour une douceur, une clarté plus pénétrantes. Elle en était arrivée à se servir de ses yeux comme d'une main, comme d'une bouche, pour demander et remercier. Elle suppléait ainsi, d'une façon étrange et charmante, aux organes qui lui faisaient défaut. Ses regards étaient beaux d'une beauté céleste, au milieu de sa face dont les chairs pendaient molles et grimaçantes. Depuis que ses lèvres tordues et inertes ne pouvaient plus sourire, elle souriait du regard, avec des tendresses adorables; des lueurs humides passaient, et des rayons d'aurore sortaient des orbites. Rien n'était plus singulier que ces yeux qui riaient comme des lèvres dans ce visage mort; le bas du visage restait morne et blafard, le haut s'éclairait divinement. C'était surtout pour ses chers enfants qu'elle mettait ainsi toutes ses reconnaissances, toutes les affections de son âme dans un simple coup d'œil. Lorsque, le soir et le matin, Laurent la prenait entre ses bras pour la transporter, elle le remerciait avec amour par des regards pleins d'une tendre effusion.

Elle vécut ainsi pendant plusieurs semaines, attendant la mort, se croyant à l'abri de tout nouveau malheur. Elle pensait avoir payé sa part de souffrance. Elle se trompait. Un soir, un effroyable coup l'écrasa.

Thérèse et Laurent avaient beau la mettre entre eux, en pleine lumière, elle ne vivait plus assez pour les séparer et les défendre contre leurs angoisses. Quand ils oubliaient qu'elle était là, qu'elle les voyait et les entendait, la folie les prenait, ils apercevaient Camille et cherchaient à le chasser. Alors, ils balbutiaient, ils laissaient échapper malgré eux des aveux, des phrases qui finirent par tout révéler à Mme Raquin. Laurent eut une sorte de crise pendant laquelle il parla comme un halluciné. Brusquement, la paralytique comprit.

Une effrayante contraction passa sur son visage, et elle éprouva une telle secousse, que Thérèse crut qu'elle allait bondir et crier. Puis elle retomba dans une rigidité de fer. Cette espèce de choc fut d'autant plus épouvantable qu'il sembla galvaniser un cadavre. La sensibilité, un instant rappelée, disparut; l'impotente demeura plus écrasée, plus blafarde. Ses yeux, si doux d'ordinaire, étaient devenus noirs et durs, pareils à des morceaux de métal.

Jamais désespoir n'était tombé plus rudement dans un être. La sinistre vérité, comme un éclair, brûla les yeux de la paralytique et entra en elle avec le heurt suprême d'un coup de foudre. Si elle avait pu se lever, jeter le cri d'horreur qui montait à sa gorge, maudire les assassins de son fils, elle eût moins souffert. Mais, après avoir tout entendu, tout compris, il lui fallut rester immobile et muette, gardant en elle l'éclat de sa douleur. Il lui sembla que Thérèse et Laurent l'avaient liée, clouée sur son fauteuil pour l'empêcher de s'élancer, et qu'ils prenaient un atroce plaisir à lui répéter : « Nous avons tué Camille », après avoir posé sur ses lèvres un bâillon qui étouffait ses sanglots. L'épouvante, l'angoisse couraient furieusement dans son corps sans trouver une issue. Elle faisait des efforts surhumains pour soulever le poids qui l'écrasait, pour dégager sa gorge et donner ainsi passage au flot de son désespoir. Et vainement elle tendait ses dernières énergies; elle sentait sa langue froide contre son palais, elle ne pouvait s'arracher de la mort. Une impuissance de cadavre la tenait rigide. Ses sensations ressemblaient à celles d'un homme tombé en léthargie qu'on enterrerait et qui, bâillonné par les liens de sa chair, entendrait sur sa tête le bruit sourd des pelletées de sable.

Le ravage qui se fit dans son cœur fut plus terrible encore. Elle sentit en elle un écroulement qui la brisa. Sa vie entière était désolée, toutes ses tendresses, toutes ses bontés, tous ses dévouements venaient d'être brutalement renversés et foulés aux pieds. Elle avait mené une vie d'affection et de douceur, et, à ses heures dernières, lorsqu'elle allait emporter dans la tombe la croyance aux bonheurs calmes de l'existence, une voix lui criait que tout est mensonge et que tout est crime. Le voile qui se déchirait lui montrait, au-delà des amours et des amitiés qu'elle avait cru voir, un spectacle effroyable de sang et de honte. Elle eût injurié Dieu, si elle avait pu crier un blasphème. Dieu l'avait trompée pendant plus de soixante ans, en la traitant en petite fille douce et bonne, en amusant ses yeux par des tableaux mensongers de joie tranquille. Et elle était demeurée enfant, croyant sottement à mille choses niaises, ne voyant pas la vie réelle se traîner dans la boue sanglante des passions. Dieu était mauvais; il aurait dû lui dire la vérité plus tôt, ou la laisser s'en aller avec ses innocences et son aveuglement. Maintenant, il ne lui restait qu'à mourir en niant l'amour, en niant l'amitié, en niant le dévouement. Rien n'existait que le meurtre et la luxure.

Hé quoi! Camille était mort sous les coups de Thérèse et de Laurent, et ceux-ci avaient conçu le crime au milieu des hontes de l'adultère! Il y avait pour Mme Raquin un tel abîme dans cette pensée, qu'elle ne pouvait la raisonner ni la saisir d'une façon nette et détaillée. Elle n'éprouvait qu'une sensation, celle d'une chute horrible; il lui semblait qu'elle tombait dans un trou noir et froid. Et elle se disait : « Je vais aller me briser au fond. »

Après la première secousse, la monstruosité du crime lui parut invraisemblable. Puis elle eut peur de devenir folle, lorsque la conviction de l'adultère et du meurtre s'établit en elle, au souvenir de petites circonstances qu'elle ne s'était pas expliquées jadis. Thérèse et Laurent étaient bien les meurtriers de Camille, Thérèse qu'elle avait élevée, Laurent qu'elle avait aimé en mère dévouée et tendre. Cela tournait dans sa tête comme une roue immense, avec un bruit assourdissant. Elle devinait des détails si ignobles, elle descendait dans une hypocrisie si grande, elle assistait en pensée à un double spectacle d'une ironie si atroce, qu'elle eût voulu mourir pour ne plus penser. Une seule idée, machinale et implacable, broyait son cerveau avec une pesanteur et un entêtement de meule. Elle se répétait : « Ce sont mes enfants qui ont tué mon enfant », et elle ne trouvait rien autre chose pour exprimer son désespoir.

Dans le brusque changement de son cœur, elle se cherchait avec égarement et ne se reconnaissait plus; elle restait écrasée sous l'envahissement brutal des pensées de vengeance qui chassaient toute la bonté de sa vie. Quand elle eut été transformée, il fit noir en elle; elle sentit naître dans sa chair mourante un nouvel être, impitoyable et cruel, qui aurait voulu mordre les assassins de son fils.

Lorsqu'elle eut succombé sous l'étreinte accablante de la paralysie, lorsqu'elle eut compris qu'elle ne pouvait sauter à la gorge de Thérèse et de Laurent, qu'elle rêvait d'étrangler, elle se résigna au silence et à l'immobilité, et de grosses larmes tombèrent lentement de ses yeux. Rien ne fut plus navrant que ce désespoir muet et immobile. Ces larmes qui coulaient une à une sur ce visage mort dont pas une ride ne bougeait, cette face inerte et blafarde qui ne pouvait pleurer par tous ses traits et où les yeux seuls sanglotaient, offraient un spectacle poignant.

Thérèse fut prise d'une pitié épouvantée.

— Il faut la coucher, dit-elle à Laurent en lui montrant sa tante.

Laurent se hâta de rouler la paralytique dans sa chambre. Puis il se baissa pour la prendre entre ses bras. A ce moment, Mme Raquin espéra qu'un ressort puissant allait la mettre sur ses pieds; elle tenta un effort suprême. Dieu ne pouvait permettre que Laurent la serrât contre sa poitrine; elle comptait que la foudre allait l'écraser s'il avait cette impudence monstrueuse. Mais aucun ressort ne la poussa, et le ciel réserva son tonnerre. Elle resta affaissée, passive, comme un paquet de linge. Elle fut saisie, soulevée, transportée par l'assassin; elle éprouva l'angoisse de se sentir, molle et abandonnée, entre les bras du meurtrier de Camille. Sa tête roula sur l'épaule de Laurent, qu'elle regarda avec des yeux agrandis par l'horreur.

— Va, va, regarde-moi bien, murmura-t-il, tes yeux ne me mangeront pas...

Et il la jeta brutalement sur le lit. L'impotente y tomba évanouie. Sa dernière pensée avait été une pensée de terreur et de dégoût. Désormais, il lui faudrait, matin et soir, subir l'étreinte immonde des bras de Laurent.

XXVII

Une crise d'épouvante avait seule pu amener les époux à parler, à faire des aveux en présence de Mme Raquin. Ils n'étaient cruels ni l'un ni l'autre; ils auraient évité une semblable révélation par humanité, si leur sûreté ne leur eût pas déjà fait une loi de garder le silence.

Le jeudi suivant, ils furent singulièrement inquiets. Le matin, Thérèse demanda à Laurent s'il croyait prudent de laisser la paralytique dans la salle à manger pendant la soirée. Elle savait tout, elle pourrait donner l'éveil.

— Bah! répondit Laurent, il lui est impossible de remuer le petit doigt. Comment veux-tu qu'elle bavarde ?

— Elle trouvera peut-être un moyen, répondit Thérèse. Depuis l'autre soir, je lis dans ses yeux une pensée implacable.

— Non, vois-tu, le médecin m'a dit que tout était bien fini pour elle. Si elle parle encore une fois, elle parlera dans le dernier hoquet de l'agonie... Elle n'en a pas pour longtemps, va. Ce serait bête de charger encore notre conscience en l'empêchant d'assister à cette soirée...

Thérèse frissonna.

— Tu ne m'as pas comprise, cria-t-elle. Oh! tu as raison, il y a assez de sang... Je voulais te dire que nous pourrions enfermer ma tante dans sa chambre et prétendre qu'elle est plus souffrante, qu'elle dort.

— C'est cela, reprit Laurent, et cet imbécile de Michaud entrerait carrément dans la chambre pour voir quand même sa vieille amie... Ce serait une excellente façon pour nous perdre.

Il hésitait, il voulait paraître tranquille, et l'anxiété le faisait balbutier.

— Il vaut mieux laisser aller les événements, continua-t-il. Ces gens-là sont bêtes comme des oies; ils n'entendront certainement rien aux désespoirs muets de la vieille. Jamais ils ne se douteront de la chose, car ils sont trop loin de la vérité. Une fois l'épreuve faite, nous serons tranquilles sur les suites de notre imprudence... Tu verras, tout ira bien.

Le soir, quand les invités arrivèrent, Mme Raquin occupait sa place ordinaire, entre le poêle et la table. Laurent et Thérèse jouaient la belle humeur, cachant leurs frissons, attendant avec angoisse l'incident qui ne pouvait manquer de se produire. Ils avaient baissé très bas l'abat-jour de la lampe; la toile cirée seule était éclairée.

Les invités eurent ce bout de causerie banale et bruyante qui précédait toujours la première partie de dominos. Grivet et Michaud ne manquèrent pas d'adresser à la paralytique les questions d'usage sur sa santé, questions auxquelles ils firent eux-mêmes des réponses excellentes, comme ils en avaient l'habitude. Après quoi, sans plus s'occuper de la pauvre vieille, la compagnie se plongea dans le jeu avec délices.

Mme Raquin, depuis qu'elle connaissait l'horrible secret, attendait fiévreusement cette soirée. Elle avait réuni ses dernières forces pour dénoncer les coupables. Jusqu'au dernier moment, elle craignit de ne pas assister à la réunion; elle pensait que Laurent la ferait disparaître, la tuerait peut-être, ou tout au moins l'enfermerait dans sa chambre. Quand elle vit qu'on la laissait là, quand elle fut en présence des invités, elle goûta une joie chaude en songeant qu'elle allait tenter de venger son fils. Comprenant que sa langue était bien morte, elle essaya un nouveau langage. Par une puissance de volonté étonnante, elle parvint à galvaniser en quelque sorte sa main droite, à la soulever légèrement de son genou où elle était toujours étendue, inerte; elle la fit ensuite ramper peu à peu le long d'un des pieds de la table, qui se trouvait devant elle, et parvint à la poser sur la toile cirée. Là, elle agita faiblement les doigts comme pour attirer l'attention.

Quand les joueurs aperçurent au milieu d'eux cette main de morte, blanche et molle, ils furent très surpris. Grivet s'arrêta, le bras en l'air, au moment où il allait poser victorieusement le double-six. Depuis son attaque, l'impotente n'avait plus remué les mains.

— Hé! voyez donc, Thérèse, cria Michaud, voilà Mme Raquin qui agite les doigts... Elle désire sans doute quelque chose.

Thérèse ne put répondre; elle avait suivi, ainsi que Laurent, le labeur de la paralytique, elle regardait la main de sa tante, blafarde sous la lumière crue de la lampe, comme une main vengeresse qui allait parler. Les deux meurtriers attendaient, haletants.

— Pardieu ! oui, dit Grivet, elle désire quelque chose... Oh ! nous nous comprenons bien tous les deux... Elle veut jouer aux dominos... Hein ! n'est-ce pas, chère dame ?

Mme Raquin fit un signe violent de dénégation. Elle allongea un doigt, replia les autres, avec des peines infinies, et se mit à tracer péniblement des lettres sur la table. Elle n'avait pas indiqué quelques traits, que Grivet s'écria de nouveau avec triomphe :

— Je comprends : elle dit que je fais bien de poser le double-six.

L'impotente jeta sur le vieil employé un regard terrible et reprit le mot qu'elle voulait écrire. Mais, à chaque instant, Grivet l'interrompait en déclarant que c'était inutile, qu'il avait compris, et il avançait une sottise. Michaud finit par le faire taire.

— Que diable ! laissez parler Mme Raquin, dit-il. Parlez, ma vieille amie.

Et il regarda sur la toile cirée, comme il aurait prêté l'oreille. Mais les doigts de la paralytique se lassaient, ils avaient recommencé un mot à plus de dix reprises, et ils ne traçaient plus ce mot qu'en s'égarant à droite et à gauche. Michaud et Olivier se penchaient, ne pouvant lire, forçant l'impotente à toujours reprendre les premières lettres.

— Ah ! bien, s'écria tout à coup Olivier, j'ai lu, cette fois... Elle vient d'écrire votre nom, Thérèse... Voyons : « *Thérèse et...* » Achevez, chère dame.

Thérèse faillit crier d'angoisse. Elle regardait les doigts de sa tante glisser sur la toile cirée, et il lui semblait que ces doigts traçaient son nom et l'aveu de son crime en caractères de feu. Laurent s'était levé violemment, se demandant s'il n'allait pas se précipiter sur la paralytique et lui briser le bras. Il crut que tout était perdu, il sentit sur son être la pesanteur et le froid du châtiment, en voyant cette main revivre pour révéler l'assassinat de Camille.

Mme Raquin écrivait toujours, d'une façon de plus en plus hésitante.

— C'est parfait, je lis très bien, reprit Olivier au bout d'un instant, en regardant les époux. Votre tante écrit vos deux noms : « *Thérèse et Laurent...* »

La vieille dame fit coup sur coup des signes d'affirmation, en jetant sur les meurtriers des regards qui les écrasèrent. Puis elle voulut achever. Mais ses doigts s'étaient roidis, la volonté suprême qui les galvanisait lui échappait; elle sentait la paralysie remonter lentement le long de son bras, et de nouveau s'emparer de son poignet. Elle se hâta, elle traça encore un mot.

Le vieux Michaud lut à haute voix :

— « *Thérèse et Laurent ont...* »

Et Olivier demanda :

— Qu'est-ce qu'ils ont, vos chers enfants ?

Les meurtriers, pris d'une terreur folle, furent sur le point d'achever la phrase tout haut. Ils contemplaient la main vengeresse avec des yeux fixes et troubles, lorsque, tout d'un coup, cette main fut prise d'une convulsion et s'aplatit sur la table; elle glissa et retomba le long du genou de l'impotente, comme une masse de chair inanimée. La paralysie était revenue et avait arrêté le châtiment. Michaud et Olivier se rassirent, désappointés, tandis que Thérèse et Laurent goûtaient une joie si âcre, qu'ils se sentaient défaillir sous le flux brusque du sang qui battait dans leur poitrine.

Grivet était vexé de ne pas avoir été cru sur parole. Il pensa que le moment était venu de reconquérir son infaillibilité en complétant la phrase inachevée de Mme Raquin. Comme on cherchait le sens de cette phrase :

— C'est très clair, dit-il, je devine la phrase entière dans les yeux de madame. Je n'ai pas besoin qu'elle écrive sur une table, moi; un de ses regards me suffit... Elle a voulu dire : « Thérèse et Laurent ont bien soin de moi. »

Grivet dut s'applaudir de son imagination, car toute la société fut de son avis. Les invités se mirent à faire l'éloge des époux, qui se montraient si bons pour la pauvre dame.

— Il est certain, dit gravement le vieux Michaud, que Mme Raquin a voulu rendre hommage aux tendres attentions que lui prodiguent ses enfants. Cela honore toute la famille.

Et il ajouta en reprenant ses dominos :

— Allons, continuons. Où en étions-nous ?... Grivet allait poser le double-six, je crois.

Grivet posa le double-six. La partie continua, stupide et monotone.

La paralytique regardait sa main, abîmée dans un affreux désespoir. Sa main venait de la trahir. Elle la sentait lourde comme du plomb, maintenant; jamais plus elle ne pourrait la soulever. Le ciel ne voulait pas que Camille fût vengé, il retirait à sa mère le seul moyen de faire connaître aux hommes le meurtre dont il avait été la victime. Et la malheureuse se disait qu'elle n'était plus bonne qu'à aller rejoindre son enfant dans la terre. Elle baissa les paupières, se sentant inutile désormais, voulant se croire déjà dans la nuit du tombeau.

XXVIII

Depuis deux mois, Thérèse et Laurent se débattaient dans les angoisses de leur union. Ils souffraient l'un par l'autre. Alors la haine monta lentement en eux, ils finirent par se jeter des regards de colère, pleins de menaces sourdes.

La haine devait forcément venir. Ils s'étaient aimés comme des brutes, avec une passion chaude, toute de sang; puis, au milieu des énervements du crime, leur amour était devenu de la peur, et ils avaient éprouvé une sorte d'effroi physique de leurs baisers; aujourd'hui, sous la souffrance que le mariage, que la vie en commun leur imposait, ils se révoltaient et s'emportaient.

Ce fut une haine atroce, aux éclats terribles. Ils sentaient bien qu'ils se gênaient l'un l'autre; ils se disaient qu'ils mèneraient une existence tranquille, s'ils n'étaient pas toujours là face à face. Quand ils étaient en présence, il leur semblait qu'un poids énorme les étouffait, et ils auraient voulu écarter ce poids, l'anéantir; leurs lèvres se pinçaient, des pensées de violence passaient dans leurs yeux clairs, il leur prenait des envies de s'entre-dévorer.

Au fond, une pensée unique les rongeait : ils s'irritaient contre leur crime, ils se désespéraient d'avoir à jamais troublé leur vie. De là venaient toute leur colère et toute leur haine. Ils sentaient que le mal était incurable, qu'ils souffriraient jusqu'à leur mort du meurtre de Camille, et cette idée de perpétuité dans la souffrance les exaspérait. Ne sachant sur qui frapper, ils s'en prenaient à eux-mêmes, ils s'exécraient.

Ils ne voulaient pas reconnaître tout haut que leur mariage était le châtiment fatal du meurtre; ils se refusaient à entendre la voix intérieure qui leur criait la vérité, en étalant devant eux l'histoire de leur vie. Et pourtant, dans les crises d'emportement qui les secouaient, ils lisaient chacun nettement au fond de leur colère, ils devinaient les fureurs de leur être égoïste qui les avait poussés à l'assassinat pour contenter ses appétits, et qui ne trouvait dans l'assassinat qu'une existence désolée et intolérable. Ils se souvenaient du passé, ils savaient que leur espérance trompée de luxure et de bonheur paisible les amenait seule aux remords; s'ils avaient pu s'embrasser en paix et vivre en joie, ils n'auraient point pleuré Camille, ils se seraient engraissés de leur crime. Mais leur corps s'était révolté, refusant le mariage, et ils se demandaient avec terreur où allaient les conduire l'épouvante et le dégoût. Ils n'apercevaient qu'un avenir effroyable de douleur, qu'un dénouement sinistre et violent. Alors, comme deux ennemis qu'on aurait attachés ensemble et qui feraient de vains efforts pour se soustraire à cet embrassement forcé, ils tendaient leurs muscles et leurs nerfs, ils se roidissaient sans parvenir à se délivrer. Puis, comprenant que jamais ils n'échapperaient à leur étreinte, irrités par les cordes qui leur coupaient la chair, écœurés de leur contact, sentant à chaque heure croître leur malaise, oubliant qu'ils s'étaient eux-mêmes liés l'un à l'autre, et ne pouvant supporter leurs liens un instant de plus, ils s'adressaient des reproches sanglants, ils essayaient de souffrir moins, de panser les blessures qu'ils se faisaient, en s'injuriant, en s'étourdissant de leurs cris et de leurs accusations.

Chaque soir une querelle éclatait. On eût dit que les meurtriers cherchaient des occasions pour s'exaspérer, pour détendre leurs nerfs roidis. Ils s'épiaient, se tâtaient du regard, fouillant leurs blessures, trouvant le vif de chaque plaie, et prenant une âcre volupté à se faire crier de douleur. Ils vivaient ainsi au milieu d'une irritation continuelle, las d'eux-mêmes, ne pouvant plus supporter un mot, un geste, un regard, sans souffrir et sans délirer. Leur être entier se trouvait préparé pour la violence; la plus légère impatience, la contrariété la plus ordinaire grandissaient d'une façon étrange dans leur organisme détraqué, et devenaient tout d'un coup grosses de brutalité. Un rien soulevait un orage qui durait jusqu'au lendemain. Un plat trop chaud, une fenêtre ouverte, un démenti, une simple observation suffisaient pour les pousser à de véritables crises de folie. Et toujours, à un moment de la dispute, ils se jetaient le noyé à la face. De parole en parole, ils en arrivaient à se reprocher la noyade de Saint-Ouen; alors ils voyaient rouge, ils s'exaltaient jusqu'à la rage. C'étaient des scènes atroces, des étouffements, des coups, des cris ignobles, des brutalités honteuses. D'ordinaire, Thérèse et Laurent s'exaspéraient ainsi après le repas; ils s'enfermaient dans la salle à manger pour que le bruit de leur désespoir ne fût pas entendu. Là, ils pouvaient se dévorer à l'aise, au fond de cette pièce humide, de cette sorte de caveau que la lampe éclairait de lueurs jaunâtres. Leurs voix, au milieu du silence et de la tranquillité de l'air, prenaient des sécheresses déchirantes. Et ils ne cessaient que lorsqu'ils étaient brisés de fatigue; alors seulement ils pouvaient aller goûter quelques heures de repos. Leurs querelles devinrent comme un besoin pour eux, comme un moyen de gagner le sommeil en hébétant leurs nerfs.

Mme Raquin les écoutait. Elle était là sans cesse, dans son fauteuil, les mains pendantes sur les genoux, la tête droite, la face muette. Elle entendait tout, et sa chair morte n'avait pas un frisson. Ses yeux s'attachaient sur les meurtriers avec une fixité aiguë. Son martyre devait être atroce. Elle sut ainsi, détail par détail, les faits qui avaient précédé et suivi le meurtre de Camille, elle descendit peu à peu dans les saletés et les crimes de ceux qu'elle avait appelés ses chers enfants.

Les querelles des époux la mirent au courant des moindres circonstances, étalèrent devant son esprit terrifié, un à un, les épisodes de l'horrible aventure. Et à mesure qu'elle pénétrait plus avant dans cette boue sanglante, elle criait grâce, elle croyait toucher le fond de l'infamie, et il lui fallait descendre encore. Chaque soir, elle apprenait quelque nouveau détail. Toujours l'affreuse histoire s'allongeait devant elle; il lui semblait qu'elle était perdue dans un rêve d'horreur qui n'aurait pas de fin. Le premier aveu avait été brutal et écrasant, mais elle souffrait davantage de ces coups répétés, de ces petits faits que les époux laissaient échapper au milieu de leur emportement et qui éclairaient le crime de lueurs sinistres. Une fois par jour, cette mère entendait le récit de l'assassinat de son fils, et, chaque jour, ce récit devenait plus épouvantable, plus circonstancié, et était crié à ses oreilles avec plus de cruauté et d'éclat.

Parfois, Thérèse était prise de remords, en face de ce masque blafard sur lequel coulaient silencieusement de grosses larmes. Elle montrait sa tante à Laurent, le conjurant du regard de se taire.

— Eh! laisse donc! criait celui-ci avec brutalité, tu sais bien qu'elle ne peut pas nous livrer... Est-ce que je suis plus heureux qu'elle, moi ?... Nous avons son argent, je n'ai pas besoin de me gêner.

Et la querelle continuait, âpre, éclatante, tuant de nouveau Camille. Ni Thérèse ni Laurent n'osaient céder à la pensée de pitié qui leur venait parfois, d'enfermer la paralytique dans sa chambre, lorsqu'ils se disputaient, et de lui éviter ainsi le récit du crime. Ils redoutaient de s'assommer l'un l'autre, s'ils n'avaient plus entre eux ce cadavre à demi vivant. Leur pitié cédait devant leur lâcheté, ils imposaient à Mme Raquin des souffrances indicibles, parce qu'ils avaient besoin de sa présence pour se protéger contre leurs hallucinations.

Toutes leurs disputes se ressemblaient et les amenaient aux mêmes accusations. Dès que le nom de Camille était prononcé, dès que l'un d'eux accusait l'autre d'avoir tué cet homme, il y avait un choc effrayant.

Un soir, à dîner, Laurent, qui cherchait un prétexte pour s'irriter, trouva que l'eau de la carafe était tiède; il déclara que l'eau tiède lui donnait des nausées, et qu'il en voulait de la fraîche.

— Je n'ai pu me procurer de la glace, répondit sèchement Thérèse.

— C'est bien, je ne boirai pas, reprit Laurent.

— Cette eau est excellente.

— Elle est chaude et a un goût de bourbe. On dirait de l'eau de rivière.

Thérèse répéta :

— De l'eau de rivière...

Et elle éclata en sanglots. Un rapprochement d'idées venait d'avoir lieu dans son esprit.

— Pourquoi pleures-tu ? demanda Laurent, qui prévoyait la réponse et qui pâlissait.

— Je pleure, sanglota la jeune femme, je pleure parce que... tu le sais bien... Oh! mon Dieu! mon Dieu! c'est toi qui l'as tué.

— Tu mens! cria l'assassin avec véhémence, avoue que tu mens... Si je l'ai jeté à la Seine, c'est que tu m'as poussé à ce meurtre.

— Moi! moi!

— Oui, toi!... Ne fais pas l'ignorante, ne m'oblige pas à te faire avouer de force la vérité. J'ai besoin que tu confesses ton crime, que tu acceptes ta part dans l'assassinat. Cela me tranquillise et me soulage.

— Mais ce n'est pas moi qui ai noyé Camille.

— Si, mille fois si, c'est toi!... Oh! tu feins l'étonnement et l'oubli. Attends, je vais rappeler tes souvenirs.

Il se leva de table, se pencha vers la jeune femme, et, le visage en feu, lui cria dans la face :

— Tu étais au bord de l'eau, tu te souviens, et je t'ai dit tout bas : « Je vais le jeter à la rivière. » Alors tu as accepté, tu es entrée dans la barque... Tu vois bien que tu l'as assassiné avec moi.

— Ce n'est pas vrai... J'étais folle, je ne sais plus ce que j'ai fait, mais je n'ai jamais voulu le tuer. Toi seul as commis le crime.

Ces dénégations torturaient Laurent. Comme il le disait, l'idée d'avoir une complice le soulageait; il aurait tenté, s'il l'avait osé, de se prouver à lui-même que toute l'horreur du meurtre retombait sur Thérèse. Il lui venait des envies de battre la jeune femme pour lui faire confesser qu'elle était la plus coupable.

Il se mit à marcher de long en large, criant, délirant, suivi par les regards fixes de Mme Raquin.

— Ah! la misérable! la misérable! balbutiait-il d'une voix étranglée, elle veut me rendre fou... Eh! n'es-tu pas montée un soir dans ma chambre comme une prostituée, ne m'as-tu pas soûlé de tes caresses pour me décider à te débarrasser de ton mari ? Il te déplaisait, il sentait l'enfant malade, me disais-tu lorsque je venais te voir ici... Il y a trois ans, est-ce que je pensais à tout cela moi ? est-ce que j'étais un coquin ? Je vivais tranquille, en honnête homme, ne faisant de mal à personne. Je n'aurais pas écrasé une mouche.

— C'est toi qui as tué Camille, répéta Thérèse avec une obstination désespérée qui faisait perdre la tête à Laurent.

— Non, c'est toi, je te dis que c'est toi, reprit-il avec un éclat terrible... Vois-tu, ne m'exaspère pas, cela pourrait mal finir... Comment, malheureuse, tu ne te rappelles rien! Tu t'es livrée à moi comme une fille, là, dans la chambre de ton mari; tu m'y as fait connaître des voluptés qui m'ont affolé. Avoue que tu avais calculé tout cela, que tu haïssais Camille, et que depuis longtemps tu voulais le tuer. Tu m'as sans doute pris pour amant afin de me heurter contre lui et de le briser.

— Ce n'est pas vrai... C'est monstrueux ce que tu dis là... Tu n'as pas le droit de me reprocher ma faiblesse. Je puis dire, comme toi, qu'avant de te connaître, j'étais une honnête femme qui n'avait jamais fait de mal à personne. Si je t'ai rendu fou, tu m'as rendue plus folle encore. Ne nous disputons pas, entends-tu, Laurent... J'aurais trop de choses à te reprocher.

— Qu'aurais-tu donc à me reprocher ?

— Non, rien... Tu ne m'as pas sauvée de moi-même, tu as profité de mes abandons, tu t'es plu à désoler ma vie... Je te pardonne tout cela... Mais, par grâce, ne m'accuse pas d'avoir tué Camille. Garde ton crime pour toi, ne cherche pas à m'épouvanter davantage.

Laurent leva la main pour frapper Thérèse au visage.

— Bats-moi, j'aime mieux ça, ajouta-t-elle, je souffrirai moins.

Et elle tendit la face. Il se retint, il prit une chaise et s'assit à côté de la jeune femme.

— Ecoute, lui dit-il d'une voix qu'il s'efforçait de rendre calme, il y a de la lâcheté à refuser ta part du crime. Tu sais parfaitement que nous l'avons commis ensemble, tu sais que tu es aussi coupable que moi. Pourquoi veux-tu rendre ma charge plus lourde en te disant innocente ? Si tu étais innocente, tu n'aurais pas consenti à m'épouser. Souviens-toi des deux années qui ont suivi le meurtre. Désires-tu tenter une épreuve ? Je vais aller tout dire au procureur impérial, et tu verras si nous ne serons pas condamnés l'un et l'autre.

Ils frissonnèrent, et Thérèse reprit :

— Les hommes me condamneraient peut-être, mais Camille sait bien que tu as tout fait... Il ne me tourmente pas la nuit comme il te tourmente.

— Camille me laisse en repos, dit Laurent pâle et tremblant, c'est toi qui le vois passer dans tes cauchemars, je t'ai entendue crier.

— Ne dis pas cela, s'écria la jeune femme avec colère, je n'ai pas crié, je ne veux pas que le spectre vienne. Oh! je comprends, tu cherches à le détourner de toi... Je suis innocente, je suis innocente!

Ils se regardèrent terrifiés, brisés de fatigue, craignant d'avoir évoqué le cadavre du noyé. Leurs querelles finissaient toujours ainsi; ils protestaient de leur innocence, ils cherchaient à se tromper eux-mêmes pour mettre en fuite les mauvais rêves. Leurs continuels efforts tendaient à rejeter à tour de rôle la responsabilité du crime, à se défendre comme devant un tribunal, en faisant mutuellement peser sur eux les charges les plus graves. Le plus étrange était qu'ils ne parvenaient pas à être dupes de leurs serments, qu'ils se rappelaient parfaitement tous deux les circonstances de l'assassinat. Ils lisaient des aveux dans leurs yeux, lorsque leurs lèvres se donnaient des démentis. C'étaient des mensonges puérils, des affirmations ridicules, la dispute toute de mots de deux misérables qui mentaient pour mentir, sans pouvoir se cacher qu'ils mentaient. Successivement, ils prenaient le rôle d'accusateur, et, bien que jamais le procès qu'ils se faisaient n'eût amené un résultat, ils le recommençaient chaque soir avec un acharnement cruel. Ils savaient qu'ils ne se prouveraient rien, qu'ils ne parviendraient pas à effacer le passé, et ils tentaient toujours cette besogne, ils revenaient toujours à la charge, aiguillonnés par la douleur et l'effroi, vaincus à l'avance par l'accablante réalité. Le bénéfice le plus net qu'ils tiraient de leurs disputes était de produire une tempête de mots et de cris dont le tapage les étourdissait un moment.

Et tant que duraient leurs emportements, tant qu'ils s'accusaient, la paralytique ne les quittait pas du regard. Une joie ardente luisait dans ses yeux, lorsque Laurent levait sa large main sur la tête de Thérèse.

XXIX

Une nouvelle phase se déclara. Thérèse, poussée à bout par la peur, ne sachant où trouver une pensée consolante, se mit à pleurer le noyé tout haut devant Laurent.

Il y eut un brusque affaissement en elle. Ses nerfs trop tendus se brisèrent, sa nature sèche et violente s'amollit. Déjà elle avait eu des attendrissements pendant les premiers jours du mariage. Ces attendrissements revinrent, comme une réaction nécessaire et fatale. Lorsque la jeune femme eut lutté de toute son énergie nerveuse contre le spectre de Camille, lorsqu'elle eut vécu pendant plusieurs mois sourdement irritée, révoltée contre ses souffrances, cherchant à les guérir par les seules volontés de son être, elle éprouva tout d'un coup une telle lassitude qu'elle plia et fut vaincue. Alors, redevenue femme, petite fille même, ne se sentant plus la force de se roidir, de se tenir fiévreusement debout en face de ses épouvantes, elle se jeta dans la pitié, dans les larmes et les regrets, espérant y trouver quelque soulagement. Elle essaya de tirer parti des faiblesses de chair et d'esprit qui la prenaient; peut-être le noyé, qui n'avait pas cédé devant ses irritations, céderait-il devant ses pleurs. Elle eut ainsi des remords par calcul, se disant que c'était sans doute le meilleur moyen d'apaiser et de contenter Camille. Comme certaines dévotes, qui pensent tromper Dieu et en arracher un pardon en priant des lèvres et en prenant l'attitude humble de la pénitence, Thérèse s'humilia, frappa sa poitrine, trouva des mots de repentir, sans avoir au fond du cœur autre chose que de la crainte et de la lâcheté. D'ailleurs, elle éprouvait une sorte de plaisir physique à s'abandonner, à se sentir molle et brisée, à s'offrir à la douleur sans résistance.

Elle accabla Mme Raquin de son désespoir larmoyant.

La paralytique lui devint d'un usage journalier; elle lui servait en quelque sorte de prie-Dieu, de meuble devant lequel elle pouvait sans crainte avouer ses fautes et en demander le pardon. Dès qu'elle éprouvait le besoin de pleurer, de se distraire en sanglotant, elle s'agenouillait devant l'impotente, et là, criait, étouffait, jouait à elle seule une scène de remords qui la soulageait en l'affaiblissant.

— Je suis une misérable, balbutiait-elle, je ne mérite pas de grâce. Je vous ai trompée, j'ai poussé votre fils à la mort. Jamais vous ne me pardonnerez... Et pourtant si vous lisiez en moi les remords qui me déchirent, si vous saviez combien je souffre, peut-être auriez-vous pitié... Non, pas de pitié pour moi. Je voudrais mourir ainsi à vos pieds, écrasée par la honte et la douleur.

Elle parlait de la sorte pendant des heures entières, passant du désespoir à l'espérance, se condamnant, puis se pardonnant; elle prenait une voix de petite fille malade, tantôt brève, tantôt plaintive; elle s'aplatissait sur le carreau et se redressait ensuite, obéissant à toutes les idées d'humilité et de fierté, de repentir et de révolte qui lui passaient par la tête. Parfois même elle oubliait qu'elle était agenouillée devant Mme Raquin, elle continuait son monologue dans le rêve. Quand elle s'était bien étourdie de ses propres paroles, elle se relevait chancelante, hébétée et elle descendait à la boutique, calmée, ne craignant plus d'éclater en sanglots nerveux devant ses clientes. Lorsqu'un nouveau besoin de remords la prenait, elle se hâtait de remonter et de s'agenouiller encore aux pieds de l'impotente. Et la scène recommençait dix fois par jour.

Thérèse ne songeait jamais que ses larmes et l'étalage de son repentir devaient imposer à sa tante des angoisses indicibles. La vérité était que, si l'on avait cherché à inventer un supplice pour torturer Mme Raquin, on n'en aurait pas à coup sûr trouvé de plus effroyable que la comédie du remords jouée par sa nièce. La paralytique devinait l'égoïsme caché sous ces effusions de douleur. Elle souffrait horriblement de ces longs monologues qu'elle était forcée du subir à chaque instant, et qui toujours remettaient devant elle l'assassinat de Camille. Elle ne pouvait pardonner, elle s'enfermait dans une pensée implacable de vengeance, que son impuissance rendait plus aiguë, et, toute la journée, il lui fallait entendre des demandes de pardon, des prières humbles et lâches. Elle aurait voulu répondre; certaines phrases de sa nièce faisaient monter à sa gorge des refus écrasants, mais elle devait rester muette, laissant Thérèse plaider sa cause, sans jamais l'interrompre. L'impossibilité où elle était de crier et de se boucher les oreilles l'emplissait d'un tourment inexprimable. Et, une à une, les paroles de la jeune femme entraient dans son esprit lentes et plaintives, comme un chant irritant. Elle crut un instant que les meurtriers lui infligeaient ce genre de supplice par une pensée diabolique de cruauté. Son unique moyen de défense était de fermer les yeux, dès que sa nièce s'agenouillait devant elle; si elle l'entendait, elle ne la voyait pas.

Thérèse finit par s'enhardir jusqu'à embrasser sa tante. Un jour, pendant un accès de repentir, elle feignit d'avoir surpris dans les yeux de la paralytique une pensée de miséricorde; elle se traîna sur les genoux, elle se souleva, en criant d'une voix éperdue : « Vous me pardonnez! vous me pardonnez! » puis elle baisa le front et les joues de la pauvre vieille, qui ne put rejeter la tête en arrière. La chair froide sur laquelle Thérèse posa les lèvres lui causa un violent dégoût. Elle pensa que ce dégoût serait, comme les larmes et les remords, un excellent moyen d'apaiser ses nerfs; elle continua à embrasser chaque jour l'impotente, par pénitence et pour se soulager.

— Oh! que vous êtes bonne! s'écriait-elle parfois. Je vois bien que mes larmes vous ont touchée... Vos regards sont pleins de pitié... Je suis sauvée...

Et elle l'accablait de caresses, elle posait sa tête sur ses genoux, lui baisait les mains, lui souriait d'une façon heureuse, la soignait avec les marques d'une affection passionnée. Au bout de quelque temps, elle crut à la réalité de cette comédie, elle s'imagina qu'elle avait obtenu le pardon de Mme Raquin, et ne l'entretint plus que du bonheur qu'elle éprouvait d'avoir sa grâce.

C'en était trop pour la paralytique. Elle faillit en mourir. Sous les baisers de sa nièce, elle ressentait cette sensation âcre de répugnance et de rage qui l'emplissait matin et soir, lorsque Laurent la prenait dans ses bras pour la lever ou la coucher. Elle était obligée de subir les caresses immondes de la misérable qui avait trahi et tué son fils; elle ne pouvait même essuyer de la main les baisers que cette femme laissait sur ses joues. Pendant de longues heures, elle sentait ces baisers qui la brûlaient. C'est ainsi qu'elle était devenue la poupée des meurtriers de Camille, poupée qu'ils habillaient, qu'ils tournaient à droite et à gauche, dont ils se servaient selon leurs besoins et leurs caprices. Elle restait inerte entre leurs mains, comme si elle n'avait eu que du son dans les entrailles, et cependant ses entrailles vivaient, révoltées et déchirées, au moindre contact de Thérèse ou de Laurent. Ce qui l'exaspéra surtout, ce fut l'atroce moquerie de la jeune femme qui prétendait lire des pensées de miséricorde dans ses regards, lorsque ses regards auraient voulu foudroyer la criminelle. Elle fit souvent des efforts suprêmes pour jeter un cri de protestation, elle mit toute sa haine dans ses yeux. Mais Thérèse, qui trouvait son compte à se répéter vingt fois par jour qu'elle était pardonnée, redoubla de caresses ne voulant rien deviner. Il fallut que la paralytique acceptât des remerciements et des effusions que son cœur repoussait. Elle vécut, dès lors, pleine d'une irritation amère et impuissante, en face de sa nièce assouplie qui cherchait des tendresses adorables pour la récompenser de ce qu'elle nommait sa bonté céleste.

Lorsque Laurent était là et que sa femme s'agenouillait devant Mme Raquin, il la relevait avec brutalité :

— Pas de comédie, lui disait-il. Est-ce que je pleure, est-ce que je me prosterne, moi ?... Tu fais tout cela pour me troubler.

Les remords de Thérèse l'agitaient étrangement. Il souffrait davantage depuis que sa complice se traînait autour de lui, les yeux rougis par les larmes, les lèvres suppliantes. La vue de ce regret vivant redoublait ses effrois, augmentait son malaise. C'était comme un reproche éternel qui marchait dans la maison. Puis, il craignait que le repentir ne poussât un jour sa femme à tout révéler. Il aurait préféré qu'elle restât roidie et menaçante, se défendant avec âpreté contre ses accusations. Mais elle avait changé de tactique, elle reconnaissait volontiers maintenant la part qu'elle avait prise au crime, elle s'accusait elle-même, elle se faisait molle et craintive, et partait de là pour implorer la rédemption avec des humilités ardentes. Cette attitude irritait Laurent. Leurs querelles étaient, chaque soir, plus accablantes et plus sinistres.

— Ecoute, disait Thérèse à son mari, nous sommes de grands coupables, il faut nous repentir, si nous voulons goûter quelque tranquillité... Vois, depuis que je pleure, je suis plus paisible. Imite-moi. Disons ensemble que nous sommes justement punis d'avoir commis un crime horrible.

— Bah! répondait brusquement Laurent, dis ce que

tu voudras. Je te sais diablement habile et hypocrite. Pleure, si cela peut te distraire. Mais, je t'en prie, ne me casse pas la tête avec tes larmes.

— Ah! tu es mauvais, tu refuses le remords. Tu es lâche, cependant, tu as pris Camille en traître.

— Veux-tu dire que je suis seul coupable ?

— Non, je ne dis pas cela. Je suis coupable, plus coupable que toi. J'aurais dû sauver mon mari de tes mains. Oh! je connais toute l'horreur de ma faute, mais je tâche de me la faire pardonner, et j'y réussirai, Laurent, tandis que toi tu continueras à mener une vie désolée... Tu n'as pas même le cœur d'éviter à ma pauvre tante la vue de tes ignobles colères, tu ne lui as jamais adressé un mot de regret.

Et elle embrassait Mme Raquin, qui fermait les yeux. Elle tournait autour d'elle, remontant l'oreiller qui lui soutenait la tête, lui prodiguant mille amitiés. Laurent était exaspéré.

— Eh! laisse-la, criait-il, tu ne vois pas que ta vue et tes soins lui sont odieux. Si elle pouvait lever la main, elle te souffletterait.

Les paroles lentes et plaintives de sa femme, ses attitudes résignées le faisaient peu à peu entrer dans des colères aveugles. Il voyait bien quelle était sa tactique; elle voulait ne plus faire cause commune avec lui, se mettre à part, au fond de ses regrets, afin de se soustraire aux étreintes du noyé. Par moments, il se disait qu'elle avait peut-être pris le bon chemin, que les larmes la guériraient de ses épouvantes, et il frissonnait à la pensée d'être seul à souffrir, seul à avoir peur. Il aurait voulu se repentir, lui aussi, jouer tout au moins la comédie du remords, pour essayer; mais il ne pouvait trouver les sanglots et les mots nécessaires, il se rejetait dans la violence, il secouait Thérèse pour l'irriter et la ramener avec lui dans la folie furieuse. La jeune femme s'étudiait à rester inerte, à répondre par des soumissions larmoyantes aux cris de sa colère, à se faire d'autant plus humble et repentante qu'il se montrait plus rude. Laurent montait ainsi jusqu'à la rage. Pour mettre le comble à son irritation, Thérèse finissait toujours par faire le panégyrique de Camille, par étaler les vertus de sa victime.

— Il était bon, disait-elle, et il a fallu que nous fussions bien cruels pour nous attaquer à cet excellent cœur qui n'avait jamais eu une mauvaise pensée.

— Il était bon, oui, je sais, ricanait Laurent, tu veux dire qu'il était bête, n'est-ce pas... Tu as donc oublié ? Tu prétendais que la moindre de ses paroles t'irritait, qu'il ne pouvait ouvrir la bouche sans laisser échapper une sottise.

— Ne raille pas... Il ne te manque plus que d'insulter l'homme que tu as assassiné... Tu ne connais rien au cœur des femmes ; Laurent, Camille m'aimait et je l'aimais.

— Tu l'aimais, ah ! vraiment, voilà qui est bien trouvé... C'est sans doute parce que tu aimais ton mari que tu m'as pris pour amant... Je me souviens d'un jour où tu te traînais sur ma poitrine en me disant que Camille t'écœurait lorsque tes doigts s'enfonçaient dans sa chair comme dans de l'argile... Oh ! je sais pourquoi tu m'as aimé, moi. Il te fallait des bras autrement vigoureux que ceux de ce pauvre diable.

— Je l'aimais comme une sœur. Il était le fils de ma bienfaitrice, il avait toutes les délicatesses des natures faibles, il se montrait noble et généreux, serviable et aimant... Et nous l'avons tué, mon Dieu ! mon Dieu !

Elle pleurait, elle se pâmait. Mme Raquin lui jetait des regards aigus, indignée d'entendre l'éloge de Camille dans une pareille bouche. Laurent, ne pouvant rien contre ce débordement de larmes, se promenait à pas fiévreux, cherchant quelque moyen suprême pour étouffer les remords de Thérèse. Tout le bien qu'il entendait dire de sa victime finissait par lui causer une anxiété poignante ; il se laissait prendre parfois aux accents déchirants de sa femme, il croyait réellement aux vertus de Camille, et ses effrois redoublaient. Mais ce qui le jetait hors de lui, ce qui l'amenait à des actes de violence, c'était le parallèle que la veuve du noyé ne manquait jamais d'établir entre son premier et son second mari, tout à l'avantage du premier.

— Eh bien ! oui, criait-elle, il était meilleur que toi ; je préférerais qu'il vécût encore et que tu fusses à sa place couché dans la terre.

Laurent haussait d'abord les épaules.

— Tu as beau dire, continuait-elle en s'animant, je ne l'ai peut-être pas aimé de son vivant, mais maintenant je me souviens et je l'aime... Je l'aime et je te hais, vois-tu. Toi, tu es un assassin...

— Te tairas-tu ! hurlait Laurent.

— Et lui, il est une victime, un honnête homme qu'un coquin a tué. Oh ! tu ne me fais pas peur... Tu sais bien que tu es un misérable, un homme brutal, sans cœur, sans âme. Comment veux-tu que je t'aime, maintenant que te voilà couvert du sang de Camille ?... Camille avait toutes les tendresses pour moi, et je te tuerais, entends-tu ? si cela pouvait ressusciter Camille et me rendre son amour.

— Te tairas-tu, misérable!

— Pourquoi me tairais-je ? je dis la vérité. J'achèterais le pardon au prix de ton sang. Ah! que je pleure et que je souffre! C'est ma faute si ce scélérat a assassiné mon mari... Il faudra que j'aille, une nuit, baiser la terre où il repose. Ce seront là mes dernières voluptés.

Laurent, ivre, rendu furieux par les tableaux atroces que Thérèse étalait devant ses yeux, se précipitait sur elle, la renversait par terre et la serrait sous son genou, le poing haut.

— C'est cela, criait-elle, frappe-moi, tue-moi... Jamais Camille n'a levé la main sur ma tête, mais toi, tu es un monstre.

Et Laurent, fouetté par ces paroles, la secouait avec rage, la battait, meurtrissait son corps de son poing fermé. A deux reprises, il faillit l'étrangler. Thérèse mollissait sous les coups; elle goûtait une volupté âpre à être frappée; elle s'abandonnait, elle s'offrait, elle provoquait son mari pour qu'il l'assommât davantage. C'était encore là un remède contre les souffrances de sa vie; elle dormait mieux la nuit, quand elle avait été bien battue le soir. Mme Raquin goûtait des délices cuisantes, lorsque Laurent traînait ainsi sa nièce sur le carreau, lui labourant le corps de coups de pied.

L'existence de l'assassin était effroyable, depuis le jour où Thérèse avait eu l'infernale invention d'avoir des remords et de pleurer tout haut Camille. A partir de ce moment, le misérable vécut éternellement avec sa victime; à chaque heure, il dut entendre sa femme louant et regrettant son premier mari. La moindre circonstance devenait un prétexte : Camille faisait ceci, Camille faisait cela, Camille avait telle qualité, Camille aimait de telle manière. Toujours Camille, toujours des phrases attristées qui pleuraient sur la mort de Camille. Thérèse employait toute sa méchanceté à rendre plus cruelle cette torture qu'elle infligeait à Laurent pour se sauvegarder elle-même. Elle descendit dans les détails les plus intimes, elle conta les mille riens de sa jeunesse avec des soupirs de regrets, et mêla ainsi le souvenir du noyé à chacun des actes de la vie journalière. Le cadavre, qui hantait déjà la maison, y fut introduit ouvertement. Il s'assit sur les sièges, se mit devant la table, s'étendit dans le lit, se servit des meubles, des objets qui traînaient. Laurent ne pouvait toucher une fourchette, une brosse, n'importe quoi, sans que Thérèse lui fît sentir que Camille avait touché cela avant lui. Sans cesse heurté contre l'homme qu'il avait tué, le meurtrier finit par éprouver une sensation bizarre qui faillit le rendre fou; il s'imagina, à force d'être comparé à Camille, de se servir des objets dont Camille s'était servi, qu'il était Camille, qu'il s'identifiait avec sa victime. Son cerveau éclatait, et alors il se ruait sur sa femme pour la faire taire, pour ne plus entendre les paroles qui le poussaient au délire. Toutes leurs querelles se terminaient par des coups.

XXX

Il vint une heure où Mme Raquin, pour échapper aux souffrances qu'elle endurait, eut la pensée de se laisser mourir de faim. Son courage était à bout, elle ne pouvait supporter plus longtemps le martyre que lui imposait la continuelle présence des meurtriers, elle rêvait de chercher dans la mort un soulagement suprême. Chaque jour, ses angoisses devenaient plus vives, lorsque Thérèse l'embrassait, lorsque Laurent la prenait dans ses bras et la portait comme un enfant. Elle décida qu'elle échapperait à ces caresses et à ces étreintes qui lui causaient d'horribles dégoûts. Puisqu'elle ne vivait déjà plus assez pour venger son fils, elle préférait être tout à fait morte et ne laisser entre les mains des assassins qu'un cadavre qui ne sentirait rien et dont ils feraient ce qu'ils voudraient.

Pendant deux jours, elle refusa toute nourriture, mettant ses dernières forces à serrer les dents, rejetant ce qu'on réussissait à lui introduire dans la bouche. Thérèse était désespérée; elle se demandait au pied de quelle borne elle irait pleurer et se repentir, quand sa tante ne serait plus là. Elle lui tint d'interminables discours pour lui prouver qu'elle devait vivre; elle pleura, elle se fâcha même, retrouvant ses anciennes colères, ouvrant les mâchoires de la paralytique comme on ouvre celles d'un animal qui résiste. Mme Raquin tenait bon. C'était une lutte odieuse.

Laurent restait parfaitement neutre et indifférent. Il s'étonnait de la rage que Thérèse mettait à empêcher le suicide de l'impotente. Maintenant que la présence de la vieille femme leur était inutile, il souhaitait sa mort. Il ne l'aurait pas tuée, mais puisqu'elle désirait mourir, il ne voyait pas la nécessité de lui en refuser les moyens.

— Eh! laisse-la donc, criait-il à sa femme. Ce sera un

bon débarras... Nous serons peut-être plus heureux, quand elle ne sera plus là.

Cette parole, répétée à plusieurs reprises devant elle, causa à Mme Raquin une étrange émotion. Elle eut peur que l'espérance de Laurent ne se réalisât, qu'après sa mort le ménage ne goûtât des heures calmes et heureuses. Elle se dit qu'elle était lâche de mourir, qu'elle n'avait pas le droit de s'en aller avant d'avoir assisté au dénouement de la sinistre aventure. Alors seulement elle pourrait descendre dans la nuit, pour dire à Camille : « Tu es vengé. » La pensée du suicide lui devint lourde, lorsqu'elle songea tout d'un coup à l'ignorance qu'elle emporterait dans la tombe; là, au milieu du froid et du silence de la terre, elle dormirait, éternellement tourmentée par l'incertitude où elle serait du châtiment de ses bourreaux. Pour bien dormir du sommeil de la mort, il lui fallait s'assoupir dans la joie cuisante de la vengeance, il lui fallait emporter un rêve de haine satisfaite, un rêve qu'elle ferait pendant l'éternité. Elle prit les aliments que sa nièce lui présentait, elle consentit à vivre encore.

D'ailleurs, elle voyait bien que le dénouement ne pouvait être loin. Chaque jour, la situation entre les époux devenait plus tendue, plus insoutenable. Un éclat qui devait tout briser était imminent. Thérèse et Laurent se dressaient plus menaçants l'un devant l'autre, à toute heure. Ce n'était plus seulement la nuit qu'ils souffraient de leur intimité; leurs journées entières se passaient au milieu d'anxiétés, de crises déchirantes. Tout leur devenait effroi et souffrance. Ils vivaient dans un enfer, se meurtrissant, rendant amer et cruel ce qu'ils faisaient et ce qu'ils disaient, voulant se pousser l'un l'autre au fond du gouffre qu'ils sentaient sous leurs pieds, et tombant à la fois.

La pensée de la séparation leur était bien venue à tous deux. Ils avaient rêvé, chacun de son côté, de fuir, d'aller goûter quelque repos, loin de ce passage du Pont-Neuf dont l'humidité et la crasse semblaient faites pour leur vie désolée. Mais ils n'osaient, ils ne pouvaient se sauver. Ne point se déchirer mutuellement, ne point rester là pour souffrir et se faire souffrir, leur paraissait impossible. Ils avaient l'entêtement de la haine et de la cruauté. Une sorte de répulsion et d'attraction les écartait et les retenait à la fois; ils éprouvaient cette sensation étrange de deux personnes qui, après s'être querellées, veulent se séparer, et qui cependant reviennent toujours pour se crier de nouvelles injures. Puis des obstacles matériels s'opposaient à leur fuite, ils ne savaient que faire de l'impotente, ni que dire aux invités du jeudi. S'ils fuyaient, peut-être se douterait-on de quelque chose; alors ils s'imaginaient qu'on les poursuivait, qu'on les guillotinait. Et ils restaient par lâcheté, ils restaient et se traînaient misérablement dans l'horreur de leur existence.

Quand Laurent n'était pas là, pendant la matinée et l'après-midi, Thérèse allait de la salle à manger à la boutique, inquiète et troublée, ne sachant comment remplir le vide qui chaque jour se creusait davantage en elle. Elle était désœuvrée, lorsqu'elle ne pleurait pas aux pieds de Mme Raquin ou qu'elle n'était pas battue et injuriée par son mari. Dès qu'elle se trouvait seule dans la boutique, un accablement la prenait, elle regardait d'un air hébété les gens qui traversaient la galerie sale et noire, elle devenait triste à mourir au fond de ce caveau sombre, puant le cimetière. Elle finit par prier Suzanne de venir passer les journées entières avec elle, espérant que la présence de cette pauvre créature, douce et pâle, la calmerait.

Suzanne accepta son offre avec joie; elle l'aimait toujours d'une sorte d'amitié respectueuse; depuis longtemps elle avait le désir de venir travailler avec elle, pendant qu'Olivier était à son bureau. Elle apporta sa broderie et prit, derrière le comptoir, la place vide de Mme Raquin.

Thérèse, à partir de ce jour, délaissa un peu sa tante. Elle monta moins souvent pleurer sur ses genoux et baiser sa face morte. Elle avait une autre occupation. Elle écoutait avec des efforts d'intérêt les bavardages lents de Suzanne qui parlait de son ménage, des banalités de sa vie monotone. Cela la tirait d'elle-même. Elle se surprenait parfois à s'intéresser à des sottises, ce qui la faisait ensuite sourire amèrement.

Peu à peu, elle perdit toute la clientèle qui fréquentait la boutique. Depuis que sa tante était étendue en haut dans son fauteuil elle laissait le magasin se pourrir, elle abandonnait les marchandises à la poussière et à l'humidité. Des odeurs de moisi traînaient, des araignées descendaient du plafond, le parquet n'était presque jamais balayé. D'ailleurs, ce qui mit en fuite les clientes fut l'étrange façon dont Thérèse les recevait parfois. Lorsqu'elle était en haut, battue par Laurent ou secouée par une crise d'effroi, et que la sonnette de la porte du magasin tintait impérieusement, il lui fallait descendre, sans presque prendre le temps de renouer ses cheveux ni d'essuyer ses larmes; elle servait alors avec brusquerie la cliente qui l'attendait, elle s'épargnait même souvent la peine de la servir, en répondant, du haut de l'escalier de bois, qu'elle ne tenait plus ce dont on demandait. Ces façons peu engageantes n'étaient pas faites pour retenir les gens. Les petites ouvrières du quartier, habituées aux amabilités doucereuses de Mme Raquin, se retirèrent devant les rudesses et les regards fous de Thérèse. Quand cette dernière eut pris Suzanne avec elle, la défection fut complète : les deux jeunes femmes, pour ne plus être dérangées au milieu de leurs bavardages, s'arrangèrent de manière à congédier les dernières acheteuses qui se présentaient encore. Dès lors, le commerce de mercerie cessa de fournir un sou aux besoins du ménage; il fallut attaquer le capital des quarante et quelques mille francs.

Parfois, Thérèse sortait pendant des après-midi entières. Personne ne savait où elle allait. Elle avait sans doute pris Suzanne avec elle, non seulement pour lui tenir compagnie, mais aussi pour garder la boutique, pendant ses absences. Le soir, quand elle rentrait, éreintée, les paupières noires d'épuisement, elle retrouvait la petite femme d'Olivier, derrière le comptoir, affaissée, souriant d'un sourire vague, dans la même attitude où elle l'avait laissée cinq heures auparavant.

Cinq mois environ après son mariage, Thérèse eut une épouvante. Elle acquit la certitude qu'elle était enceinte. La pensée d'avoir un enfant de Laurent lui paraissait monstrueuse, sans qu'elle s'expliquât pourquoi. Elle avait vaguement peur d'accoucher d'un noyé. Il lui semblait sentir dans ses entrailles le froid d'un cadavre dissous et amolli. A tout prix, elle voulut débarrasser son sein de cet enfant qui la glaçait et qu'elle ne pouvait porter davantage. Elle ne dit rien à son mari, et, un jour, après l'avoir cruellement provoqué, comme il levait le pied contre elle, elle présenta le ventre. Elle se laissa frapper ainsi à en mourir. Le lendemain, elle faisait une fausse couche.

De son côté, Laurent menait une existence affreuse. Les journées lui semblaient d'une longueur insupportable; chacune d'elles ramenait les mêmes angoisses, les mêmes ennuis lourds, qui l'accablaient à heures fixes avec une monotonie et une régularité écrasantes. Il se traînait dans sa vie, épouvanté chaque soir par le souvenir de la journée et par l'attente du lendemain. Il savait que, désormais, tous ses jours se ressembleraient, que tous lui apporteraient d'égales souffrances. Et il voyait les semaines, les mois, les années qui l'attendaient, sombres et implacables, venant à la file, tombant sur lui et l'étouffant peu à peu. Lorsque l'avenir est sans espoir, le présent prend une amertume ignoble. Laurent n'avait plus de révolte, il s'avachissait, il s'abandonnait au néant qui s'emparait déjà de son être. L'oisiveté le tuait. Dès le matin, il sortait, ne sachant où aller, écœuré à la pensée de faire ce qu'il avait fait la veille, et forcé malgré lui de le faire de nouveau. Il se rendait à son atelier, par habitude, par manie. Cette pièce, aux murs gris, d'où l'on ne voyait qu'un carré désert de ciel, l'emplissait d'une tristesse morne. Il se vautrait sur son divan, les bras pendants, la pensée alourdie. D'ailleurs, il n'osait plus toucher à un pinceau. Il avait fait de nouvelles tentatives, et toujours la face de Camille s'était mise à ricaner sur la toile. Pour ne pas glisser à la folie, il finit par jeter sa boîte à couleurs dans un coin, par s'imposer la paresse la plus absolue. Cette paresse forcée lui était d'une lourdeur incroyable.

L'après-midi, il se questionnait avec angoisse pour savoir ce qu'il ferait. Il restait pendant une demi-heure, sur le trottoir de la rue Mazarine, à se consulter, à hésiter sur les distractions qu'il pourrait prendre. Il repoussait l'idée de remonter à son atelier, il se décidait toujours à descendre la rue Guénégaud, puis à marcher le long des quais. Et, jusqu'au soir, il allait devant lui, hébété, pris de frissons brusques, lorsqu'il regardait la Seine. Qu'il fût dans son atelier ou dans les rues, son accablement était le même. Le lendemain, il recommençait, il passait la matinée sur son divan, il se traînait l'après-midi le long des quais. Cela durait depuis des mois, et cela pouvait durer pendant des années.

Parfois Laurent songeait qu'il avait tué Camille pour ne rien faire ensuite, et il était tout étonné, maintenant qu'il ne faisait rien, d'endurer de telles souffrances. Il aurait voulu se forcer au bonheur. Il se prouvait qu'il avait tort de souffrir, qu'il venait d'atteindre la suprême félicité, qui consiste à se croiser les bras, et qu'il était un imbécile de ne pas goûter en paix cette félicité. Mais ses raisonnements tombaient devant les faits. Il était obligé de s'avouer au fond de lui que son oisiveté rendait ses angoisses plus cruelles en lui laissant toutes les heures de sa vie pour songer à ses désespoirs et en approfondir l'âpreté incurable. La paresse, cette existence de brute qu'il avait rêvée, était son châtiment. Par moments, il souhaitait avec ardeur une occupation qui le tirât de ses pensées. Puis il se laissait aller, il retombait sous le poids de la fatalité sourde qui lui liait les membres pour l'écraser plus sûrement.

A la vérité, il ne goûtait quelque soulagement que lorsqu'il battait Thérèse, le soir. Cela le faisait sortir de sa douleur engourdie.

Sa souffrance la plus aiguë, souffrance physique et morale, lui venait de la morsure que Camille lui avait faite au cou. A certains moments, il s'imaginait que cette cicatrice lui couvrait tout le corps. S'il venait à oublier le passé, une piqûre ardente, qu'il croyait ressentir, rappelait le meurtre à sa chair et à son esprit. Il ne pouvait se mettre devant un miroir, sans voir s'accomplir le phénomène qu'il avait si souvent remarqué et qui l'épouvantait toujours : sous l'émotion qu'il éprouvait, le sang montait à son cou, empourprait la plaie, qui se mettait à lui ronger la peau. Cette sorte de blessure vivant sur lui, se réveillant, rougissant et le mordant au moindre trouble, l'effrayait et le torturait. Il finissait par croire que les dents du noyé avaient enfoncé là une bête qui le dévorait. Le morceau de son cou où se trouvait la cicatrice ne lui semblait plus appartenir à son corps; c'était comme de la chair étrangère qu'on aurait collée en cet endroit, comme une viande empoisonnée qui pourrissait ses propres muscles. Il portait ainsi partout avec lui le souvenir vivant et dévorant de son crime. Thérèse, quand il la battait, cherchait à l'égratigner à cette place; elle y entrait parfois ses ongles et le faisait hurler de douleur. D'ordinaire, elle feignait de sangloter, dès qu'elle voyait la morsure, afin de la rendre plus insupportable à Laurent. Toute la vengeance qu'elle tirait de ses brutalités était de le martyriser à l'aide de cette morsure.

Il avait bien des fois été tenté, lorsqu'il se rasait, de s'entamer le cou, pour faire disparaître les marques des dents du noyé. Devant le miroir, quand il levait le menton et qu'il apercevait la tache rouge, sous la mousse blanche du savon, il lui prenait des rages soudaines, il approchait vivement le rasoir, près de couper en pleine chair. Mais le froid du rasoir sur sa peau le rappelait toujours à lui; il avait une défaillance, il était obligé de s'asseoir et d'attendre que sa lâcheté rassurée lui permît d'achever de se faire la barbe.

Il ne sortait, le soir, de son engourdissement que pour entrer dans des colères aveugles et puériles. Lorsqu'il était las de se quereller avec Thérèse et de la battre, il donnait, comme les enfants, des coups de pied dans les murs, il cherchait quelque chose à briser. Cela le soulageait. Il avait une haine particulière pour le chat tigré François qui, dès qu'il arrivait, allait se réfugier sur les genoux de l'impotente. Si Laurent ne l'avait pas encore tué, c'est qu'à la vérité il n'osait le saisir. Le chat le regardait avec de gros yeux ronds d'une fixité diabolique. C'étaient ces yeux, toujours ouverts sur lui, qui exaspéraient le jeune homme; il se demandait ce que lui voulaient ces yeux qui ne le quittaient pas; il finissait par avoir de véritables épouvantes, s'imaginant des choses absurdes. Lorsque à table, à n'importe quel moment, au milieu d'une querelle ou d'un long silence, il venait tout d'un coup, en tournant la tête, à apercevoir les regards de François qui l'examinait d'un air lourd et implacable, il pâlissait, il perdait la tête, il était sur le point de crier au chat : « Hé! parle donc, dis-moi enfin ce que tu me veux. » Quand il pouvait lui écraser une patte ou la queue, il le faisait avec une joie effrayée, et alors le miaulement de la pauvre bête le remplissait d'une vague terreur, comme s'il eût entendu le cri de douleur d'une personne. Laurent, à la lettre, avait peur de François. Depuis surtout que ce dernier vivait sur les genoux de l'impotente, comme au sein d'une forteresse inexpugnable, d'où il pouvait impunément braquer ses yeux verts sur son ennemi, le meurtrier de Camille établissait une vague ressemblance entre cette bête irritée et la paralytique. Il se disait que le chat, ainsi que Mme Raquin, connaissait le crime et le dénoncerait, si jamais il parlait un jour.

Un soir enfin, François regarda si fixement Laurent, que celui-ci, au comble de l'irritation, décida qu'il fallait en finir. Il ouvrit toute grande la fenêtre de la salle à manger, et vint prendre le chat par la peau du cou. Mme Raquin comprit; deux grosses larmes coulèrent sur ses joues. Le chat se mit à jurer, à se roidir, en tâchant de se retourner pour mordre la main de Laurent. Mais celui-ci tint bon; il lui fit faire deux ou trois tours, puis l'envoya de toute la force de son bras contre la grande muraille noire d'en face. François s'y aplatit, s'y cassa les reins, et retomba sur le vitrage du passage. Pendant toute la nuit, la misérable bête se traîna le long de la gouttière, l'échine brisée, en poussant des miaulements rauques. Cette nuit-là,

Mme Raquin pleura François presque autant qu'elle avait pleuré Camille; Thérèse eut une atroce crise de nerfs. Les plaintes du chat étaient sinistres, dans l'ombre, sous les fenêtres.

Bientôt Laurent eut de nouvelles inquiétudes. Il s'effraya de certains changements qu'il remarqua dans l'attitude de sa femme.

Thérèse devint sombre, taciturne. Elle ne prodigua plus à Mme Raquin des effusions de repentir, des baisers reconnaissants. Elle reprenait devant la paralytique ses airs de cruauté froide, d'indifférence égoïste. On eût dit qu'elle avait essayé du remords, et que, le remords n'ayant pas réussi à la soulager, elle s'était tournée vers un autre remède. Sa tristesse venait sans doute de son impuissance à calmer sa vie. Elle regarda l'impotente avec une sorte de dédain, comme une chose inutile qui ne pouvait même plus servir à sa consolation. Elle ne lui accorda que les soins nécessaires pour ne pas la laisser mourir de faim. A partir de ce moment, muette, accablée, elle se traîna dans la maison. Elle multiplia ses sorties, s'absenta jusqu'à quatre et cinq fois par semaine.

Ces changements surprirent et alarmèrent Laurent. Il crut que le remords, prenant une nouvelle forme chez Thérèse, se manifestait maintenant par cet ennui morne qu'il remarquait en elle. Cet ennui lui parut bien plus inquiétant que le désespoir bavard dont elle l'accablait auparavant. Elle ne disait plus rien, elle ne le querellait plus, elle semblait tout garder au fond de son être. Il aurait mieux aimé l'entendre épuiser sa souffrance que de la voir ainsi repliée sur elle-même. Il craignit qu'un jour l'angoisse ne l'étouffât et que, pour se soulager, elle n'allât tout conter à un prêtre ou à un juge d'instruction.

Les nombreuses sorties de Thérèse prirent alors une effrayante signification à ses yeux. Il pensa qu'elle cherchait un confident au-dehors, qu'elle préparait sa trahison. A deux reprises il voulut la suivre et la perdit dans les rues. Il se mit à la guetter de nouveau. Une pensée fixe s'était emparée de lui : Thérèse allait faire des révélations, poussée à bout par la souffrance, et il lui fallait la bâillonner, arrêter les aveux dans sa gorge.

XXXI

Un matin, Laurent, au lieu de monter à son atelier, s'établit chez un marchand de vin qui occupait un des coins de la rue Guénégaud, en face du passage. De là, il se mit à examiner les personnes qui débouchaient sur le trottoir de la rue Mazarine. Il guettait Thérèse. La veille, la jeune femme avait dit qu'elle sortirait de bonne heure et qu'elle ne rentrerait sans doute que le soir.

Laurent attendit une grande demi-heure. Il savait que sa femme s'en allait toujours par la rue Mazarine; un moment, pourtant, il craignit qu'elle ne lui eût échappé en prenant la rue de Seine. Il eut l'idée de rentrer dans la galerie, de se cacher dans l'allée même de la maison. Comme il s'impatientait, il vit Thérèse sortir vivement du passage. Elle était vêtue d'étoffes claires, et, pour la première fois, il remarqua qu'elle s'habillait comme une fille, avec une robe à longue traîne; elle se dandinait sur le trottoir d'une façon provocante, regardant les hommes, relevant si haut le devant de sa jupe, en la prenant à poignée qu'elle montrait tout le devant de ses jambes, ses bottines lacées et ses bas blancs. Elle remonta la rue Mazarine. Laurent la suivit.

Le temps était doux, la jeune femme marchait lentement, la tête un peu renversée, les cheveux dans le dos. Les hommes qui l'avaient regardée de face se retournaient pour la voir par-derrière. Elle prit la rue de l'Ecole-de-Médecine. Laurent fut terrifié; il savait qu'il y avait quelque part près de là un commissariat de police; il se dit qu'il ne pouvait plus douter, que sa femme allait sûrement le livrer. Alors il se promit de s'élancer sur elle, si elle franchissait la porte du commissariat, de la supplier, de la battre, de la forcer à se taire. Au coin d'une rue, elle regarda un sergent de ville qui passait, et il trembla de lui voir aborder ce sergent de ville; il se cacha dans le creux d'une porte, saisi de la crainte soudaine d'être arrêté sur-le-champ, s'il se montrait. Cette course fut pour lui une véritable agonie; tandis que sa femme s'étalait au soleil sur le trottoir, traînant ses jupes, nonchalante et impudique, il venait derrière elle, pâle et frémissant, se répétant que tout était fini, qu'il ne pourrait se sauver et qu'on le guillotinerait. Chaque pas qu'il lui voyait faire lui semblait un pas de plus vers le châtiment. La peur lui donnait une sorte de conviction aveugle, les moindres mouvements de la jeune femme ajoutaient à sa certitude. Il la suivait, il allait où elle allait, comme on va au supplice.

Brusquement, en débouchant sur l'ancienne place Saint-Michel, Thérèse se dirigea vers un café qui faisait alors le coin de la rue Monsieur-le-Prince. Elle s'assit au milieu d'un groupe de femmes et d'étudiants, à une des tables posées sur le trottoir. Elle donna familièrement des poignées de main à tout ce monde. Puis elle se fit servir une absinthe.

Elle semblait à l'aise, elle causait avec un jeune homme blond, qui l'attendait sans doute là depuis quelque temps. Deux filles vinrent se pencher sur la table qu'elle occupait, et se mirent à la tutoyer de leur voix enrouée. Autour d'elle, les femmes fumaient des cigarettes, les hommes embrassaient les femmes en pleine rue, devant les passants, qui ne tournaient seulement pas la tête. Les gros mots, les rires gras arrivaient jusqu'à Laurent, demeuré immobile de l'autre côté de la place, sous une porte cochère.

Lorsque Thérèse eut achevé son absinthe, elle se leva, prit le bras du jeune homme blond et descendit la rue de la Harpe. Laurent les suivit jusqu'à la rue Saint-André-des-Arts. Là, il les vit entrer dans une maison meublée. Il resta au milieu de la chaussée, les yeux levés, regardant la façade de la maison. Sa femme se montra un instant à une fenêtre ouverte du second étage. Puis il crut distinguer les mains du jeune homme blond qui se glissaient autour de la taille de Thérèse. La fenêtre se ferma avec un bruit sec.

Laurent comprit. Sans attendre davantage, il s'en alla tranquillement, rassuré, heureux.

— Bah! se disait-il en descendant vers les quais, cela vaut mieux. Comme ça, elle a une occupation, elle ne songe pas à mal... Elle est diablement plus fine que moi.

Ce qui l'étonnait, c'était de ne pas avoir eu le premier l'idée de se jeter dans le vice. Il pouvait y trouver un remède contre la terreur. Il n'y avait pas pensé, parce que sa chair était morte, et qu'il ne se sentait plus le moindre appétit de débauche. L'infidélité de sa femme le laissait parfaitement froid; il n'éprouvait aucune révolte de sang et de nerfs à la pensée qu'elle se trouvait entre les bras d'un autre homme. Au contraire, cela lui paraissait plaisant; il lui semblait qu'il avait suivi la femme d'un camarade, et il riait du bon tour que cette femme jouait à son mari. Thérèse lui était devenue étrangère à ce point, qu'il ne l'entendait plus vivre dans sa poitrine; il l'aurait vendue et livrée cent fois pour acheter une heure de calme.

Il se mit à flâner, jouissant de la réaction brusque et heureuse qui venait de le faire passer de l'épouvante à la paix. Il remerciait presque sa femme d'être allée chez un amant lorsqu'il croyait qu'elle se rendait chez un commissaire de police. Cette aventure avait un dénouement tout imprévu qui le surprenait d'une façon agréable. Ce qu'il vit de plus clair dans tout cela, c'est qu'il avait eu tort de trembler, et qu'il devait à son tour goûter du vice pour voir si le vice ne le soulagerait pas en étourdissant ses pensées.

Le soir, Laurent, en revenant à la boutique, décida qu'il demanderait quelques milliers de francs à sa femme et qu'il emploierait les grands moyens pour les obtenir. Il pensait que le vice coûte cher à un homme, il enviait vaguement le sort des filles qui peuvent se vendre. Il attendit patiemment Thérèse, qui n'était pas encore rentrée. Quand elle arriva, il joua la douceur, il ne lui parla pas de son espionnage du matin. Elle était un peu grise; il s'échappait de ses vêtements mal rattachés cette senteur âcre de tabac et de liqueur qui traîne dans les estaminets. Ereintée, la face marbrée de plaques livides, elle chancelait, tout alourdie par la fatigue honteuse de la journée.

Le dîner fut silencieux. Thérèse ne mangea pas. Au dessert, Laurent posa les coudes sur la table et lui demanda carrément cinq mille francs.

— Non, répondit-elle avec sécheresse. Si je te laissais libre, tu nous mettrais sur la paille... Ignores-tu notre position ? Nous allons tout droit à la misère.

— C'est possible, reprit-il tranquillement, cela m'est égal, je veux de l'argent.

— Non, mille fois non!... Tu as quitté ta place, le

commerce de mercerie ne marche plus du tout, et ce n'est pas avec les rentes de ma dot que nous pouvons vivre. Chaque jour j'entame le capital pour te nourrir et te donner les cent francs par mois que tu m'as arrachés. Tu n'auras pas davantage, entends-tu ? C'est inutile.

— Réfléchis, ne refuse pas comme ça. Je te dis que je veux cinq mille francs, et je les aurai, tu me les donneras quand même.

Cet entêtement tranquille irrita Thérèse et acheva de la soûler.

— Ah! je sais, cria-t-elle, tu veux finir comme tu as commencé... Il y a quatre ans que nous t'entretenons. Tu n'es venu chez nous que pour manger et pour boire, et, depuis ce temps, tu es à notre charge. Monsieur ne fait rien, monsieur s'est arrangé de façon à vivre à mes dépens, les bras croisés... Non, tu n'auras rien, pas un sou... Veux-tu que je te le dise, eh bien! tu es un...

Et elle dit le mot. Laurent se mit à rire en haussant les épaules. Il se contenta de répondre :

— Tu apprends de jolis mots dans le monde où tu vis maintenant.

Ce fut la seule allusion qu'il se permit de faire aux amours de Thérèse. Celle-ci redressa vivement la tête et dit d'un ton aigre :

— En tout cas, je ne vis pas avec des assassins.

Laurent devint très pâle. Il garda un instant le silence, les yeux fixés sur sa femme; puis, d'une voix tremblante :

— Ecoute, ma fille, reprit-il, ne nous fâchons pas; cela ne vaudrait rien, ni pour toi, ni pour moi. Je suis à bout de courage. Il serait prudent de nous entendre, si nous ne voulons pas qu'il nous arrive malheur... Je t'ai demandé cinq mille francs, parce que j'en ai besoin; je puis même te dire que je compte les employer à assurer notre tranquillité.

Il eut un étrange sourire et continua :

— Voyons, réfléchis, donne-moi ton dernier mot.

— C'est tout réfléchi, répondit la jeune femme, je te l'ai dit, tu n'auras pas un sou.

Son mari se leva avec violence. Elle eut peur d'être battue; elle se fit toute petite, décidée à ne pas céder sous les coups. Mais Laurent ne s'approcha même pas, il se contenta de lui déclarer froidement qu'il était las de la vie et qu'il allait conter l'histoire du meurtre au commissaire de police du quartier.

— Tu me pousses à bout, dit-il, tu me rends l'existence

insupportable. Je préfère en finir... Nous serons jugés et condamnés tous deux. Voilà tout.

— Crois-tu me faire peur ? lui cria sa femme. Je suis tout aussi lasse que toi. C'est moi qui vais aller chez le commissaire de police, si tu n'y vas pas. Ah! bien, je suis prête à te suivre sur l'échafaud, je n'ai pas ta lâcheté... Allons, viens avec moi chez le commissaire.

Elle s'était levée, elle se dirigeait déjà vers l'escalier.

— C'est cela, balbutia Laurent, allons-y ensemble.

Quand ils furent descendus dans la boutique, ils se regardèrent, inquiets, effrayés. Il leur sembla qu'on venait de les clouer au sol. Les quelques secondes qu'ils avaient mises à franchir l'escalier de bois leur avaient suffi pour leur montrer, dans un éclair, les conséquences d'un aveu. Ils virent en même temps les gendarmes, la prison, la cour d'assises, la guillotine, tout cela brusquement et nettement. Et, au fond de leur être, ils éprouvaient des défaillances, ils étaient tentés de se jeter aux genoux l'un de l'autre, pour se supplier de rester, de ne rien révéler. La peur, l'embarras les tinrent immobiles et muets pendant deux ou trois minutes. Ce fut Thérèse qui se décida la première à parler et à céder.

— Après tout, dit-elle, je suis bien bête de te disputer cet argent. Tu arriveras toujours à me le manger un jour ou l'autre. Autant vaut-il que je te le donne tout de suite.

Elle n'essaya pas de déguiser davantage sa défaite. Elle s'assit au comptoir et signa un bon de cinq mille francs que Laurent devait toucher chez un banquier. Il ne fut plus question du commissaire, ce soir-là.

Dès que Laurent eut de l'or dans ses poches, il se grisa, fréquenta les filles, se traîna au milieu d'une vie bruyante et affolée. Il découchait, dormait le jour, courait la nuit, recherchait les émotions fortes, tâchait d'échapper au réel. Mais il ne réussit qu'à s'affaisser davantage. Lorsqu'on criait autour de lui, il entendait le grand silence terrible qui était en lui; lorsqu'une maîtresse l'embrassait, lorsqu'il vidait son verre, il ne trouvait au fond de l'assouvissement qu'une tristesse lourde. Il n'était plus fait pour la luxure et la gloutonnerie; son être, refroidi, comme rigide à l'intérieur, s'énervait sous les baisers et dans les repas. Ecœuré à l'avance, il ne parvenait point à se monter l'imagination, à exciter ses sens et son estomac. Il souffrait un peu plus en se forçant à la débauche, et c'était tout. Puis, quand il rentrait, quand il revoyait Mme Raquin et Thérèse, sa lassitude le livrait à des crises affreuses de terreur; il jurait alors de ne plus sortir, de rester dans sa souffrance pour s'y habituer et la vaincre.

De son côté Thérèse sortit de moins en moins. Pendant un mois, elle vécut comme Laurent, sur les trottoirs, dans les cafés. Elle rentrait un instant, le soir, faisait manger Mme Raquin, la couchait, et s'absentait de nouveau jusqu'au lendemain. Elle et son mari restèrent, une fois, quatre jours sans se voir. Puis elle eut des dégoûts profonds, elle sentit que le vice ne lui réussissait pas plus que la comédie du remords. Elle s'était en vain traînée dans tous les hôtels garnis du quartier Latin, elle avait en vain mené une vie sale et tapageuse. Ses nerfs étaient brisés; la débauche, les plaisirs physiques ne lui donnaient plus des secousses assez violentes pour lui procurer l'oubli. Elle était comme un de ces ivrognes dont le palais brûlé reste insensible, sous le feu des liqueurs les plus fortes. Elle restait inerte dans la luxure, elle n'allait plus chercher auprès de ses amants qu'ennui et lassitude. Alors elle les quitta, se disant qu'ils lui étaient inutiles. Elle fut prise d'une paresse désespérée qui la retint au logis, en jupon malpropre, dépeignée, la figure et les mains sales. Elle s'oublia dans la crasse.

Lorsque les deux meurtriers se retrouvèrent ainsi face à face, lassés, ayant épuisé tous les moyens de se sauver l'un de l'autre, ils comprirent qu'ils n'auraient plus la force de lutter. La débauche n'avait pas voulu d'eux et venait de les rejeter à leurs angoisses. Ils étaient de nouveau dans le logement sombre et humide du passage, ils y étaient comme emprisonnés désormais, car souvent ils avaient tenté le salut, et jamais ils n'avaient pu briser le lien sanglant qui les liait. Ils ne songèrent même plus à essayer une besogne impossible. Ils se sentirent tellement poussés, écrasés, attachés ensemble par les faits, qu'ils eurent conscience que toute révolte serait ridicule. Ils reprirent leur vie commune, mais leur haine devint de la rage furieuse.

Les querelles du soir recommencèrent. D'ailleurs les coups, les cris duraient tout le jour. A la haine vint se joindre la méfiance, et la méfiance acheva de les rendre fous.

Ils eurent peur l'un de l'autre. La scène qui avait suivi la demande des cinq mille francs se reproduisit bientôt matin et soir. Leur idée fixe était qu'ils voulaient se livrer mutuellement. Ils ne sortaient pas de là. Quand l'un d'eux disait une parole, faisait un geste, l'autre s'imaginait qu'il avait le projet d'aller chez le commissaire de police. Alors, ils se battaient ou ils s'imploraient. Dans leur colère, ils criaient qu'ils couraient tout révéler, ils s'épouvantaient à en mourir; puis ils frissonnaient, ils s'humiliaient, ils se promettaient avec des larmes amères de garder le silence. Ils souffraient horriblement, mais ils ne se sentaient pas le courage de se guérir en posant un fer rouge sur la plaie. S'ils se menaçaient de confesser le crime, c'était uniquement pour se terrifier et s'en ôter la pensée, car jamais ils n'auraient eu la force de parler et de chercher la paix dans le châtiment.

A plus de vingt reprises, ils allèrent jusqu'à la porte du commissariat de police, l'un suivant l'autre. Tantôt c'était Laurent qui voulait avouer le meurtre, tantôt c'était Thérèse qui courait se livrer. Et ils se rejoignaient toujours dans la rue, et ils se décidaient toujours à attendre encore, après avoir échangé des insultes et des prières ardentes.

Chaque nouvelle crise les laissait plus soupçonneux et plus farouches.

Du matin au soir, ils s'espionnaient. Laurent ne quittait plus le logement du passage, et Thérèse ne le laissait plus sortir seul. Leurs soupçons, leur épouvante des aveux les rapprochèrent, les unirent dans une intimité atroce. Jamais, depuis leur mariage, ils n'avaient vécu si étroitement liés l'un à l'autre, et jamais ils n'avaient tant souffert. Mais, malgré les angoisses qu'ils s'imposaient, ils ne se quittaient pas des yeux, ils aimaient mieux endurer les douleurs les plus cuisantes que de se séparer pendant une heure. Si Thérèse descendait à la boutique, Laurent la suivait, par crainte qu'elle ne causât avec une cliente; si Laurent se tenait sur la porte, regardant les gens qui traversaient le passage, Thérèse se plaçait à côté de lui, pour voir s'il ne parlait à personne. Le jeudi soir, quand les invités étaient là, les meurtriers s'adressaient des regards suppliants, ils s'écoutaient avec terreur, s'attendant chacun à quelque aveu de son complice, donnant aux phrases commencées des sens compromettants.

Un tel état de guerre ne pouvait durer davantage.

Thérèse et Laurent en arrivèrent, chacun de son côté, à rêver d'échapper par un nouveau crime aux conséquences de leur premier crime. Il fallait absolument que l'un d'eux disparût pour que l'autre goûtât quelque repos. Cette réflexion leur vint en même temps; tous deux sentirent la nécessité pressante d'une séparation, tous deux voulurent une séparation éternelle. Le meurtre, qui se présenta à leur pensée, leur sembla naturel, fatal, forcément amené par le meurtre de Camille. Ils ne le discutèrent même pas, ils en acceptèrent le projet comme le seul moyen de salut. Laurent décida qu'il tuerait Thérèse, parce que Thérèse le gênait, qu'elle pouvait le perdre d'un mot et qu'elle lui causait des souffrances insupportables; Thérèse décida qu'elle tuerait Laurent, pour les mêmes raisons.

La résolution bien arrêtée d'un assassinat les calma un peu. Ils firent leurs dispositions. D'ailleurs, ils agissaient dans la fièvre, sans trop de prudence; ils ne pensaient que vaguement aux conséquences probables d'un meurtre commis, sans que la fuite et l'impunité fussent assurées. Ils sentaient invinciblement le besoin de se tuer, ils obéissaient à ce besoin en brutes furieuses. Ils ne se seraient pas livrés pour leur premier crime, qu'ils avaient dissimulé avec tant d'habileté, et ils risquaient la guillotine, en en commettant un second, qu'ils ne songeaient seulement pas à cacher. Il y avait là une contradiction de conduite qu'ils ne voyaient même point. Ils se disaient simplement que s'ils parvenaient à fuir, ils iraient vivre à l'étranger, après avoir pris tout l'argent. Thérèse, depuis quinze à vingt jours, avait retiré les quelques milliers de francs qui restaient de sa dot, et les tenait enfermés dans un tiroir que Laurent connaissait. Ils ne se demandèrent pas un instant ce que deviendrait Mme Raquin.

Laurent avait rencontré, quelques semaines auparavant, un de ses anciens camarades de collège, alors préparateur chez un chimiste célèbre qui s'occupait beaucoup de toxicologie. Ce camarade lui avait fait visiter le laboratoire où il travaillait, lui montrant les appareils, lui nommant les drogues. Un soir, lorsqu'il se fut décidé au meurtre, Laurent, comme Thérèse buvait devant lui un verre d'eau sucrée, se souvint d'avoir vu dans ce laboratoire un petit flacon de grès, contenant de l'acide prussique. En se rappelant ce que lui avait dit le jeune préparateur sur les effets terribles de ce poison qui foudroie et laisse peu de traces, il songea que c'était là le poison qu'il lui fallait. Le lendemain, il réussit à s'échapper, il rendit visite à son ami, et, pendant que celui-ci avait le dos tourné, il vola le petit flacon de grès.

Le même jour, Thérèse profita de l'absence de Laurent pour faire repasser un grand couteau de cuisine, avec lequel on cassait le sucre, et qui était tout ébréché. Elle cacha le couteau dans un coin du buffet.

XXXII

Le jeudi qui suivit, la soirée chez les Raquin, comme les invités continuaient à appeler le ménage de leurs hôtes, fut d'une gaieté toute particulière. Elle se prolongea jusqu'à onze heures et demie. Grivet, en se retirant, déclara ne jamais avoir passé des heures plus agréables.

Suzanne, qui était enceinte, parla tout le temps à Thérèse de ses douleurs et de ses joies. Thérèse semblait l'écouter avec un grand intérêt; les yeux fixes, les lèvres serrées, elle penchait la tête par moments; ses paupières, qui se baissaient, couvraient d'ombre tout son visage. Laurent, de son côté, prêtait une attention soutenue aux récits du vieux Michaud et d'Olivier. Ces messieurs ne tarissaient pas, et Grivet ne parvenait qu'avec peine à placer un mot entre deux phrases du père et du fils. D'ailleurs, il avait pour eux un certain respect; il trouvait qu'ils parlaient bien. Ce soir-là, la causerie ayant remplacé le jeu, il s'écria naïvement que la conversation de l'ancien commissaire de police l'amusait presque autant qu'une partie de dominos.

Depuis près de quatre ans que les Michaud et Grivet passaient les jeudis soir chez les Raquin, ils ne s'étaient pas fatigués une seule fois de ces soirées monotones qui revenaient avec une régularité énervante. Jamais ils n'avaient soupçonné un instant le drame qui se jouait dans cette maison, si paisible et si douce, lorsqu'ils y entraient. Olivier prétendait d'ordinaire, par une plaisanterie d'homme de police, que la salle à manger sentait l'honnête homme. Grivet, pour ne pas rester en arrière, l'avait appelée le Temple de la Paix. A deux ou trois reprises, dans les derniers temps, Thérèse expliqua les meurtrissures qui lui marbraient le visage, en disant aux invités qu'elle était tombée. Aucun d'eux, d'ailleurs, n'aurait reconnu les marques du poing de Laurent; ils étaient convaincus que le ménage de leurs hôtes était un ménage modèle, tout de douceur et d'amour.

La paralytique n'avait plus essayé de leur révéler les infamies qui se cachaient derrière la morne tranquillité des soirées du jeudi. En face des déchirements des meurtriers, devinant la crise qui devait éclater un jour ou l'autre, amenée par la succession fatale des événements, elle finit par comprendre que les faits n'avaient pas besoin d'elle. Dès lors, elle s'effaça, elle laissa agir les conséquences de l'assassinat de Camille qui devaient tuer les assassins à leur tour. Elle pria seulement le ciel de lui donner assez de vie pour assister au dénouement violent qu'elle prévoyait; son dernier désir était de repaître ses regards du spectacle des souffrances suprêmes qui briseraient Thérèse et Laurent.

Ce soir-là Grivet vint se placer à côté d'elle et causa longtemps, faisant comme d'habitude les demandes et les réponses. Mais il ne put en tirer même un regard. Lorsque onze heures et demie sonnèrent, les invités se levèrent vivement.

— On est si bien chez vous, déclara Grivet, qu'on ne songe jamais à s'en aller.

— Le fait est, appuya Michaud, que je n'ai jamais sommeil ici, moi qui me couche à neuf heures d'habitude.

Olivier crut devoir placer sa plaisanterie.

— Voyez-vous, dit-il, en montrant ses dents jaunes, ça sent les honnêtes gens dans cette pièce : c'est pourquoi l'on y est si bien.

Grivet, fâché d'avoir été devancé, se mit à déclamer, en faisant un geste emphatique :

— Cette pièce est le Temple de la Paix.

Pendant ce temps, Suzanne nouait les brides de son chapeau et disait à Thérèse :

— Je viendrai demain matin à neuf heures.

— Non, se hâta de répondre la jeune femme, ne venez que l'après-midi... Je sortirai sans doute pendant la matinée.

Elle parlait d'une voix étrange, troublée. Elle accompagna les invités jusque dans le passage. Laurent descendit aussi une lampe à la main. Quand ils furent seuls, les époux poussèrent chacun un soupir de soulagement; une impatience sourde avait dû les dévorer pendant toute la soirée. Depuis la veille, ils étaient plus sombres, plus inquiets en face l'un de l'autre. Ils évitèrent de se regarder, ils remontèrent silencieusement. Leurs mains avaient de légers tremblements convulsifs, et Laurent fut obligé de poser la lampe sur la table, pour ne pas la laisser tomber.

Avant de coucher Mme Raquin, ils avaient l'habitude de mettre en ordre la salle à manger, de préparer un verre d'eau sucrée pour la nuit, d'aller et de venir ainsi autour de la paralytique, jusqu'à ce que tout fût prêt.

Lorsqu'ils furent remontés, ce soir-là, ils s'assirent un instant, les yeux vagues, les lèvres pâles. Au bout d'un silence :

— Eh bien! nous ne nous couchons pas ? demanda Laurent qui semblait sortir en sursaut d'un rêve.

— Si, si, nous nous couchons, répondit Thérèse en frissonnant, comme si elle avait eu grand froid.

Elle se leva et prit la carafe.

— Laisse, s'écria son mari d'une voix qu'il s'efforçait de rendre naturelle, je préparerai le verre d'eau sucrée... Occupe-toi de ta tante.

Il enleva la carafe des mains de sa femme et remplit un verre d'eau. Puis, se tournant à demi, il y vida le petit flacon de grès, en y mettant un morceau de sucre. Pendant ce temps, Thérèse s'était accroupie devant le buffet; elle avait pris le couteau de cuisine et cherchait à le glisser dans une des grandes poches qui pendaient à sa ceinture.

A ce moment, cette sensation étrange qui prévient de l'approche d'un danger fit tourner la tête aux époux, d'un mouvement instinctif. Ils se regardèrent. Thérèse vit le flacon dans les mains de Laurent, et Laurent aperçut l'éclair blanc du couteau qui luisait entre les plis de la jupe de Thérèse. Ils s'examinèrent ainsi pendant quelques secondes, muets et froids, le mari près de la table, la femme pliée devant le buffet. Ils comprenaient. Chacun d'eux resta glacé en retrouvant sa propre pensée chez son complice. En lisant mutuellement leur secret dessein sur leur visage bouleversé, ils se firent pitié et horreur.

Mme Raquin, sentant que le dénouement était proche, les regardait avec des yeux fixes et aigus.

Et brusquement Thérèse et Laurent éclatèrent en sanglots. Une crise suprême les brisa, les jeta dans les bras l'un de l'autre, faibles comme des enfants. Il leur sembla que quelque chose de doux et d'attendri s'éveillait dans leur poitrine. Ils pleurèrent, sans parler, songeant à la vie de boue qu'ils avaient menée et qu'ils mèneraient encore, s'ils étaient assez lâches pour vivre. Alors, au souvenir du passé, ils se sentirent tellement las et écœurés d'eux-mêmes, qu'ils éprouvèrent un besoin immense de repos, de néant. Ils échangèrent un dernier regard, un regard de remerciement, en face du couteau et du verre de poison. Thérèse prit le verre, le vida à moitié et le tendit à Laurent qui l'acheva d'un trait. Ce fut un éclair. Ils tombèrent l'un sur l'autre, foudroyés, trouvant enfin une consolation dans la mort. La bouche de la jeune femme alla heurter, sur le cou de son mari, la cicatrice qu'avaient laissée les dents de Camille.

Les cadavres restèrent toute la nuit sur le carreau de la salle à manger, tordus, vautrés, éclairés de lueurs jaunâtres par les clartés de la lampe que l'abat-jour jetait sur eux. Et, pendant près de douze heures, jusqu'au lendemain vers midi, Mme Raquin, roide et muette, les contempla à ses pieds, ne pouvant se rassasier les yeux, les écrasant de regards lourds.

TABLE DES MATIÈRES

THÉRÈSE RAQUIN

GF – TEXTE INTÉGRAL – GF

93/09/M2164-IX-1993 – Impr. MAURY Eurolivres SA, 45300 Manchecourt.
N° d'édition 14689. – 2e trimestre 1970. – Printed in France.